Bettina Schneider

*Septembertage*

AF281836

Bettina Schneider

# *Septembertage*

Roman

Überraschung in den Cotswolds

Bibliografische Information der Deutschen Nationalbibliothek: Die Deutsche Nationalbibliothek verzeichnet diese Publikation in der Deutschen Nationalbibliografie; detaillierte bibliografische Daten sind im Internet über http://dnb.dnb.de abrufbar.

Verlag: BoD · Books on Demand GmbH,
In de Tarpen 42, 22848 Norderstedt, bod@bod.de

Druck: Libri Plureos GmbH, Friedensallee 273, 22763 Hamburg

ISBN: 978-3-7693-2726-7

Für alle Menschen, die wie Carolin und ich an die Liebe und das Happy End glauben.

Wenn ein Traum Wirklichkeit wird …

Ich danke meiner Familie und den Menschen, die mich bestärkt und es mir ermöglicht haben, diesen Roman zu schreiben und zu veröffentlichen.

Anmerkung: Der Ort Lower Millbury entspringt der Fantasie der Autorin.

# Kapitel 1

Das Thermometer meines Mietwagens zeigte sechsundzwanzig Grad Außentemperatur. Ich hatte alle Fenster heruntergefahren und der warme Fahrtwind umwehte mich. Es duftete nach Spätsommer. Nach frischer Erde auf abgeernteten Feldern. Nach trockenen, gelben Stoppeln, sommerlichem Asphalt und Sonne. Aber es war mehr: Die Luft, die durch das geöffnete Autofenster hereinströmte, trug den Duft von Glück in sich.

Wieder und wieder hatte ich mich an diesen Ort zurückgesehnt. Unzählige Jahre waren vergangen, ohne dass die Erinnerung in mir verblasst wäre. Einige Male war ich knapp davor gewesen, eine Reise hierher zu buchen, aber es hatte sich letztendlich immer zerschlagen. Einmal war mir ein im Preisausschreiben gewonnener Kurztrip nach Prag, häufig die Arbeit, zweimal ein Partner, der ausschließlich Strände unter Palmen für den Urlaub bevorzugte, dazwischengekommen.

Die Sehnsucht war geblieben.

Und jetzt war ich hier.

Seit knapp zwei Stunden war ich nun unterwegs. Ich hielt mich an dem kleinen Lenkrad des Sportcoupés wie an einem Rettungsring fest. Unter normalen Umständen hätte ich mich als souveräne Autofahrerin bezeichnet, hier aber fühlte ich mich bisweilen wie eine Fahranfängerin kurz nach der Führerscheinprüfung. Der englische Linksverkehr und die schmalen Straßen strengten mich an. Wenn mir ein Auto begegnete, benötigte ich jedes Mal eine Sekunde, um mich daran zu erinnern, auf welche Seite der Fahrbahn ich gehörte. Ich bewegte mein Kinn im Halbkreis von rechts nach links und wieder zurück über meinen Brustkorb. Mein Nacken, meine Schultern schmerzten, mittlerweile war mein ganzer Oberkörper verspannt.

Ich mache eine Pause, schoss es mir durch den Kopf, wenigstens für einen Moment. Auch wenn es nur noch wenige Kilometer bis zu meinem Ziel waren. Aber ich musste meine Muskulatur lockern, einmal tief durchatmen.

Als auf der nächsten Erhebung ein offenes Gatter in Sicht kam, drosselte ich die Geschwindigkeit und rumpelte ein paar Meter weiter vorsichtig von der Straße an den Rand eines Feldes. Während ich mich aus dem Sitz des Sportwagens schälte (warum trug ich noch immer diesen schmal geschnittenen Rock?), sog ich die Luft tief in meine Lungen. Zusammen mit den Sommerdüften atmete ich frische ländliche Aromen — das absolute Kontrastprogramm für meine an Großstadtgerüche gewöhnte Nase. In mir stieg ein Gefühl auf wie Bläschen in einem Glas. Prickelnd und erfrischend. Als flüsterte mir das Leben zu: Alles ist wunderbar.

Alles ist möglich.

Aufbruchsstimmung.

Wann hatte ich sie zuletzt gespürt?

Ich streckte meinen Rücken durch, kreiste ein paar Mal die Schultern vorwärts, dann rückwärts, während mein Blick über die Landschaft schweifte. Es war, als wäre ich in einen Kaninchenbau gefallen, um in einer anderen Welt zu landen. Heute früh das hektische Berlin und jetzt das: Nichts als sanft wogende Hügel in Grün- und Brauntönen, soweit ich schauen konnte. Von Hecken gesäumte Felder und Weiden. Darin vereinzelt schwarze, braune oder weiße Punkte. Rinder und Schafe wie aus einer Spielzeugkiste. Am Horizont verschmolzen die Buckel im Dunst mit dem Vergissmeinnicht-Blau des Himmels. Wie ein schmales graues Band schlängelte sich die Straße durch die wellige Landschaft, in der ein paar Minuten weiter mein Ziel wartete.

Heckenrosen, moosbewachsene Steine. Fehlten nur Scones und Clotted Cream, Jagdhunde, Lord und Lady, ein edler Herrensitz und Oldtimer, um das Klischee vollends zu erfüllen.

Bilderbuch-England. Ländliche Idylle.

Cotswolds.

Heiß wie im Juli brannte die Sonne, goss ihr Licht über die Landschaft und brachte das Land zum Flimmern. Der Zauber eines Sommertages lag in der Luft, dabei zeigte der Kalender bereits September.

Es war wie damals. Wie vor zwanzig Jahren. Nichts schien sich verändert zu haben. Die Landschaft, das Licht, die Wärme. Als wäre die Zeit stehen geblieben. Damals hatten sich Bilder in meinem Gehirn eingenistet, um fortan wie kleine tröstende Geschenke ausgepackt zu werden. Immer dann, wenn meine Seele danach lechzte.

September vor dem Abitur. Es war, als blätterte mein Leben auf die Schnelle ein paar Kapitel zurück. Das letzte Schuljahr. Ein magisches Jahr, hatte es meine beste Freundin Emma genannt. Eine Zeit mit einem Gefühl, ich wäre die Sonne der Welt. Lebenshungrig, so begierig auf die Zukunft war ich. Voller Energie und einem sehr gesunden Selbstbewusstsein, weil ich glaubte, das Schicksal meinte es gut mit mir und ich könnte alles erreichen. Naiv, unverbraucht vom Leben war ich damals, sagte mir der Rückblick. Aber ich hatte die Zeit und die damit verbundenen Gefühle nicht vergessen. Und immer wenn sich der Sommer dem Ende neigte, tastete sich in mir zögerlich ein Gefühl hoch, das wehmütiger Sehnsucht am nächsten kam. Immer dann schwelgte ich in Erinnerungen an die Tage, die ich hier verbracht hatte.

Heute war es keine Erinnerung. Ich spürte die Wärme auf meinen Armen, das Postkartenpanorama lag vor meinen Augen, die Gräser der Wiese wiegten sich elastisch in einer sanften Brise. Alles war lebendig. Alles war zum Greifen nahe. Ich bückte mich und zupfte einen braunen Grashalm ab, den ich zwischen Daumen und Zeigefinger zwirbelte. Knäuelgras. *Dactylis glomerata*. Manchmal überraschte es mich, zu welchen Glanzleistungen mein Gedächtnis fähig war. Vor langer Zeit hatte es eine Phase in meinem Leben gegeben, in der ich jede unbekannte Pflanze, die mir unterkam, in einem abgegriffenen Bestimmungsbüchlein nachgeschlagen hatte. Biologie Leistungskurs. Die Botanik hatte es mir damals besonders angetan.

Um mich herum zwitscherten und flöteten Vögel, nicht mehr so laut wie im Frühling, aber immer noch freudig und munter.

Ich bekam das Lächeln nicht mehr aus meinem Gesicht.

Alles war möglich. In der Luft lag irgendetwas, das von Neuanfang sprach. Als atmete ich mit der Landluft das Selbstvertrauen von damals und die vielen Möglichkeiten der Jugend. Du klingst wie eine Oma, flüsterte mir eine Stimme zu. Dabei war ich achtunddreißig. Mein Gott, Carolin, reiß dich zusammen, ermahnte ich mich.

Ich lebte, ich war jung.

Und ich war in Weltumarmungslaune.

Mein Blick fiel auf zwei Ballen aus goldgelbem Stroh, die am Rande der Weide lagerten. Warum nicht?

Ich breitete die Arme aus, ganz weit streckte ich sie, drehte mich mehrmals um mich selbst. Ich hopste wie ein Fohlen, das noch keine Herrschaft über seine Beine besaß, über die Wiese — das lag an meinen unpraktischen Pumps und dem unebenen Untergrund — und trudelte immer weiter. Mit einem lauten Juchzer, der wie ein Echo durch die Landschaft hallte, ließ ich mich rücklings auf die Strohballen fallen. Wow!

Weitaus härter als erwartet war meine Unterlage, aber ich lag in einer sehr angenehmen Position. Blau, schönstes, makelloses Blau sah ich über mir. Während sich mein Atem langsam wieder beruhigte, versank ich in der Betrachtung des endlosen Himmels, das sonnenwarme Stroh unter meinem Rücken. War der Himmel hier anders als in der Stadt? Weicher, sanfter. Irgendwie bauschig. Grenzenlos. In der Stadt schien er sich häufig unfreundlich, in einem Farbton, der mehr grau als blau war, wie ein Deckel auf die Häuserlandschaft zu legen.

Alles war Sonne. Alles war herrlich. Und ein weiteres vergessenes Gefühl wallte in mir auf. Diese Freude, die ich von früher kannte, wenn die langen Sommerferien in den Startlöchern gestanden hatten und mir die Zeit so unfassbar lang vorgekommen war wie ein halbes Leben.

Sechs Wochen Urlaub waren es in diesem Spätsommer nicht, aber eine Woche hatte ich meinem Chef abschwatzen können. Jedes Mal, wenn ich bei Lutz Wernecke Urlaub beantragte, gab es einen Riesenaufstand, als wäre es ein Verbrechen, sich ein paar freie Tage zu nehmen. Nach langem Bitten und Betteln, dieses Mal hatte ich tatsächlich seit Pfingsten im Abstand von ein paar Tagen vor seinem Schreibtisch gestanden, um ihm eine Woche Urlaub aus den Rippen zu leiern. Fünf Tage! Wenn er guter Laune gewesen war, was nur selten vorkam, hatte ich sofort beiläufig erwähnt, dass er über die Genehmigung meines Urlaubs nachdenken wollte. Gnädigerweise hatte er sich dann irgendwann herabgelassen, mir die Tage zu genehmigen. Nicht viel, aber wenigstens etwas.

Ich seufzte laut, rekelte mich von oben bis unten durch, bevor ich mich aus dem Stroh aufraffte. Die nächsten Minuten verbrachte ich damit, mich von den unzähligen Halmen, die an meinem Rock und meiner Bluse hafteten, zu befreien. Ehe ich wieder in meinen Wagen stieg, warf ich einen letzten Blick auf die pittoreske Szene vor mir.

Ich ließ den Motor an und lenkte das Gefährt langsam auf die Landstraße zurück. Die Sonne brannte auf die Motorhaube und spiegelte sich. Ich klappte die Sonnenblende herunter. Links fahren, bläute ich mir ein. „Links fahren", sagte ich laut zu mir. „Immer schön links fahren."

Heute war alles wie am Schnürchen gelaufen. Die paar Stunden auf der Arbeit (ich war mit dem über-eifrigen Wirtschaftsprüfer noch die letzten Unterlagen durchgegangen), die Anreise zum Flughafen (keine Zugausfälle, keine Klimakleber), pünktlicher Flug. Unkomplizierte Einreise. Und bei der Auto-vermietung in Heathrow hatte ein freundlicher Mann mit pakistanischen Wurzeln mir ein Upgrade, ein nagelneues Sportcoupé, gegeben. Der Mann hatte nicht zu viel versprochen, als er mir den Schlüssel über den Tresen gereicht hatte. Das Auto fuhr sich blendend, beschleunigte wie eine Rakete.

Alles war gut, alles war bestens. Ich liebte es, wenn alles reibungslos und wie geplant ablief. Und gerade jetzt versetzte es mich in Hochstimmung. Wenn auch noch das Wetter für die nächsten Tage mitspielte, kam das einem Sechser im Lotto gleich. Später würde ich noch einmal auf die Wetter-App schauen, nur um mich abermals zu vergewissern, dass die Vorhersage auch wirklich fantastisch aussah.

Urlaub. Endlich! Ich hatte Urlaub. Wie befreit atmete ich auf. Und ich hatte es geschafft. Ich war hier. Nach zwanzig Jahren war ich tatsächlich wieder hier. Und die kleine Mission, die ich mir selbst auferlegt hatte, würde ich auch erfüllen. Das war mir wichtig. So wichtig, dass ich auch nach zwanzig Jahren immer noch daran dachte. Am besten, ich erledigte es schnell. Erst danach würde ich meine Zeit hier in vollen Zügen genießen können.

Die Straße verengte sich weiter, ich ging vom Gas. Ich hatte extra diesen Umweg durch das Herz der Cotswolds gewählt, um mich auf den Urlaub einzustimmen. Ich erblickte Pferde. Rinder mit zottligem Fell, die aussahen, als trügen sie einen Flokati als Mantel. Spät geborene Lämmer grasten neben ihren Müttern auf saftig grünen Wiesen. Schwalben, die übermütig vor mir über den Asphalt schossen, um dann wieder in den Himmel aufzusteigen. In den Orten zogen honigfarbene Steinfassaden von Häusern, die aus einer längst vergangenen Epoche stammten, an mir vorbei. Tickten die Uhren hier langsamer? Zumindest schien es, als hätte das Leben mindestens einen Gang, wenn nicht gar zwei Gänge runtergeschaltet.

Noch eine halbe Stunde bis zu meiner Unterkunft, sah ich auf dem Navi. Gleich war ich am Ziel. Genüsslich lehnte ich mich in den schwarzen Ledersitz zurück und hörte mich wohlig seufzen. Gleich könn-

14

te ich mich aus Rock und Bluse schälen und in bequeme Kleidung steigen.

Die Straße beschrieb eine Kurve. Ein gelbes Stoppelfeld schob sich in mein Gesichtsfeld. Wie kleine Geier hockten schwarze Vögel, Heerscharen von Krähen, auf dem abgeernteten Acker. In einer Ecke hatten Wildschweine die Erde umgepflügt. Am Ende des Feldes, dort, wo es an ein Waldstück grenzte, äste ein Reh. Und ich entdeckte ein zweites. Die Tiere beäugten das Auto, aber ließen sich nicht stören. Wieder stieg ein Wohlgefühl, Freude, in mir auf.

Als ich meinen Blick auf die Straße lenkte, kam mir ein Auto entgegen. Mitten auf der schmalen Fahrbahn. Mit hoher Geschwindigkeit. Ja, es raste auf mich zu. Ein Sportwagen. Ein dunkler Porsche, stellte ich nach einer weiteren Schrecksekunde fest. Instinktiv riss ich das Steuer nach rechts, das Auto reagierte ohne Verzögerung und fuhr nach rechts. Zu meinem Entsetzen tat der entgegenkommende Wagen das Gleiche.

Er fuhr direkt auf mich zu.

War der Typ verrückt?

Mein Herz setzte einen Schlag aus, bevor ich, immerhin noch geistesgegenwärtig, hart auf die Bremse trat. Reifen kreischten. Wie auf einer vereisten Bahn schlitterte ich vorwärts. Es qualmte, roch merkwürdig nach Chemie. Gleich knallt es, schoss es mir durch den Kopf.

Ich wartete auf den Aufprall.

Im letzten Augenblick zog der andere Fahrer sein sportliches Gefährt auf die gegenüberliegende Straßenseite, legte eine Vollbremsung hin und landete halb im Graben.

Stille. Komplette Stille umgab mich. Als hätte die Welt aufgehört zu atmen. Nur mein Herz trommelte, als hätte ich einen Sprint hinter mir, während sich in meinem Kopf die erlebte Szene in einer Endlosschleife abspielte. Ich schloss die Augen, schickte ein Dankgebet zum Himmel und versuchte, meinen rasenden Puls wieder auf Normalwert zu bringen. Gleichmäßig atmen, befahl ich mir. Ein und aus. Ein und aus. Gott sei Dank, es war noch einmal gut gegangen. Nichts war passiert. Kein Zusammenstoß. Kein Unfall.

Meine Hände zitterten, als hätte ich zu viel Kaffee getrunken (das hatte ich heute wahrscheinlich auch getan). Als ich mich aus dem Sitz schob, was ich in dem Rock und meinem momentanen Gemützzustand nur auf sehr unelegante Art bewältigte, bemerkte ich, ich zitterte am ganzen Körper. Für ein paar Sekunden lehnte ich am Auto und atmete weiter, gleichmäßig und bewusst. Tief ein und aus. Als ich mich etwas besser fühlte, stakste ich durch das hohe Gras um den Wagen, hielt mich dabei an der Karosserie fest. Langsam klackerte ich über den Asphalt auf den Porsche zu. In meiner Aufmachung kam ich mir auf der Landstraße in etwa so passend vor wie im Faschingskostüm auf einer Taufe. Warum trug ich diesen dunkelblauen Rock und die hellblaue Seidenbluse und hatte nicht am Flughafen mein Arbeitsoutfit gegen etwas Urlaubstaugliches getauscht? Warum hatte ich mich heute am Samstag so angezogen? Warum hatte ich mich überreden lassen, überhaupt am Samstag noch ein paar Stunden auf der Arbeit zu erscheinen? Eine Endloskette der Gedanken. Aber das alles tat hier gerade nichts zur Sache.

Der andere Fahrer, ein Mann wie vermutet, hatte seinen Sportwagen bereits verlassen und raste wie ein aufgescheuchter Gockel um das Gefährt herum. Als er fluchend und vor sich hin schimpfend die Seite begutachtete, die im Graben hing, verschwand er selbst bis zur Hüfte in der von Grassoden bewachsenen Vertiefung. Das Auto hatte ein deutsches Kennzeichen, stellte ich fest, und mir fiel ein Stein vom Herzen. Ein Deutscher wie ich — es würde die Kommunikation erleichtern.

„Ist bei Ihnen alles in Ordnung?", rief ich ihm zu. „Sind Sie okay?"

Der Fahrer stieg aus dem Graben. Mit hektischen Bewegungen klopfte er die Hosenbeine aus, als hätte er in einem Ameisenhaufen gestanden, und entfaltete sich neben seinem Wagen zu voller Größe. Zu einer beachtlichen Größe.

Gorilla — der erste Gedanke, der mir bei seinem Anblick durch den Kopf schoss. King Kong. Die Gestalt hatte eine dunkle Zottelmähne — ungebändigte Locken —, einen wallenden Bart und einen finsteren Gesichtsausdruck. Dunkle Augen, in denen glühende Wut funkelte, starrten mich an. Sein kräftiger Körper, der in einem unförmigen, aschgrauen Jogginganzug aus Sweatshirt-Stoff steckte, verstärkte den Eindruck, einen Primaten vor mir zu haben.

Dieser Anzug, huschte mir unsinnigerweise durch den Kopf, hatte bestimmt einige Jahre, wenn nicht Jahrzehnte, auf dem Buckel, denn er war vollkommen aus der Mode.

Mit jeder Pore strahlte der Mann Aggressivität aus. Und er maß bestimmt knapp dreißig Zentimeter mehr als ich. Ein mulmiges Gefühl machte sich in meiner Magengegend breit, als er auf mich zu stapfte.

King Kong.

Das Unheil in Person.

Meine rechte Hand krampfte sich um das Handy, das sich in der Tasche meines Rockes befand. Es gab irgendwo die Notruftaste, rief ich mir zur Beruhigung ins Gedächtnis.

„Sind Sie verletzt?", fragte ich.

„Sind Sie wahnsinnig?", donnerte der Mann, ehe ich eine Entschuldigung nachschieben konnte. „Sie hätten uns umbringen können. Wissen Sie nicht, dass man in England links fährt?"

Wenn Blicke töten könnten ...

„Wer hat Sie bloß aus dem Stall auf die Straße gelassen?"

Er sah nicht nur wie ein Gorilla aus, er verhielt sich auch nicht anders als ein wild gewordener Affe. Fehlte nur, dass er sich auf die Brust trommelte. Für den Moment verschlug es mir die Sprache. Aber sicher, er hatte recht, für einen winzigen Augenblick war ich auf der falschen Straßenseite gefahren. Aber musste man deswegen einen solchen Aufstand machen? Schließlich war alles glimpflich verlaufen.

18

Er musterte meinen Wagen, dann mich. Sein Blick huschte einmal über meinen Körper, blieb an meinem Rock, genau genommen dort, wo er aufhörte, hängen, wanderte hoch zu meiner Bluse, um abermals zu stoppen. Nur eine Nanosekunde, aber ich registrierte es. Was für ein widerlicher Kerl. Unwillkürlich verschränkte ich die Arme vor der Brust. Von der ersten Sekunde an konnte ich ihn nicht leiden. Warum musste gerade dieser Deutsche mir hier in England über den Weg laufen oder vielmehr über die Straße fahren? Ich ertastete einen vergessenen Strohhalm im Ausschnitt, den ich wegschnippte. Und auch am Rocksaum, sah ich nun, hing ein Stängel. Egal, darum würde ich mich später kümmern. Bloß nicht ablenken lassen. Ich nahm den Mann abermals ins Visier.

Chewbacca. In einer Geisterbahn hätte er, ohne sich zu verkleiden, für den gruseligen Sondereffekt sorgen können. Es verging ein langer Moment, in dem wir uns beide nur anstarrten, ehe er erneut eine Reihe von Flüchen, untermalt von Schimpfwörtern und Beleidigungen, die offensichtlich alle mir galten, in seinen Bart zu brabbeln begann. Hatte er mich *Karrierezicke* genannt?

Sein Verhalten schob ich auf den Schockzustand, in dem er sich befand. Obwohl sich urplötzlich eine Palette ganz anderer Gefühlswallungen in mir breitmachte, beschloss ich, höflich, freundlich und ruhig zu bleiben, das waren meine Stärken. Kill them with kindness. Es reichte, wenn sich einer wie ein Ochsenfrosch aufblähte.

„Carolin Bäumler."

„Was?" Seine Miene blieb unbeirrt finster.

Keine Manieren hatte der Typ.

„Ich habe mich Ihnen vorgestellt", fuhr ich mutig fort. Wenn er sich nicht verletzt hatte, augenscheinlich war der Wagen nicht zu Schaden gekommen, hoffte ich, dieser Situation umgehend entfliehen zu können. Also, das Unvermeidliche tun (das war ich von meiner Arbeit gewohnt), kurz mit ihm reden, die Fakten klären, eventuell die Personalien aufnehmen und Adiós oder besser Bye Bye. Und das war es.

„Ist bei Ihnen alles in Ordnung?" Als ich seinem Blick folgte, der nachdenklich zu seinem Porsche schweifte, setzte ich nach: „Und natürlich auch bei Ihrem Auto?"

„Hoffen wir es!", knurrte der Gorilla. Ohne ein weiteres Wort zu verlieren, ging er um seinen Wagen herum, öffnete die Beifahrertür, zog ein ledernes Notizbuch aus dem Handschuhfach und kehrte zurück. Das Büchlein drückte er mir zusammen mit einem glänzenden Kugelschreiber irgendeiner Edelmarke in die Hand, wobei er den größtmöglichen Abstand zu mir hielt. Als hätte ich eine ansteckende Krankheit oder mehrere Wochen nicht geduscht. Und das bei seinem eigenen Aufzug ...

„Schreiben Sie mir Ihre Telefonnummer auf!", befahl er in einem Tonfall, der keinen Widerspruch duldete. „Falls sich herausstellen sollte, dass Sie etwas kaputt gemacht haben!"

Na schön. Wenn er mich so nett bat. Der Typ konnte mich kreuzweise. Schwungvoll kritzelte ich meine Handynummer in das Büchlein und reichte es ihm zurück. „Ich hoffe, Sie bekommen keinen Ärger mit Ihrem Chef!" Den Satz konnte ich mir nicht verkneifen.

„Welchem Chef?", fragte er und riss das Buch nebst Stift wieder an sich.

„Gehört der Wagen Ihnen?", erkundigte ich mich. Neugier war auch eine meiner dominanten Charaktereigenschaften, wobei ich nicht wusste, ob es sich dabei um einen Vorzug handelte.

„Ja, natürlich." Er verzog sein Gesicht zu einem fratzenartigen Grinsen. „Hoffentlich bekommen Sie nicht Ärger mit Ihrem Mann, wenn er erfährt, dass Sie wie eine Irre Autofahren und dabei unschuldige Menschen in den Graben drängen."

„Ich bin niemanden Rechenschaft schuldig."

„Wundert mich nicht."

Eine Haarsträhne, bemerkte ich, hatte sich aus meinem am Morgen akkurat frisierten Knoten gelöst. Umgehend strich ich sie hinter das Ohr, straffte den Rücken und sammelte das letzte Quäntchen Beherrschtheit, das mir geblieben war.

„Es ist nichts passiert. Uns ist nichts passiert. Es ist ein herrlicher Tag. Schönster Spätsommer. Blauer Himmel. Schauen Sie sich um. Wie herrlich die Welt ist. Ich weiß nicht, welche Laus Ihnen über die Leber gelaufen ist, aber ..."

„Blabla, blabla ..."

Nicht die *Spur* von Manieren hatte er ...

„Ich sage es Ihnen: Eine Karrierezicke in einem Sportwagen, die nicht Autofahren kann!"

Eine Ohrfeige, schoss mir durch den Kopf, wäre die passende Antwort auf die Unverschämtheiten dieses Großmauls. Oder eine Anzeige. Wegen Beleidigung und Sexismus. Oder Macho-Verhalten. Bis vor zehn Minuten war ich vollkommen ausgeglichen gewesen. Ja, ich hatte mich beschwingt und fröhlich gefühlt. Jetzt kochte es in meinem Inneren wie in einem Kessel, der kurz vor dem Platzen stand. Atmen! ermahnte ich mich, immer schön atmen. Ein und aus. Ein und aus. Tiefenatmung. Um mich herum sangen weiterhin die Vögel, Schmetterlinge tanzten durch die Luft, eine Libelle, schillernd wie der Panzer eines Rosenkäfers, schwirrte über die auf Hochglanz polierte Motorhaube des Porsches. Alles war schön. Bis auf den Typen, der mir wie eine schwarze, bedrohliche Gewitterfront gegenüberstand. Ich atmete weiter tief ein und aus und es half: Ich befand mich wieder im Urlaubsmodus.

Nun ja.

Beinahe.

„Ich weiß, dass ich Autofahren kann — entgegen allen Klischees und ..."

„Aber nicht auf der richtigen Straßenseite!", unterbrach er mich erneut. „Gemäß allen Klischees können Sie rechts nicht von links unterscheiden!"

Plötzlich hob er seine Hand und schob sie in Richtung meines Gesichtes. Was tat er da, um Himmels willen? Er lachte laut auf und zog einen Strohhalm aus meinem Haar, ehe seine Miene wieder versteinerte. Trotzdem sah ich den Spott in seinen Augen. Und dann, als hätte er sich besonnen, wie wütend er war und in welcher Situation er sich befand, warf der Flachland-Yeti mir einen letzten, besonders grimmigen Blick zu, bevor er in seinen Porsche sprang. Mehrfach ließ er den Motor aufheulen, wie ein jugendlicher Angeber, der sich ausschließlich über sein Auto definierte. Dann fuhr er endlich, vorsichtig, als transportierte er Kisten feinstes Porzellan, auf die Straße und brauste, sobald sich die vier Räder auf dem Asphalt befanden, grußlos weg.

Prolet.

Wahnsinniger.

IDIOT.

Ich lenkte meinen Blick in das heitere Himmelsblau, das sich über meinem Kopf spannte und sprach mein Mantra: „Lächle und das Leben lacht zurück." Ich ließ mir den Tag nicht verderben. Vor allem nicht von so einem …

Egal. Eigentlich hatte ich die Begebenheit schon vergessen, ebenso den Gorilla.

War da überhaupt etwas gewesen?

## Kapitel 2

Lower Millbury. Niedlich und klein. Ein winziges Dorf. An den Ausläufern der Cotswolds Hills gelegen. Ich war erleichtert, als ich die drei schlanken Pappeln entdeckte, die wie Wächter neben der Unterkunft standen und an die ich mich jetzt wieder erinnerte, weil sie mir schon vor zwanzig Jahren als Wegweiser gedient hatten.

„Sie haben Ihr Ziel erreicht", sprach das Navi.

Da lag sie. Die Bluebell Hill Farm, und mein Herz pochte voller Vorfreude. Als ich von der Straße zur Farm einbog, knirschte Kies unter den Reifen. Den großen Hof umschlossen einzelne Gebäude: mehrere, aus goldfarbenen Kalksteinen der Cotswolds erbaute zweistöckige Cottages in einer Reihe, eine ehemalige Scheune, die jetzt als Garage oder riesige Lagerhalle diente, ein Stall und das neben der Einfahrt gelegene frei stehende Haus des Verwalters, das die Eigentümer beherbergte. In diesem Haus sollten sich die Gäste melden, darauf wies ein dezentes Schild neben der Haustür hin. Wilder Wein kletterte an den Fassaden und leuchtete in flammendem Rot. Neben jeder Tür rankten in Perlmuttfarben blühende Rosen. Den Mittelpunkt des Hofes bildete eine zwergwüchsige Platane, in deren lichten Schatten eine getigerte Katze auf einer Holzbank schlief.

Die ehemalige Farm träumte in der Sonne und ich fühlte mich sofort wieder heimisch. Tiefe Dankbarkeit durchströmte mich. Alles war so, wie es in meinem Gedächtnis haften geblieben war.

Kein Mensch war zu sehen. Die Luft war völlig reglos. Auf der Farm herrschte die träge Stille eines spätsommerlichen Nachmittages. Viele Touristen schien es um diese Jahreszeit nicht hierher verschlagen zu haben, was mir absolut recht war. Ich sehnte mich nach Ruhe und Alleinsein.

Ich sprang aus dem Wagen — inzwischen gelang es mir besser, mein Gefährt halbwegs elegant zu verlassen — und spazierte auf das Haus des Verwalters zu. James, der Schwarm meiner jungen Jahre. Und nicht nur ich hatte für ihn geschwärmt, fast alle Mädchen hatten ihn angeschmachtet. Manche hatten bei ihm Erfolg gehabt, er war einem Flirt nicht abgeneigt gewesen. Aber mich hatte er damals verschmäht. Ob ich ihn wiedererkennen würde? Würde er mich erkennen? Die Website nannte ihn und seine Frau Elenor als Eigentümer, die ihre Gäste herzlich auf der Farm willkommen hießen. Heiß brannte die Sonne auf den Hof herab und ich wischte mir unwillkürlich über die Stirn. Auch wenn die Temperaturen an einen hochsommerlichen Tag erinnerten, war das Licht anders. Viel weicher, gnädiger, mit einem bernsteinfarbenen Ton, nicht grell und stechend wie noch vor wenigen Wochen.

Septemberlicht. Das Licht, das die Ahnung des Herbstes bereits in sich trug.

Gegenüber der Farm, quer über die Dorfstraße, befand sich die alte Kirche, umgeben vom Friedhof. Windschiefe Grabsteine, an denen der Zahn der Zeit genagt hatte, ragten, als hätte Gott sie aus dem Himmel auf die Erde fallen lassen, aus der Grasfläche. Um meine Lippen spielte ein Lächeln, als ich mir ins Gedächtnis rief, wie dieser Kirchhof vor zwanzig Jahren meine Fantasie angeregt hatte. Besonders am Abend, wenn der Nebel aus den umliegenden Wiesen gekrochen war, sich über das Dorf wie ein Schleier gelegt hatte und alles nur schemenhaft wahrzunehmen war. Dann hatte die Atmosphäre in dem kleinen Ort für wohlige Gruselgefühle gesorgt.

Im Garten des Verwalterhauses trockneten Bettlaken und Handtücher auf Leinen verteilt. Klammern in Form von Micky Mäusen hielten die Wäsche. Auf der weitläufigen Rasenfläche lag das Spielzeug von Kindern. Große Plastikbausteine neben einer roten Tonne mit Schaumstoffbällen, Fußbälle und Tischtennisschläger, Springseile und ein blau-weißes Dreirad. Ein Gummikrokodil. In einem Gehege aus Maschendraht in einer Ecke des Gartens knabberten vier Meerschweinchen an Salatblättern. Daneben stand ein Apfelbaum, der schwer an seinen roten Früchten trug und von dem ein Kletterseil herab baumelte. Gepflegte Beete rahmten den Rasen. Dahlien bunt wie Lampions, eine Sorte hübscher als die andere, und weiße Astern standen in voller Blüte. Auf der schattigen Seite des Gartens drängten sich an eine Bruchsteinmauer mannshohe Hortensien, die von löschpapierfarbenen Dolden übersät waren. Aus der Ferne drang das leise, träge Glucksen von Hühnern, die vermutlich ein Nickerchen irgendwo unter Büschen hielten.

In Ermangelung eines Klingelknopfes zog ich die Kette der Schiffsglocke neben der Haustür, die im Schatten eines riesigen Blauregens lag. Wie schön musste es aussehen, wenn er blühte. Mein Herz klopfte vor Aufregung. James. Was sollte ich sagen, wenn er mich erkannte?

Ich hatte mich auf Hundegebell eingestimmt, ein Schild wies auf einen Labrador hin, der in diesem Haus wohnte, aber nichts dergleichen war zu hören. Kaum war der Ton der Glocke verklungen, öffnete eine zierliche junge Frau die Tür, das dunkle Haar zu einem hohen Pferdeschwanz gebunden. Auf dem Arm trug sie ein Kleinkind mit Krümeln um den Mund und einem angebissenen Keks in der Mini-Hand.

„Dachte ich mir doch, dass ich einen Wagen gehört habe. Herzlich willkommen! Sie müssen Carolin Bäumler sein!" Die junge Frau in einem mädchenhaften blassblauen Kleid sprach akzentfreies Deutsch und streckte mir die Hand entgegen. „Ich bin Elenor und das ist Ken!"

Verschämt blickte der kleine Junge zur Seite und schlang die Arme um den Hals seiner Mutter.

Elenor hatte einen kräftigen Händedruck. Bestimmt stand sie mit beiden Beinen fest im Leben. Sie ist mir auf Anhieb sympathisch, dachte ich. Und jetzt schnupperte meine Nase den Duft frischgebackenen Kuchens, vermengt mit dem von Kaffee. War es

Pflaumenkuchen? Oder Apfelkuchen? Unwillkürlich begann mein Magen zu knurren.

Elenor bat mich ins Haus, aber ich wollte nicht stören, denn eigentlich wollte ich so schnell wie möglich in mein eigenes kleines Häuschen, um mich umzuziehen. Ein paarmal ging es hin und her, letztendlich blieben wir in der Tür stehen, was uns nicht daran hinderte, in eine angeregte Unterhaltung zu verfallen. Mit manchen Menschen gelang es auf Anhieb. Während der nächsten Minuten schwärmte ich Elenor von meinem ersten Besuch vor. Dass der Ort mir seitdem nicht mehr aus dem Kopf gegangen war. Und wie schön es war, alles so vorzufinden, wie ich es in Erinnerung bewahrt hatte.

Elenor nickte. „Ich kann Sie gut verstehen. Ich liebe diesen Landstrich, der mit meiner Hochzeit zu meiner Heimat geworden ist. Und wie witzig, auch ich war auf Klassenreise hier und habe mich in meinen Mann James und alles verliebt. Ich bin in meinem Paradies hängengeblieben", sagte sie mit einem kleinen Seufzer. „Allerdings ist es auch ein arbeitsintensives Paradies."

Ich spürte für einen Moment in mich hinein und konnte nichts anderes feststellen, als dass ich mich für die beiden freute ... Und es erklärte, warum sie akzentfreies Deutsch sprach. Wir sprachen über Vergangenes, Veränderungen und schließlich berichtete Elenor von den Modernisierungen, die sie hatten durchführen lassen. Aber James habe einiges auch selbst gemacht, sagte sie mit Stolz in der Stimme.

Trotzdem sei vieles beim Alten geblieben, meinte sie mit einem fröhlichen Augenzwinkern.

„Bin gleich wieder da. Ich hole den Schlüssel. Ich habe Sie im Haus zwei einquartiert", sagte meine Vermieterin, als ein Wecker im Haus penetrant zu piepen begann und sie wahrscheinlich an ihren Kuchen im Backofen erinnerte. „Sie haben Glück, momentan sind keine Gäste hier. Sie werden also ein paar sehr ruhige Tage haben."

Elenor setzte den Kleinen auf dem hell gefliesten Boden ab und stürmte davon. Der Junge lief ein paar wacklige Schritte und umarmte einen dunklen Labrador (oder vielleicht hielt sich der Junge auch an dem Hund fest), der inzwischen in den Flur getrottet war.

„Es gibt nur einen Dauergast, einen Schriftsteller, der quasi zur Familie gehört", sagte Elenor, als sie wieder zu mir zurückkehrte und die Hausschuhe gegen ausgetretene Clogs tauschte und dabei mit dem Schlüssel klimperte, „aber von ihm werden Sie so gut wie nichts mitbekommen. Er arbeitet Tag und Nacht und kommt selten aus seinem Haus. Momentan lebt er wie ein Einsiedler."

Nun schön, ein einzelner Mensch würde mich nicht im Urlaub stören.

Langsam gingen wir nebeneinander auf die Cottages zu. Aus der offenstehenden Tür der Scheune watschelte ein Hund, eine kräftige Englische Bulldogge, um sich dann erstaunlich flink in Bewegung zu setzen und sich zu uns zu gesellen. Elenor bückte sich, klopfte dem Tier liebevoll auf den breiten Brustkorb und befreite sein Fell von Strohhalmen.

„Das ist unser Charly, unser Hofhund. Unser Wachhund. Aber eigentlich ein lieber Kerl, vollkommen ungefährlich, auch wenn er bisweilen furchteinflößend aussieht. Er stromert gerne durch das Gelände und wird Sie sicherlich öfters besuchen, wenn Sie nichts dagegen haben. Ach ja, wenn Sie etwas essen möchten, gibt es einen Pub im Dorf. Der steht auch noch dort, wo er vor zwanzig Jahren gestanden hat", setzte sie schmunzelnd hinzu. „Und am Nachmittag ist ein kleiner Laden geöffnet. Beides liegt in die Richtung", sie deutete vage nach links. „Und mittlerweile haben wir uns den Milchmann zurückerkämpft. Also, falls Sie frische Milch benötigen, sagen Sie es mir. Wenn Sie sonst etwas brauchen: Bei uns ist fast immer jemand im Haus." Mit diesen Worten schloss Elenor die Tür des Häuschens Nummer zwei auf und zog einen Lappen aus der Tasche ihres Kleides, um zwei Spinnweben in der Ecke neben der Tür zu entfernen. „Es ist September, da fühlen sich die Spinnen hier besonders wohl", sagte sie entschuldigend und rollte mit den Augen.

Ein lichterfüllter Raum. Sonnenstrahlen auf dem hell gefliesten Boden. Lilafarbener Phlox, dessen Duft mir entgegenströmte. Ein Strauß auf einem Beistelltischchen.

„Was sagen Sie?" Elenor schaute mich erwartungsvoll an.

Nachdem ich über die Schwelle des Hauses getreten war, ließ ich meinen Blick durch den großen Raum, in dem in der Mitte eine Treppe in das Obergeschoss führte, schweifen. Ein Esstisch mit zwei Bänken, alles aus Kiefernholz, stand unweit der Eingangstür vor dem Sprossenfenster zum Hof. Rote Polster, augenscheinlich neuer Stoff, schmückten die Bänke. Eine funktionale, moderne weiße Küchenzeile und eine cremefarbene Sitzgruppe, bestehend aus Sofa und zwei Sesseln um ein Glastischchen, befanden sich auf der anderen Seite des Raumes zum Garten hin. Eine rote Decke aus Fleece lag für kühlere Stunden auf einem Stuhl bereit. Behagliche Gemütlichkeit. Ein Ort, wo ich mich wohlfühlen würde und zur Ruhe kommen konnte.

„Es ist wunderbar. Ganz wunderbar!", sagte ich.

„Ich finde den Ausblick herrlich ... Und warten Sie ab, bis Sie hier einen Sonnenuntergang erleben. Dann ist es ein Traum!"

Ich sah durch die gegenüberliegenden Fenster nach draußen. Der Ausblick war tatsächlich das Schönste. Zwei Fenster und eine Flügeltür, gerahmt von weißen hauchzarten Gardinen, gaben den Blick zu der großflächigen Terrasse mit Pool frei. Einladend schimmerte das türkisgrüne Wasser in der Sonne. Auf der Terrasse, die sich an alle Cottages schmiegte, standen Kübel mit roten und weißen Geranien. Ich sah Beete mit Lavendelpflanzen, dick wie Kissen, die vereinzelt noch ihre lilafarbenen Blüten trugen. Dahinter lag die Streuobstwiese, auf der locker gesetzte Apfelbäume wuchsen. Die von

Hunderten von Gänseblümchen weiß getupfte Wiese erstreckte sich bis zu der niedrigen Mauer, die das Gelände der Farm umschloss. Und dahinter fiel mein Blick auf die malerische Landschaft: Bis zum Horizont — ja, ich konnte bis zum Horizont schauen, was für ein Luxus — Wiesen und Weiden. Über allem wölbte sich dieser makellose blaue Himmel. Ein Blick wie ein Gemälde. Auch dafür war ich hergekommen. Allein für diesen Blick. Wenn ich mich in eine Landschaft verlieben würde, dann in diese. Aber wahrscheinlich war ich schon verliebt. Schockverliebt. Wie beim letzten Mal vor zwanzig Jahren.

Nachdem sich Elenor verabschiedet hatte, stieg ich mit meinem Koffer die Treppe hinauf in das obere Geschoss, in dem Schlafzimmer und Bad unter der Dachschräge lagen. Der herrliche Duft frisch gewaschener Wäsche breitete sich in der gesamten oberen Etage aus. Auf dem Nachttisch stand auf einer Decke aus weißer Spitze ein kleiner Strauß pinkfarbener Rosen. Blaue Glockenblumen zierten die Bettwäsche auf dem geräumigen Doppelbett. Weiße, flauschige Frotteehandtücher lagen bereit. Alles war da, alles war hübsch.

Ich wuchtete meinen Koffer auf die Ablage und begann den Inhalt in dem Kleiderschrank und der kleinen Kommode zu verstauen.

Als ich mich eine Viertelstunde später im Spiegel am Treppenabgang betrachtete, dachte ich, ich sah viel zu streng aus. Wie eine Gouvernante.

Oder wie eine Karrierezicke.

Ich verdrehte die Augen. Umgehend löste ich meinen Knoten, fand einen weiteren Strohhalm darin, lockerte meine braunen Haare, bauschte sie auf, bis sie mein Gesicht lockig umschmeichelten. Wenn ich jetzt aus meinem Businessoutfit in Freizeitklamotten stieg, sah ich wie eine ganz passable achtunddreißigjährige Frau aus, die sich im Urlaub befand. Meine Schwester Tina hätte mir angesichts dieses Satzes einen Hieb versetzt. Wie oft hatte sie mir erzählt, zwei ihrer Bekannten fänden mich scharf. Ich schnitt eine Grimasse, meine grünen Augen blitzten. In letzter Zeit hatten sie oft einen müden Eindruck gemacht. Vielleicht sah ich tatsächlich jünger als achtunddreißig aus. Womöglich sah ich tatsächlich scharf aus. Der nette Mann vom Flughafen hatte mir augenzwinkernd nachträglich zum dreißigsten Geburtstag gratuliert. Okay, es war schleimig und übertrieben gewesen und wirkte irgendwie wie aus der Zeit gefallen; gefreut hatte ich mich trotzdem.

Während ich mich umzog, trieben Gedanken wie Wellen, die kamen und gingen, durch meinen Sinn. Gedanken an die Arbeit, meine berufliche Zukunft verbot ich mir umgehend, schließlich hatte ich Urlaub. „Urlaub!", sagte ich laut zu meinem Spiegelbild, um mich selbst noch einmal zu erinnern. Ich dachte an die Unternehmungen der nächsten Tage, wahrscheinlich hatte ich mir wie üblich viel zu viel vorgenommen. Mein Körper sehnte sich nach Ruhe, nach Nichtstun und Schlaf. Meiner Seele erging es nicht anders.

Vielleicht bliebe ich einfach auf dem Hof. Hier war es friedlich und ich fühlte mich von der ersten Sekunde an wohl. Als geradezu tröstlich empfand ich es, dass so vieles beim Alten geblieben war. Es war wie ein Nach-Hause-Kommen. In dieser schnelllebigen Zeit gab es zum Glück Orte, die sich kaum veränderten und die das wohltuende Gefühl der Beständigkeit verströmten. Ich war eben *oldschool*, sagte meine Schwester, und ich stand dazu. Hier schien das Leben sicher, unwandelbar, vielleicht ein bisschen langweilig. Aber es war das, was ich in meinem eigenen Leben vermisste. Dabei brauchte ich Strukturen, Verlässlichkeit, Kontinuität wie die Luft zum Atmen. Nicht umsonst umgab ich mich mit penibel ausgearbeiteten Listen, auf der Arbeit und in meinem Leben. Mit Spiegelstrichen versehene, akribisch ausformulierte Punkte, die ich nach Erledigung abhaken konnte. Allerdings neigte ich inzwischen dazu, jede Aufgabe in viele kleine Arbeitsschritte zu zerlegen, um möglichst viel abhaken zu können. Nichts befriedigte mehr, als einen Haken hinter ein To-do zu setzen. Ja, so tickte ich. Diese Listen entlockten meinen Mitmenschen regelmäßig Worte des Spotts. Aber das war ich gewohnt.

Und dann gab es noch die eine große Liste. Aber anders als die To-dos meines beruflichen Daseins ließen sich die Punkte meiner Lebensliste nicht ohne Weiteres abarbeiten. Auch wenn ich mir große Mühe gab, ein für mich wichtiges Ziel zu erreichen. Nachdem meine letzte Beziehung auf unschöne Weise in die Brüche gegangen war, war es für eine Weile okay

34

gewesen, Single zu sein. Aber es war kein Zustand, der mir auf Dauer behagte. Seit einem Jahr war ich aktiv auf Partnersuche, hatte mich auf Dating-Apps, sogar auf Tinder rumgetrieben. Ich war beim Speeddating und Slowdating und auf Matching-Partys gewesen, nur um festzustellen, Erfolge dieser Art ließen sich nicht erzwingen. Natürlich nicht. Auch wenn die Vermittlungsagenturen genau das — wissenschaftlich basiertes Matching nannten sie es — versprachen und ich dieses Projekt genauso ernsthaft wie meine Arbeit angegangen war. Liebe passierte eben. Oder auch eben nicht. Nach einem dreiviertel Jahr der aktiven Suche war ich in ein regelrechtes Dating-Burn-Out gerutscht. Ich hatte keine Lust mehr auf verkrampfte Zusammentreffen, das Suchen nach den richtigen Worten, dem Sich-immer-wieder-neu-Einlassen auf fremde Männer. Außerdem fehlte mir die Zeit, schließlich hatte ich einen fordernden Job. In einem Monat hatte ich ein Herz-trifft-Herz-Wochenende in einem romantischen Hotel in den Alpen gebucht. Ein letzter Versuch. Egal wie er ausginge, im Anschluss würde ich die aktive Suche nach einem Partner ad acta legen. Dafür würde ich eben Karriere machen. Oder ins Ausland für ein Sabbatical gehen. Oder ich könnte mir ein Hobby zulegen: Bienenstöcke auf dem Dach halten oder Gemüse auf meinem Balkon züchten. Es gab immer eine Alternative im Leben.

Mein Coach neigte sich zu wiederholen, wenn er sagte: Ich müsse mehr Spontanität in mein Leben lassen, weniger kontrollieren. Die Zügel locker lassen. Ich müsse auch mal ein Wagnis eingehen. Ohne mich zuvor zu versichern. Ohne zu planen. Einfach einmal springen. Und in Liebesdingen müsse ich mir Zeit geben, mich in Geduld üben. Ich seufzte und warf mir einen aufmunternden Blick im Spiegel zu. Hör auf zu grübeln, ermahnte ich mich, es brachte nichts.

Mein Blick fiel auf die Laufhosen und das Shirt. Kleidung, die ich mir bereits auf dem Stuhl bereitgelegt hatte... Laufen half immer, um auf gute Gedanken zu kommen.

## Kapitel 3

Der Raubvogel thronte majestätisch auf dem Holzpflock eines Weidezaunes, die Umgebung fest im Blick. Sein bräunliches Rückengefieder schimmerte in der Abendsonne, die weiße Brust streckte er der milden Brise entgegen, die seine Federn leicht auffächerte. Was für ein Vogel war es? Bussard? Habicht? Ich hatte keine Ahnung.

Da ich nicht wusste, wohin die abzweigenden Feldwege führten, trabte ich in gleichbleibendem Tempo auf der kleinen Landstraße, auf der kaum ein Auto fuhr. Ab und zu begegneten mir Traktoren, deren Fahrer freundlich nickend grüßten oder mir winkten. Engländer waren höflich und rücksichtsvoll und die Wahrscheinlichkeit, noch einmal auf so einen Idioten wie den Porsche-Gorilla zu treffen, ging gegen null. Ich musste Elenor fragen, vielleicht hatte sie einen Tipp für eine gute Laufstrecke. Heute hatte ich einen Rundkurs gewählt und ließ mich vom Navi führen. Sicher war sicher.

Mäuse huschten wie Schatten über die Straße, einmal wäre ich fast auf eine dicke Kröte gesprungen, die sich unter einem überstehenden Grasbüschel gegen den Asphalt duckte. Mücken schwirrten im Licht. In der Luft zog ein weiterer Raubvogel seine Kreise, schraubte sich immer weiter nach oben in das Himmelsblau und stieß dabei lang gezogene Schreie aus.

Wieder diese Idylle.

Die Straße wand sich einen Hügel hinauf. Gut so, ich liebte es, meinen Körper zu fordern. Auf der Anhöhe suchte ich mir einen Findling, der sich zum Stretchen der Beine eignete, und gönnte mir im Anschluss eine Verschnaufpause. Ich betrachtete die zu meinen Füßen liegende Landschaft, diesen grünen Flickenteppich, am Horizont war ein Waldstück ein kleiner Schatten.

Frieden. Harmonie. Der Anblick der Natur im goldenen Abendlicht war Balsam für die Seele. In mir wurde es still. Ich fühlte eine Ruhe in mir hochsteigen, wie ich sie seit Ewigkeiten nicht mehr empfunden hatte. Es war, als hätte jemand meinen Stecker gezogen, mich vom Netz genommen und flößte mir stattdessen das angenehme, schwere Gefühl der Entspannung ein.

Weiter unten am Hügel entdeckte ich einen Jogger, einige Laufminuten von mir entfernt, der ebenfalls meine Route gewählt hatte. Ich war nicht die Einzige, die sich um diese Stunde sportlich betätigte, dachte ich und setzte mich langsam wieder in Bewegung, nicht ohne in einem letzten Blick auf die Szenerie, dieses harmonische Bild, zu versinken.

Bergab lief es sich leicht. In einiger Entfernung arbeitete ein Traktor auf dem Feld, einen Schleier aus Staub hinter sich herziehend, auf einer Wiese entdeckte ich ein plüschiges Tier und ich benötigte ein paar Sekunden, um zu begreifen, dass es sich bei diesem Flauschball um ein Lama handelte.

Jetzt lief ich der Sonne entgegen, der Asphalt vor mir glänzte im schräg stehenden Licht. Es dauerte nicht lange, bis ich Schritte hinter mir hörte. Es musste dieser Läufer sein, den ich von Weitem gesehen hatte. Mit der Geschwindigkeit, die er an den Tag legte, sollte er mich binnen Sekunden überholen. Ob er mich grüßen würde? Hoffentlich nicht in ein Gespräch verwickeln, ich wollte jetzt alleine sein. Die Straße schlängelte sich nach rechts.

Ich wartete, nichts geschah. Im Gleichklang tönten unsere beiden Schritte auf dem Asphalt. Trab, trab. Trab, trab. Ich spürte den Blick des Joggers unangenehm im Rücken. Wie ich es hasste, wenn jemand direkt hinter ihr lief. Dieser Jemand war nahezu auf meiner Höhe, bemerkte ich am Schatten, der mich rechter Hand begleitete. Warum zog der Typ nicht einfach an mir vorbei?

Abermals schoss eine Feldmaus über die Straße. Ich konzentrierte mich auf meinen Lauf, atmete ruhig und gleichmäßig, hielt den Blick starr nach vorne gerichtet. Wenn der Läufer mich nicht gleich überholte, würde ich stehen bleiben. Als ich das nächste Mal auf die Straße sah, erblickte ich ein sich windendes Etwas.

Himmel! Eine Schlange!

Zu Tode erschrocken keuchte ich laut auf, ich konnte nicht anders. Gleichzeitig machte ich einen ungelenken Satz zur Seite.

Und prallte gegen etwas Festes.

„I'm sorry", japste ich und sah den anderen Läufer erschrocken an.

Ich erstarrte innerlich mitten im Lauf.

Der Gorilla.

Unverkennbar.

Wieder in diesem grässlichen Jogginganzug, in dem er sich bei den Temperaturen zu Tode schwitzen musste. Sein Gesicht glänzte vor Schweiß. Die Haare, die ihm nicht nass auf der Stirn klebten, kringelten sich um den Kopf wie die Schlangen bei Medusa.

Ohne meinen Lauf zu verlangsamen, entfuhr mir ein ärgerliches „Schon wieder Sie!" Eindeutig ein schlechter Scherz des Lebens, diesem Mann ein zweites Mal zu begegnen.

„Als ich Sie von hinten betrachtet habe, ist mir auch nicht in den Sinn gekommen, dass *Sie* das sein könnten."

Jetzt heftete er sich an mich und machte keinerlei Anstalten, sein vorheriges Tempo aufzunehmen. „Sie haben sich ziemlich verändert in den letzten zwei Stunden."

„Sie dagegen überhaupt nicht!"

Meine Antwort entlockte ihm ein gurgelndes Geräusch.

„Richtig hip sind Sie! Wow!"

Ohne dass ich es verhindern konnte, gab ich ein missbilligendes Schnalzen von mir. Hip! Wer gebrauchte dieses Wort? Hip. Männer wie er, die sich für jung hielten. Männer wie dieser Typ waren alles andere als hip, auch wenn er sich selbst wahrscheinlich für megahip hielt … Überhebliche, arrogante, männliche Selbsteinschätzung.

„Aber auch in diesem Outfit stellen Sie sich anderen Leuten gerne in den Weg!"

„Das bin ich als Karrierezicke gewohnt, ich habe darin inzwischen eine gewisse Routine!"

Sein Lachen klang wie ein Schnauben durch die Nase.

Mach schon, dachte ich, lauf weiter! Lass mich in Ruhe! Merkst du nicht, dass du gewaltig störst? Aber nein, wie alle Störenfriede merkte er es natürlich nicht. Gleichmäßig trabte er neben mir. Ich würde mir *definitiv* eine andere Joggingstrecke suchen müssen. Nicht, dass ich ihm von nun an häufiger über den Weg lief. Das fehlte mir gerade noch.

„Ich habe Angst vor Schlangen", gestand ich und hätte mir am liebsten auf die Zunge gebissen. Ich war ihm keine Rechenschaft schuldig und unterhalten wollte ich mich erst recht nicht mit ihm. Ich wollte ihn ignorieren. „Ich habe mich erschreckt. Deswegen bin ich zur Seite gesprungen."

Ich schüttelte innerlich den Kopf über mich. Warum erklärte ich mich?

Ich hörte ihn neben mir abermals auflachen. „Dabei war das Tierchen ganz harmlos ... Und auch keine Schlange, sondern eine Blindschleiche."

Na gut, Mr Besserwisser.

„Ich mag keine Reptilien!"

„Alles klar."

Trab, trab. Trab, trab. Mach einen Abgang! Trab, trab. Trab, trab. Die Minuten, die er an meiner Seite klebte, dehnten sich zu einer Ewigkeit.

„Was macht Ihr Schätzchen?", fragte ich schließlich, nur um irgendetwas zu sagen. Es war geradezu unheimlich, ihn schweigend neben mir zu wissen.

Vielleicht, nein, ganz sicher, tickte er nicht richtig. Wer weiß, wozu er fähig war. Wenn ich mit ihm redete, konnte ich ihn wenigstens ablenken.

Von was auch immer.

„Ich nehme an, Sie sprechen von meinem Auto. Dem geht es gut. Ich habe es bereits zu Bett gebracht. Sie können froh sein, dass es keine Schramme abbekommen hat."

„Da bin ich überaus glücklich und dankbar. Und jetzt wäre es schön, wenn Sie sich weiterbewegen würden!"

„Ihrem Wunsch komme ich gerne nach." Unverhofft schnell legte er einen Schritt zu und entfernte sich von mir. „Man sieht sich!", rief er, als er sich noch einmal zu mir umdrehte und einige Schritte rückwärtslief.

Hoffentlich nicht, dachte ich. Aber ich war ihn los. Später würde ich Elenor fragen, ob der Typ in dieser Gegend bereits unangenehm aufgefallen war. Ja, ich würde wachsam bleiben.

Als ich das Farmgelände durch das in der Mauer gelegene Tor zu der Streuobstwiese betrat, war die Sonne fast verschwunden. Die Luft war warm und ich schwitzte. Vorhin hatte ich die Hand in das Wasser des Pools gehalten und wenig Lust verspürt zu schwimmen. Jetzt konnten selbst die eisigen Wassertemperaturen mich nicht vom Baden abhalten. Voller Erstaunen bemerkte ich, dass jemand anderem dieselbe Idee gekommen war, denn rund um das Becken standen Wasserlachen. Vielleicht kam der einsiedlerische Schriftsteller öfter als gedacht aus seinem Cottage. Ich stellte mir einen älteren Mann mit Nickelbrille vor, der so versunken in seine Tätigkeit am Schreibtisch hockte, dass er es nicht mitbekommen hätte, wenn im Hof eine Bombe explodiert wäre. Der Typ Mensch, für den weder Tag noch Nacht existierte, wenn er seinem Schreiben nachging. Der wahrscheinlich gar nicht mitbekam, dass er nun eine Nachbarin hatte.

Bevor ich es mir anders überlegte, tauschte ich meine Joggingkleidung gegen einen knappen roten Bikini — ein Geschenk meines letzten Freundes zu unserer Ibiza-Reise, bevor er mir eröffnet hatte, dass sich in unsere Zweisamkeit eine weitere Person gemischt hatte. Den Mann hatte ich nicht behalten, aber den Bikini. Gleich nach der Reise war ich aus unserer gemeinsamen Wohnung ausgezogen. Ich stand nicht auf Dreierbeziehungen.

Ich stieg die Leiter in den Pool, bis mir die Kälte an den Bauchnabel reichte. Tapfer biss ich die Zähne zusammen, zählte bis drei und ließ mich in das Wasser gleiten. Die Temperaturen ignorierend schwamm ich Bahn um Bahn. Nach der zehnten Wende wurde es langsam angenehm im Wasser und ich begann zu überlegen, wie ich den weiteren Abend verbringen sollte. Ich benötigte etwas zu essen. Naheliegend wäre der Pub. Hatte ich Lust, alleine in ein Restaurant zu gehen? Nicht wirklich. Für die nächsten Tage würde ich Verpflegung kaufen. Ja, ich könnte es mir an den Abenden auf der Terrasse gemütlich machen.

Elenor hatte mir eine Flasche Rotwein als Willkommensgruß hingestellt.

Ich war zufrieden, am heutigen Tag mein sportliches Pensum erfüllt zu haben, ich lag genau in meinem Trainingsplan. Als ich nach meinen zwanzig Bahnen aus dem Wasser stieg, umhüllte mich die laue Luft wie ein angewärmtes Handtuch und die Grillen zirpten.

## Kapitel 4

Der Himmel verlor an Licht, die Luft wurde kühler. Unzählige Stare zerstoben in alle Richtungen und formierten sich dann zu einer Wolke über dem Dorf. Sie bildeten eine schrumpfende, dann wieder eine aufquellende Wolke. Alle paar Sekunden zeichneten die schwarzen Vögel andere Bilder in den Abendhimmel. Im Zickzack flatterten Fledermäuse durch die Dämmerung, die untergegangene Sonne glühte nach. Die blaue Stunde. Eine Zeit, die mich immer zutiefst berührte. Eine Zeit voller Magie.

Die warme Dusche nach dem Schwimmen war eine Wohltat gewesen. In weißer Jeans und rosafarbener Bluse schlenderte ich die schmale Dorfstraße entlang und betrat zwei Minuten später den Pub. Durch die kleinen, durch Sprossen unterteilten Fenster fiel gedämpftes letztes Tageslicht. Sofas und zahlreiche Sessel, die wenigsten davon zusammenpassend, waren um schlichte Holztische in allen Größen und Formen gruppiert. Trotz der spätsommerlichen Temperaturen knisterte ein Feuer im offenen Kamin. Der Raum besaß den Charme eines großen Wohnzimmers. Die helle Holztäfelung an den Wänden verlieh dem Ganzen zusätzliche Gemütlichkeit.

Leise dudelte das Radio. Etwas von Michael Jackson. Bei der Frau am Tresen, die mich anstarrte, als wäre ich ein Alien, bestellte ich Fish and Chips und ein Wasser und nahm dann an einem der Tische nahe am Kamin Platz. Ich liebte es, ins Feuer zu schauen, dem Prasseln der Flammen zuzusehen und dabei automatisch zur Ruhe zu kommen. Es hatte etwas Meditatives an sich.

In einer Ecke des Gastraumes saß eine mit gleichen T-Shirts bekleidete amerikanische Familie, die sich lautstark über das London Eye unterhielt und sich trotz ewiger Diskussion nicht einigen konnte, ob es *das* Highlight der Londoner Sehenswürdigkeiten war. Ein Mann — der Wirt? — eilte durch den Raum. Er trug ein schwarzes Muscle Shirt, das seine mit Muskeln bepackten und von Tattoos übersäten Arme bestens zur Geltung brachte. *WONDER HAPPENS* stand in Pink auf dem Shirt. Jetzt kam er an meinen Tisch und mein Herz setzte einen Schlag aus, bevor es weiter rumpelte. Er hätte sich nicht vorzustellen brauchen. Ich hätte ihn erkannt. Diese blauen Augen ... Von schönstem, hellstem Blau.

Ich wusste, dass ich Harry vor mir hatte, auch wenn er sich etwas verändert hatte. Die Tattoos und die Muskelpakete waren gewachsen, dafür waren die Haare auf dem Haupt geschwunden. Der Bart war neu.

Harry.

Mit ihm wollte ich sprechen, das hatte ich mir als kleine Mission auferlegt, aber gerade jetzt, in diesem Moment, überforderte mich ein Gespräch mit ihm. In Gedanken war es einfach gewesen, hier vor Ort machte sich ein merkwürdiges Gefühl in meiner Magengegend breit. War es albern? Würde er es albern finden? Aber da musste ich durch, es war meine Art von Wiedergutmachung.

Er wisse genau, wen er vor sich habe, sagte Harry und mein Herz setzte ein zweites Mal einen Schlag aus.

„Elenor hat mich vorgewarnt, dass du hübsch bist."

Zum Glück verstand ich sein Englisch immer noch gut. Inzwischen hatte er eine Reibeisen-Stimme wie Joe Cocker. Kam das vom Rauchen? Bad Boy hatte meine Freundin Emma ihn damals genannt. Vielleicht hatte er damals tatsächlich die Ausstrahlung eines Bad Boys gehabt. Und auch heute ... Aber sein Äußeres täuschte. Bis auf seine Tattoos wirkte er bieder und brav wie ein großer Bär. Ein Teddybär. Und ja, es war eben ein Dorf und Neuigkeiten verbreiteten sich schnell, insbesondere dann, wenn es nur wenige Touristen gab, wie ich vermutete. Schon damals waren wir Besucher eine Art Sommer-Attraktion für die Dorfjugend gewesen, fiel mir wieder ein.

Beruhigt, dass er mich nicht erkannt hatte, schmunzelte ich und er schmunzelte zurück, bevor sich ein breites Grinsen über sein Gesicht schob.

„Leo hat aber auch ein verdammt großes Glück, aber ich gönne es ihm", sagte er, ohne mich darüber aufzuklären, wer dieser Leo war. So klein, wie die Gemeinschaft des Dorfes war, würde ich es sicherlich bald erfahren. Harrys huskyblauen Augen, die er nach wie vor wie ein Magnet auf mich geheftet hielt, waren ungemein eindrucksvoll, ging mir durch den Kopf. Als es in der Küche klingelte, machte er auf der Hacke kehrt, um meinen Teller zu holen.

Ich war tatsächlich hungrig, denn ich hatte außer einem Proteinriegel und mehreren Tassen Milchkaffee heute nichts zu mir genommen. Gierig machte ich mich über das Essen her, auch wenn es ganz und gar nicht meinem Sinn für gesunde Ernährung entsprach. Panierter Fisch, knusprige Chips. Viel zu viel Fett und viel zu wenig Vitamine. Aber es schmeckte. Und Fish and Chips gehörten in meinen Augen zu einem England-Aufenthalt dazu. Außerdem erinnerte mich das Essen an alte Zeiten. Und ich hatte mich heute gut bewegt. Kein Grund, ein schlechtes Gewissen zu haben.

Harry, hatte ich jetzt entschieden, würde ich bald ansprechen. Nicht heute. Was für ein Zufall, dass er mir gleich am ersten Abend über den Weg lief. Ich hatte ihn in Berlin gegoogelt und gesehen, dass er als Versicherungsmakler in Lower Millbury arbeitete. Offenbar betrieb er nebenbei noch den Pub.

Das Feuer knackste leise. Die Stimmen der amerikanischen Familie bildeten nur noch Hintergrundgemurmel. Entspannt lehnte ich mich im Sessel zurück. Urgemütlich war es, so behaglich. Seit Ewigkeiten hatte ich keinen freien Abend gehabt. Keine Aufgaben drückten mich. Ich konnte mich in diesen Abend hineinfallen lassen wie in ein wattiges Kissen. Und ein Bier könnte ich mir auch gönnen. Heute zählte ich keine Kalorien. Ich gab dem Wirt mit den schönsten blauen Augen, die mir jemals untergekommen waren, ein Zeichen und er antwortete lächelnd vom Tresen, einen Daumen hochgestreckt.

Kurz darauf machte sich Harry bemerkbar — das Bier war gezapft — und ich stand auf, um das Getränk zu holen. Er bot mir an, das Bier wie auch das Essen anzuschreiben, wir sähen uns bestimmt öfter, sagte er mit unerschütterlichem Gottvertrauen. Aber ich erledigte die Dinge lieber sofort. Nachdem ich bei ihm bezahlt hatte, drehte ich mich schwungvoll um.

Ich stieß gegen eine Barriere. Eine schwarze Sweatshirt-Wand, die wie aus dem Nichts aufgetaucht schien. Mein Bier schwappte über und ergoss sich über den Ärmel des Shirts.

„Alle guten Dinge sind drei!", sprach die Person, zu der der Ärmel gehörte. „Mir war klar, Sie können rechts und links nicht unterscheiden! Von rechts stellt man sich an, die Theke verlässt man nach links!" Der Gorilla deutete auf den Tresen, wo ein von Kinderhand gemaltes Schild darauf hinwies.

Im Handumdrehen brachte der Mann mich ganz nach oben auf die Palme. „Wenn Sie mir ständig auf die Pelle rücken, muss es ja zu diesen Zusammenstößen kommen!" Bei diesem Kerl war Höflichkeit vergebene Liebesmüh.

Das Haar des Gorillas glänzte feucht, kringelte sich wie Tom Kaulitz' Haar bei einer Gala um seinen Kopf. Hoffentlich sind die Haare von der Dusche feucht und nicht vom Laufen, flitzte als nächster Gedanke durch mein Hirn. Harry, der auf der anderen Seite des Tresens stand und zum Glück nichts von unserem Wortwechsel verstand, war vergessen.

„Man könnte beinahe meinen, Sie legten es auf die Zusammenstöße mit mir an!"

King Kong klang nun eine Spur versöhnlicher.

Mir entfuhr ein schrilles kurzes Lachen, das sich wie das Quietschen einer nicht geölten Türangel anhörte.

„Das glauben Sie wohl selbst nicht."

„Ehrlich gesagt glaube ich, Sie stehen mehr auf die braven Typen — die geschniegelten, hübschen Kerle, die Anzugträger. Täusche ich mich oder liege ich richtig?"

Absurd das Ganze. Wie überhaupt jeder Wortwechsel zuvor mit ihm. „Gut erkannt. Auch deswegen sind Sie für mich vollkommen indiskutabel." Deutlicher ging es nicht. Zickiger auch nicht, meinte ich und wandte mich zum Gehen. Zuvor zog ich eine weiße Papierserviette aus einem Stapel am Tresen, um damit mein Glas trocken zu wischen.

Abermals hatte ich den schwarzen Ärmel vor der Nase.

„Sie haben auch mich bekleckert!"

„Das ist bei Ihrem Aufzug doch vollkommen egal!" Der Typ ging mir mächtig auf die Nerven. Zielstrebig, die Wut in den Magen gedrückt, marschierte ich über das unebene uralte Eichenparkett zu meinem Tisch zurück.

„Ich bringe Ihnen das Shirt morgen zum Waschen vorbei!", sagte der Gorilla, an meine Fersen geheftet. Er war wie eine Klette.

Ich zählte innerlich bis drei, dann erst atmete ich aus. Genau, wie der Coach es mir empfohlen hatte. Es ging wieder. Ich würde nicht explodieren.

„Oder Sie laden mich auf ein Bier ein!", setzte der Gorilla erneut an.

„Warum sollte ich?", fragte ich, bemüht eisig zu klingen und ließ mich in meinen gemütlichen Sessel sinken. Ohne Aufforderung nahm Chewbacca mir schräg gegenüber Platz.

„Als Entschädigung für den Schrecken mit meinem Schätzchen, wie Sie es nennen, das Bekleckern eben ... Ich würde dann eventuell auch auf das Vorbeikommen verzichten."

„Das sollte mir ein Bier wert sein", erwiderte ich und tat, als überlegte ich angestrengt.

King Kong hielt seinen Blick erwartungsvoll auf mich gerichtet.

„Nein!"

„Nein?"

Ich nickte.

„Warum?"

„Weil ich nur Menschen einlade, die mir sympathisch sind. Ein Prinzip von mir!"

„Ein gutes Prinzip!", bestätigte er. „So halte ich das auch ..."

Er stand auf — endlich. Gott sei Dank.

„Dann lade ich eben Sie ein." Damit verschwand er an den Tresen.

Verblüfft starrte ich ihm hinterher. Eins zu null für ihn. Während ich an meinem Bier nippte, beobachtete ich ihn. Nur aus Neugier, wie er auf andere Menschen zuging und wie diese ihm begegneten, keinesfalls aus Interesse. Während er auf die Getränke wartete, wechselte er einige Worte mit Harry, den er offenbar gut kannte. Wahrscheinlich sein bester Kumpel hier. Der Gorilla sagte etwas, über das sie beide lachten. Der Lautstärke nach zu urteilen, gab der Primat ein paar Witze zum Besten. Bestimmt irgendwelche derben Männerwitze, schloss ich aus dem solidarischen Prusten. Ich hätte die Möglichkeit nutzen, aufstehen und verschwinden sollen.

Aber das war kindisch.

Der amerikanische Vater starrte mich an. Der Gorilla und ich boten jetzt zusätzliche Unterhaltung im Pub. Ich wandte meinen Blick von dem Amerikaner ab.

Mit zwei Bieren in der einen und einer Holzschüssel mit Chips in der anderen Hand kehrte der Gorilla an den Tisch zurück und lümmelte sich wieder in den Sessel. Umständlich krempelte er die Ärmel seines Sweatshirts hoch. Erstaunlicherweise kamen keine affenartig behaarten Extremitäten zum Vorschein, sondern mit feinen Härchen überzogene, angenehm muskulöse Unterarme.

„Auf Ihren Urlaub!" Er hob sein Glas, um mir zuzuprosten. „Oder was machen Sie hier?"

„Ich bin tatsächlich im Urlaub", bestätigte ich. Gegen meinen Willen, denn ich wollte mich mit ihm weder unterhalten noch angestrengten Small Talk führen, rutschte mir das „Und Sie?" raus.

„Ich habe mich hierher zum Schreiben zurückgezogen."

Der Schriftsteller war kein älterer Herr mit Nickelbrille. Der Schriftsteller war ein Gorilla. Und er war mein Urlaubsnachbar.

„Dann sind Sie der Schriftsteller, der in dem Cottage auf der Bluebell Hill Farm wohnt?", bemerkte ich überrumpelt von der Erkenntnis, aber mit der stillen Hoffnung, es gäbe hier viele Menschen, die sich in den idyllischen Cotswolds ihren literarischen Ergüssen hingaben.

Mein Gegenüber nickte und ließ meine Hoffnung, es könnte sich mit ihm anders verhalten, schneller als Butter in der Pfanne schmelzen.

„Ich wohne dort auch!", stammelte ich.

„Ich weiß, ich habe Sie gesehen", entgegnete er. Grinste er? Mit dem Gestrüpp im Gesicht konnte ich seine Mimik kaum erkennen. „Im Pool. Sie haben es lange darin ausgehalten — alle Achtung! Ich drehe immer nur kurze Runden."

Hatte er hinter der Gardine gestanden und mich beobachtet? Immer noch erstaunt über seine Offenbarung, sagte ich: „Sie sehen nicht wie ein Schriftsteller aus!"

„Wie sieht denn ein Schriftsteller aus?", fragte er ungerührt, gluckerte sein halbes Bier weg, griff sich eine Handvoll Chips, die er sich in den Mund warf, und blickte mir direkt ins Gesicht.

Zum ersten Mal nahm ich seine Augen wahr. Dunkel, fast schwarzbraun waren sie, wie bei einem Gorilla. Definitiv das am wenigsten Hässlichste in dem Gesicht des Neandertalers, ging mir durch den Kopf. Aufmerksam und interessiert, irgendwie auch durchdringend. Ich besann mich — seine Frage ... Als würde ich irgendeinen Schriftsteller persönlich kennen. Wenn es so etwas wie das klassische Bild eines Schreibenden gab, dann war der Mann vor mir weit davon entfernt.

„Nun, Journalisten machen meist auf betonte Lässigkeit, und dann gibt es diesen intellektuell wirkenden Typ in schwarzen Klamotten mit schwarzer, viel zu großer Brille. Mein Bild von einem Schriftsteller." Naiv dahin geworfene Worte. Selbst in meinen eigenen Ohren klang das hohl. Als wäre ich ein kleines Mädchen, das eine fiktive Gestalt aus einem ihrer Märchen beschrieb. Oh Gott, in welchen stereotypen Bahnen dachte ich? Ich schluckte und spürte, wie mir die Hitze ins Gesicht schoss. Wie peinlich. Aber bei meinem Gegenüber auch egal. Ich leerte mein erstes Glas in einem Zug, obwohl mir der Alkohol oder die Wärme des Feuers erste Hitzewallungen bescherte.

„Sie haben genaue Vorstellungen! Und Sie neigen zum Schubladendenken." Sein Grinsen wurde breit, dabei entblößte er eine Reihe bemerkenswert weißer Zähne, dann schüttelte er den Kopf. „Aber ich bin weder Journalist, noch schreibe ich hochgeistige Literatur."

Was er stattdessen tat, ließ er an dieser Stelle offen.

„Jetzt sind Sie an der Reihe. Was machen Sie beruflich?"

Seine dunklen Augen betrachteten mich weiterhin aufmerksam, während er sich einen Chip nach dem nächsten in den Mund schob.

„Karrierezicke. Wie in Ihrer Fantasie."

Vielleicht stieg der Alkohol mir gerade ein wenig zu Kopf. Nie zuvor hatte ich ein Gespräch geführt, das absurder gewesen war. Selbst bei meinen Speeddates, bei denen ich nach der ersten Erfahrung mit jeder neuen Begegnung mit dem Schlimmsten gerechnet hatte, war es zu vernünftigeren Wortwechseln gekommen. Allerdings war mir dort auch kein Schriftsteller untergekommen.

„Das ist mir vorhin rausgerutscht, weil Sie nicht Autofahren können. Was machen Sie wirklich?"

Großzügig überging ich das mit dem Nicht-Autofahren-Können. Aber seinem Röntgenblick konnte ich nicht lange standhalten. Ich wandte mich von ihm ab, starrte in das Feuer im Kamin. Ein Holzscheit fiel in sich zusammen und versprühte Funken. Der lange Tag, die Wärme, das Bier — ich spürte eine plötzliche Müdigkeit in mir aufsteigen und sehnte mich nach meinem Bett. Nichtsdestotrotz richtete ich meine Aufmerksamkeit wieder auf den Gorilla. „Raten Sie mal!"

„Tippse!"

Er lachte. Das konnte ich jetzt sehr gut erkennen.

„Gelungener Scherz! Sie haben eine zweite Chance!"

„Das meinte ich im Ernst. Gut, Tippsen gibt es heutzutage nicht mehr. Sekretärin oder Assistentin von irgendjemand ..."

„Männlichen", beendete ich seinen Satz grimmig.

„Von mir aus auch von einer Frau oder von jeder Variante, die es sonst noch gibt."

Er trank sein Bier und ließ mich dabei nicht aus den Augen. Wie unangenehm er war. Der Typ wurde immer unverschämter. Fehlte nur noch, dass er rülpste, das Bier im Mund gurgelte oder in den Schaum pustete. Absolute No-Gos. Im Nullkommanichts wäre ich draußen. Ohne Entschuldigung. Ohne auf gesellschaftliche Konventionen zu achten. Wie gut, dass ich bereits bezahlt hatte, huschte mir durch den Kopf. Leider tat mein Gegenüber mir nicht den Gefallen eines Fehlverhaltens. Er trank sein Bier wie ein zivilisierter Mensch aus dem großen Glas und wischte sich nach jedem Schluck sogar den Mund mit der Serviette ab. Aber er provozierte mich. Mit Absicht. Ja, wahrscheinlich, um eine Art Charakterstudie zu betreiben, die er in seinen nächsten literarischen Output mit einfließen lassen konnte.

„Wieder falsch!"

„Domina? Das strenge Outfit von vorhin stand Ihnen ausgezeichnet! Ich habe nicht nur vor Furcht gezittert."

Ich atmete hörbar aus. Warum stand ich nicht auf und ging? Kam seine eben getätigte Aussage nicht einem Rülpsen gleich? Er provozierte tatsächlich, aber das war ich von männlichen Geschäftspartnern gewohnt. Und ebenso war ich es gewohnt, gegen meine Emotionen an dieser Stelle anzugehen. Emotional zu werden, half überhaupt nicht.

„Wenn Sie Ihre Charaktere so gut beschreiben, wie Sie Menschen einschätzen, kann dabei nur Müll herauskommen." Ich spülte meinen aufsteigenden Ärger mit einem großen Schluck seines spendierten Bieres hinunter.

Er gab ein Geräusch von sich, das wie das Schnalzen klang, mit dem ich früher in den Ferien mein Pony zum Traben hatte bringen wollen. Mit einer Selbstgefälligkeit, die mich wurmte, sagte er: „Die Leute lesen es. Es verkauft sich gut. Ich kann davon leben."

Groschenromane, irgendwelche Heftchen mit unsäglichem Inhalt.

Schund.

Pornos?

„Wahrscheinlich ist es etwas Schmuddeliges, wenn es sich gut verkaufen lässt. Passt perfekt zu Ihrem Outfit."

„Sie können ganz schön austeilen! Aber es ist tatsächlich ab und zu etwas schmuddelig", gab er mit einem anzüglichen Grinsen zu, „zumindest erzählen mir das einige Frauen."

*Einige Frauen.* Sein Harem. Viele Frauen — auch das passte zu ihm.

„Und das alles beschert Ihnen solche fantastischen Einkünfte, dass Sie sich einen Porsche und lange Aufenthalte in England leisten können!"

„Sieht ganz danach aus, oder?" Er funkelte mich an. „Aber den Porsche habe ich mir aus meinem früheren Leben finanziert."

Wahrscheinlich über krumme Geschäfte in der Unterwelt, dachte ich. Oder als Zuhälter. Jetzt, da sich die Bausteine fügten, passte alles perfekt. Zusammengefasst war mein Gegenüber die Verkörperung meines Antityps von Mann. In jeder Hinsicht. Warum vergeudete ich kostbare Lebenszeit mit ihm? Aber eines wollte ich noch wissen, bevor ich ging. „Wie heißen Sie? Unter welchem Namen schreiben Sie?"

„Leonard Angermann." Mit dem Zeigefinger tippte er gegen einen imaginären Hut. „Die Vorstellung kommt tatsächlich etwas spät."

Leonard — Leo ... Das war also dieser Leo. Der Name klang wenig aufregend, eher bürgerlich, vielleicht sogar spießig. Aber das sagte nichts.

„Nie gehört, aber ich kenne mich in dieser Szene auch nicht aus."

„In welcher Szene?", wollte er wissen.

„Na, in dieser", wie drückte ich das am besten aus?, „... Erotik-Literatur-Szene!" Jetzt fiel mir plötzlich wieder der Begriff ein, den ich neulich in einer Reportage gelesen hatte. „Dirty Writing. So nennt sich das doch?"

Bingo.

Für einen Moment fiel ihm tatsächlich die Kinnlade herunter.

Die Glockenschläge des Big Ben, der Klingelton seines Handys, unterbrach die bemerkenswerte Situation, in der es ihm die Sprache verschlagen hatte. Als hätten die Töne der Glocken ihn wie einen konditionierten Hund an irgendwelche Manieren erinnert, sagte er: „Entschuldigen Sie mich bitte!" Er stand auf, deutete ein Nicken an, ging Richtung Tür, sah sich noch einmal um und verschwand dann nach draußen.

Ich war ihn los, jubilierte ich innerlich, und ich verspürte nicht die geringste Lust auf weitere abstruse Geschichten. Eilig trank ich mein zweites Bier aus und verabschiedete mich von Harry, der mir „See you soon" und aus unerfindlichen Gründen „Good luck!" hinterherrief.


Beduselt, ein Bier hätte vollkommen gereicht, trat ich vor den Pub und zog mir die Jacke über. Es hatte sich innerhalb der letzten zwei Stunden merklich abgekühlt. Am Himmel prangte ein Fast-Vollmond wie eine riesige Laterne und tauchte die umliegenden Wiesen in silbriges Licht. Für einen Moment hielt ich inne, bestaunte das Naturschauspiel. Zauberhaft!

Vielleicht ist das auch das Ergebnis des Biers, dachte ich spöttisch, eine vom Alkohol weichgezeichnete Natur.

Wenige Meter von mir entfernt lief Leonard Angermann um eine Linde. Er raschelte wie ein Igel durch das bereits abgeworfene Laub, hielt sein Handy an das Ohr gepresst. Offensichtlich lauschte er gerade einem längeren Monolog seines Gesprächspartners, denn der Schriftsteller schwieg. Das lang gezogene Huu-hu-huhuhuhuu eines Käuzchens ertönte, ein Hund bellte zweimal, bevor es wieder still war. Dann hörte ich den Gorilla, wie er langatmig einen Termin verhandelte.

Als ich die wenigen Schritte zurück zu den Cottages ging, gesellte sich eine Katze zu mir, die sich mit einem Schnurren an meine Beine schmiegte. Eine weiße Katze, die in der Nacht hell leuchtete und die jetzt neben mir wie ein Hund lief. Wenige Meter weiter machte sie einen Buckel und verschwand mit einem lauten Fauchen blitzartig in die Dunkelheit. Charly, die Bulldogge, trabte mir vom Hof stummelschwanzwedelnd entgegen. Ich beugte mich zu dem Hund und streichelte sein kurzes, raues Fell, was er sichtlich genoss, denn er brummte wohlig wie ein Teddy. Wahrscheinlich in der Hoffnung, weitere Streicheleinheiten zu erhalten, begleitete das Tier mich bis vor die Haustür.

Würzige Landluft strömte herein, als ich das Fenster im Schlafzimmer öffnete. Von hier oben bot sich der beste Ausblick auf die Umgebung. Am Horizont schimmerte malvenfarbenes Licht, dort, wo die Sonne untergegangen war. Mondhell war die Nacht. Sie warf ringförmige Schatten um die Bäume. Nebel kroch wie Feenstaub aus den umliegenden Wiesen und verwandelte die Landschaft in eine Märchenwelt.

Ich lehnte auf der Fensterbank und träumte in die Nacht. In Gedanken erstellte ich meine Liste der positiven und negativen Ereignisse des Tages, wie ich es jeden Abend tat. Mein Leben, zwei Spalten. Manchmal mogelte ich und schob ein negatives Vorkommnis auf die Positiv-Seite, weil es sich besser anfühlte. Und mein Coach sagte, man könne auch den auf den ersten Blick unschönen Ereignissen eine positive Seite abgewinnen. Ja, klar, wenn man viel Geduld hatte und sich sein Leben schönreden wollte, dachte ich dann immer. Meine Bilanz für den heutigen Tag fiel gut aus: Auf der Arbeit hatte ich alles zufriedenstellend abgeschlossen vor dem Urlaub; ich hatte meine endlose To-do-Liste tatsächlich bis auf den letzten Punkt abarbeiten können. Erreichen des Flughafens ohne Stress — pünktlicher Flug — und jetzt das Beste: die Cotswolds bei herrlichstem Wetter. Die Welt vor meinen Augen war zum Niederknien schön.

Ich atmete tief durch. Ich wollte diesen Moment mit allen Sinnen genießen, ihm die gebührende Aufmerksamkeit schenken, um ihn für die Ewigkeit zu bewahren. Davon würde ich an grauen Herbsttagen zehren.

Dann konzentrierte ich mich wieder auf meine Liste. Die Negativ-Seite hatte natürlich auch Vorkommnisse, doch ließen sich alle auf eine einzige Person zurückführen: Leonard Angermann. Ich überlegte, ob ich irgendetwas von ihm auf die Positiv-Seite schmuggeln konnte, aber mir fiel nichts ein. Warum machte ich mir überhaupt die Mühe, darüber nachzudenken? Der Schreiberling ließ sich als Gesamtpaket auf die eine Seite meiner Liste nageln, dachte ich mit Genugtuung. Er war das Schwarze, das Pechschwarze, das Negative. Wir zwei waren die Personifizierung von Gegensätzen.

Ein Schatten flatterte durch die Nacht — vielleicht eine Eule — und verschwand im dunklen Laub eines Baumes. Einige Male hörte ich ein Rascheln, dann war es still. Als ich meinen Blick wieder senkte, entdeckte ich eine mir inzwischen vertraute Person im ausgeleierten Jogginganzug. Selbst aus der Ferne konnte ich erkennen, wie sehr der Anzug an Knien und Ellenbogen beulte. Der Gorilla stand am Rand der Wiese und drehte mir jetzt den Rücken zu und schaute in den Abendnebel. Hatte er eine romantische Ader? Oder ließ er sich inspirieren? Für eine Liebesszene in einer feuchten Aue?

Unverhofft fiel mir ein, was ich von diesem Yeti auf die Positiv-Seite meiner Liste schieben konnte. (Siehe da, es gab immer etwas Positives in einer schlechten Situation, ich musste meinem Coach heute ausnahmsweise recht geben.) Unterhaltungswert. Ja, Gesprächsstoff. Für Familie und Freunde. Ich konnte mir lebhaft vorstellen, mit welchem Interesse alle lauschten, wenn ich von meiner unerwarteten Bekanntschaft mit einem Erotik-Schriftsteller berichtete.

Das wäre der Knaller.

## Kapitel 5

Der Himmel war blauer als blau. Ich spürte abermals, wie mich ein Glücksgefühl durchströmte. Wann war ich zuletzt diesem Gefühl so nah wie hier und jetzt gewesen?

Voller Elan öffnete ich die Haustür, um nach der Milchflasche zu schauen, die ich gestern über Elenor bestellt hatte. Im selben Moment durchfuhr mich der Schreck. Wedelnd, als hätte sie bereits Ewigkeiten auf mich gewartet, stand die Bulldogge vor mir. Der eine Eckzahn blitzte aus den Lefzen hervor, was dem Hund auf den ersten Blick etwas Aggressives verlieh. Auf den zweiten Blick sah es aus, als grinste er. Charly war ein freundlicher Hund. Ich begrüßte das Tier mit einer Portion Krauleinheiten und konnte es gerade noch davon abhalten, mich von Kopf bis Fuß abzulecken, als ich mich neben ihm niederkniete. Nachdem sich Charly vor mir auf den Rücken geworfen hatte, um auch den Bauch gestreichelt zu bekommen, was ich für einige Minuten tat, trat ich in den Hof hinaus. Das Thermometer an der Hauswand zeigte neunzehn Grad. Also benötigte ich keine zusätzliche Jacke, Shorts und T-Shirt reichten aus.

In diesem Teil des Hofes rührte sich nichts. Man schlief … Bestimmt stand Leonard Angermann erst am späten Vormittag auf. Umgehend ärgerte es mich, dass einer meiner ersten Gedanken des Tages diesem ungehobelten Typen galt. Keineswegs hatte er diese Aufmerksamkeit verdient.

In Elenors Haus dagegen schien der Teufel los zu sein. Ich hörte Kindergeschrei, laute Stimmen von Erwachsenen, das Knallen einer Tür und kurz darauf bellte ein Hund wie besessen. Als Antwort krähte sich ein Hahn die Seele aus dem Leib und die Hühner gackerten aufgeregt. Wie vom Teufel gejagt, flitzte die getigerte Katze über den Hof und sprang auf die Holzbank unter der Platane. Ein paar Tauben stoben aus der Krone des Bäumchens hoch.

Nachdem ich die Milchflasche im Kühlschrank verstaut hatte, holte ich mein Geld und setzte mich in Bewegung. Ich musste mir ein Frühstück besorgen. Hatte Elenor nicht etwas von einem Geschäft an der Hauptstraße erzählt? Unaufgefordert folgte Charly mir auf dem Fuß. Gleichmütig lief er neben mir her. Immerhin war er ein ruhiger Begleiter und erzählte mir nicht verworrene Geschichten wie eine gewisse Person in meinem Umfeld. Nein, Charly konnte herrlich schweigen, in seiner Gesellschaft fühlte ich mich wohl. Kein Wunder, dass sich Menschen so gerne mit Hunden umgaben. Vielleicht wäre das auch etwas für mich. Falls das mit dem Mann nicht klappte.

Die Wiesen waren taunass, glitzernd und an manchen Stellen schwebte ein letztes Stück Nebel über dem Erdboden. In den Gräsern und in Büschen hingen Netze, Kunstwerken gleich, die Spinnen zwischen Zweigen und Halmen kreuz und quer gespannt hatten. Netze in Form eines Rades, andere engmaschig und mehrschichtig wie ein Nest. Wie Kristalle funkelten Tautropfen darin. Ein ums andere

Mal entdeckte ich auch die Künstlerin, die auf Beute lauernd am Rand ihres Werkes hockte.

Auf dem Grün der Wiese, die ich jetzt passierte, schienen Spinnweben wie eine Schicht aus Watte zu schwimmen. Zu schade, dass ich mein Handy nicht mitgenommen hatte; ich hätte diese spätsommerlichen Schönheiten der Natur gerne festgehalten. Morgen musste ich daran denken. Aber jetzt war etwas anderes wichtiger: Wo bekam ich etwas zu essen? Geradezu verlassen wirkte das Dorf. Es bestand im Wesentlichen aus Cottages, idyllischen Häusern aus Sandstein, die sich hauptsächlich in ihrem Dach (Reet oder Stein) unterschieden. Ich fand weder einen Bäcker noch einen Laden, geschweige einen Menschen, den ich fragen konnte. Vierhundertachtundsiebzig Einwohner, hatte ich gelesen, gab es hier. Aber wo waren sie? Und dann fiel mir ein, dass heute Sonntag war. Wahrscheinlich waren alle Menschen bereits ausgeflogen. Oder Lower Millbury gehörte zu den Dörfern der Cotswolds, in denen sich reiche Londoner eingekauft hatten. Waren das hauptsächlich Häuser, die nur gelegentlich bewohnt wurden? Wo war das Geschäft, das Elenor gestern erwähnt hatte? Aber wahrscheinlich hatte es heute sowieso geschlossen ... Jetzt war ich mir auch sicher, dass sie gesagt hatte, dass es nur am Nachmittag öffnete. Ich lauschte in die morgendliche Stille, hörte abgesehen vom Vogelgesang nur das Schnaufen der Bulldogge und das Tappen ihrer Pfoten auf dem Asphalt neben mir.

Wenig später kam ein kleines Auto, ein alter Mini, in Sicht und der Fahrer grüßte mich hupend und winkend. Erst als er auf meiner Höhe fuhr, realisierte ich, dass es sich um Harry handelte, der durch das geöffnete Fenster „Have a great day!" rief. Harry — schnellstmöglich wollte ich die Aussprache mit ihm hinter mich bringen. Ich hasste es, wenn mir Themen im Nacken saßen.

Als ich mich auf dem Heimweg machte, hatte die Sonne die letzten Nebelschwaden aus den Feldern gesogen und der Mond verblasste am Himmel. Nun gut, ich hatte wenigstens einen schönen Spaziergang gemacht.

Elenor steckte mitten in ihrem Tagewerk. Das sah ich, als ich auf den Hof zurückkehrte. Sie kam gerade, einen weißen Futter-Eimer aus Plastik in der Hand, aus dem Gehege der Hühner, das zur Straßenseite hin lag. Wir winkten uns zu. Sie strahlte, vollführte mit der Eleganz einer Tänzerin eine Drehung mit ausgestreckten Armen und rief: „Was für ein herrlicher Tag ... Genießen Sie ihn mit allen Sinnen!"

Wie konnte man am Morgen so munter und fröhlich sein? Aber wahrscheinlich war Elenor schon seit Ewigkeiten wach. An den Wäscheleinen hingen unzählige Kleidungsstücke im Puppenformat. Wie ein Exot baumelte ein aus der Form geratener hellblauer Jogginganzug eines Mannes zwischen den Kindersachen. Dieser Schriftsteller und Frauenheld (bestimmt war es das!) hatte also auch Elenor um den Finger gewickelt und ließ sich seine Wäsche von ihr machen.

Warum störte mich das?

Während ich den Hof mit meinem Schatten Charly querte, überlegte ich, mir das Auto zu schnappen, um zu einem Frühstück zu kommen. Auf der Fahrt gestern hatte ich etliche Supermärkte passiert. Waren sie sonntags geöffnet? Ich hatte noch Kekse, fiel mir plötzlich ein, sie würden mir heute früh als ein kleines Frühstück genügen müssen. Aber einen Kaffee brauchte ich dringend. Ohne Kaffee ging bei mir gar nichts. Ich würde mich ausnahmsweise auch nur mit *einer* Tasse zufriedengeben. Ob ich Elenor darum bitten könnte? Vielleicht könnte ich ihr ein Päckchen der braunen Bohnen abkaufen. Eine Kaffeemaschine stand in meinem Cottage.

„Guten Morgen!"

Als hätte er auf den passenden Moment seines Auftritts gewartet, erschien Leonard Angermann in der Tür seines Hauses. Man trug heute Marineblau, wieder Jogginganzug, von der modischen Einstufung, den Prachtstücken von gestern gleichzusetzen.

„Guten Morgen!", antwortete ich, ohne im Laufen innezuhalten, und entdeckte einen kleinen Korb mit zwei braunen Hühnereiern vor meinem Haus. Danke, Elenor! Frische Eier. Wie nett. Und noch etwas, was mein Frühstück bereichern würde. Ich schloss die Tür auf.

Der Schriftsteller bewegte sich in meine Richtung. Ich hatte es befürchtet.

„Sie sind früh dran!"

„Macht der Gewohnheit."

Hielt er neun Uhr für früh? In seinem Leben begann der Tag wahrscheinlich um einiges später, als wenn man angestellt arbeitete. Ich betrat mein Haus und Charly tat es mir gleich.

„Du musst draußen bleiben!", sprach ich mit der Bulldogge und zeigte ins Freie. „Du kannst mich später am Pool besuchen", versuchte ich, das Tier mit Worten zum Gehen zu motivieren. Er war bestimmt ein schlaues Kerlchen, so wie er guckte. Charly sah mich sehr aufmerksam an, hechelte, wedelte.

Und blieb an Ort und Stelle.

Mit Interesse beobachtete Leonard Angermann das Geschehen. „Offenbar ziehen Sie selbst die nicht so schönen Geschöpfe dieser Erde an."

„Meinen Sie damit sich oder den Hund?"

Ich ging in die Hocke, versuchte den Hund sanft rauszuschieben. Allein, er ließ sich keinen Millimeter bewegen.

„Ich sprach selbstverständlich von dem Hund. Stellen Sie sich mich mal mit einem ordentlichen Haarschnitt, ohne Bart und in normalen Klamotten vor."

„Das übersteigt meine Fantasie", antwortete ich, wahrscheinlich mit hochrotem Kopf von der Anstrengung, Charly, der bestimmt fast dreißig Kilo auf die Waage brachte, zu bewegen. Ich richtete mich auf. „Und außerdem passen Sie in Ihrem gesamten Erscheinungsbild doch gut in die ..."

„... ländliche Umgebung?"

„... Welt der Schmuddelliteratur!", beendete ich meinen Satz. „Das ist mir gerade eben bewusst geworden. Sie verkörpern das Dirty Writing perfekt."

Ein verschmitztes Lächeln erschien auf den Lippen meines Nachbarn. Der Kerl konnte wirklich lächeln und wenig grimmig schauen. Er konnte sogar ganz sympathisch aussehen. Wenn er wollte.

„Richtig. Ich erinnere mich, da waren wir gestern in unserem netten Gespräch stehen geblieben. Aber ich muss Sie enttäuschen, ich bin kein Mensch aus der von Ihnen genannten Welt!", setzte er nach.

„Mir ist egal, was und wer Sie sind."

Jetzt begannen schon wieder diese seltsamen Gesprächsthemen. Leider konnte ich dem Schmuddelliteraten nicht die Tür vor der Nase zuschlagen, wie ich es liebend gern getan hätte, da Charly im Weg saß.

„Ich wünsche Ihnen einen schönen Tag!"

Damit zog ich mich in das Innere des Hauses zurück, musste die Tür notgedrungen offen stehen lassen. Vielleicht konnte ich Charly mit einem Keks aus meinem Haus locken. Irgendwie würde ich das bewerkstelligen, dachte ich, während ich die Treppe nach oben stapfte, um die Packung Reiseproviant zu holen. Wäre ja gelacht, wenn ich einen Hund nicht aus meinem Haus verscheuchen könnte.

„Haben Sie Lust auf einen Kaffee am Pool?"

Leonard Angermanns Stimme tönte durch das Haus und sprach es aus, das Zauberwort.

Kaffee.

Das Angebot des Schriftstellers klang verlockend, sehr verlockend sogar. Kaffee. Ich brauchte einen Kaffee. Wohl oder übel müsste ich dann aber auch mit dem Mann vorliebnehmen. Für einen winzigen Moment wog ich Für und Wider ab, entschied mich, dass ich für eine Dosis Koffein für einen Augenblick mit dem Übel leben konnte.

„Steuern Sie Kekse zum Frühstück bei?", fragte mein Nachbar, als ich wieder nach unten kam, in der Hand die große Packung Buttervollkornkekse. Nun stand er zusammen mit Charly im Türrahmen. Ein wunderbares Paar sind die beiden, dachte ich spöttisch.

„Bestechungsmaterial für den Hund, damit er mein Haus verlässt. Hatten Sie nicht etwas von Kaffee gesagt?"

Ich brach ein Stück vom Keks ab und ließ das Tier daran schnuppern. Charly sah so aus, als mochte er Gebäck. Ja, er schien begierig darauf zu sein.

„Ist fertig und wartet auf Sie! Auf der Sonnenterrasse."

„Ich komme gleich!"

Weder er noch der Hund machten Anstalten, mein Haus zu verlassen. Als Charly nach dem Keks schnappte, warf ich das Stück in den Hof. Anders als ich es geplant hatte, stürzte sich der Hund nicht voller Gier auf den Keks, sondern stierte hechelnd auf die Packung in meiner Hand.

„Ja, so leicht lassen sich auch die nicht so schönen Lebewesen von Ihnen überlisten", kommentierte

Leonard Angermann die Szene. „Wir gehen dann, wenn wir es wollen."

Er klopfte an sein Bein, eine Geste, die Charly als Aufforderung zum Aufbruch verstand, denn er sprang erfreut auf.

„Komm, mein Freund!"

# Kapitel 6

Nach einem kurzen Telefonat mit meiner Schwester öffnete ich die Terrassentür. Mit der Milchflasche und der Packung Kekse in der Hand trat ich nach draußen. Ein leichtes Lüftchen trug den Duft der vom Tau benässten Wiesen herüber. Der Schriftsteller hatte seinen Terrassentisch und die Stühle aus dem Schatten der Häuser gerückt. Neben einem Brotkorb mit Croissants standen zwei große Porzellanbecher, Kaffeekanne, Milchkännchen und Zuckerdose und weiteres Porzellan mit Besteck. Zwei rotbackige Äpfel in einer Glasschüssel. Sogar an Servietten hatte er gedacht. Warum überraschte es mich? Hatte ich angenommen, er äße wie ein Affe mit den Händen?

Leonard Angermann las Zeitung, die Financial Times, stellte ich zu meiner weiteren Verwunderung fest. Ein rotes Büchlein — vielleicht sein Tagebuch? —, aber nein, ich konnte mir nicht vorstellen, dass jemand wie er Tagebuch führte, und ein Kugelschreiber lagen in Griffweite auf dem Tisch. Charly schlief, den Kopf im Schatten unter dem Stuhl des Mannes, alle viere weit von sich gestreckt. Im braunen Fell des Hundes steckten Strohhalme wie verstreute Splitter. Offenbar hatte er wieder einen Abstecher in die Scheune unternommen und war im Heu gewesen. Als ich mich näherte, bewegte sich seine kurze Rute, aber er schaute nicht auf.

Was tat man nicht alles für einen Kaffee, dachte ich, bevor ich meine Mitbringsel abstellte und mich setzte. Der Gorilla faltete die Zeitung mit wenigen Handgriffen ordentlich zusammen und blickte mich erwartungsvoll an.

„Ich möchte nicht über unsere Berufe sprechen", stellte ich sofort klar. Ich wollte das Gespräch keineswegs wieder in diese unsägliche Ecke abdriften lassen.

Er zuckte mit den Achseln. „Das ist gepflegter Small Talk. Normalerweise lernt man einen Menschen über den Beruf besser kennen."

„Ich will Sie nicht besser kennenlernen", sagte ich kühl. Selbst in meinen eigenen Ohren klang es zickig und borniert. In Leonard Angermanns Gegenwart mutierte ich im Handumdrehen zur spröden Zicke. Obwohl mir mein Verhalten ihm gegenüber letztendlich gleichgültig sein konnte, wurmte es mich, dass ich in dieser Art auf ihn ansprang. „Aber danke für den Kaffee!" Und mit einem dankbaren Blick auf das, was vor mir stand, setzte ich nach: „Und für alles, was Sie hergerichtet haben!"

„Gerne."

Mein Nachbar langte nach der Kaffeekanne, um mir einzugießen, deutete fragend auf Milch und Zucker. Ich nahm wie immer nur Milch und sah zu, wie sich der Kaffee heller färbte.

*Anguis fragilis.* Ich sprach die Worte wie eine Losung. Mal sehen, ob Mr Besserwisser darauf eine Antwort hatte.

„Die Blindschleiche", nahm er den Ball zu meinem Bedauern, ohne mit der Wimper zu zucken, auf. Wenn er mich für durchgeknallt hielt, ließ er es sich nicht anmerken. Und er war definitiv gebildeter, als es seine Aufmachung vermuten ließ. Man sollte ihn nicht unterschätzen. Legte er sich sein Äußeres aus irgendeinem Grund als Tarnung zu? Warum gab er den Proleten auf den ersten Blick, um dann mit Wissen um sich zu werfen?

„Wenn Sie solche Angst vor ihnen haben, sollten Sie aufpassen, denn es gibt hier einige. Blindschleichen, meine ich."

Hatte er meinen überraschten Blick bemerkt?

„Ich sehe, Sie haben in Biologie gut aufgepasst", setzte er mit einem spöttischen Tonfall nach und zwinkerte mit den Augen.

Was für ein Idiot, dachte ich. Aber warum hatte ich mit dem Blödsinn angefangen?

„Was steht bei Ihnen heute auf dem Programm?"

Schnitt. Abrupter Themenwechsel. Er überraschte. Ja, ständig und immer wieder. Aber ich war dankbar, dass er mit mir nicht über Reptilien und Verfängliches sprach. Ohne zu überlegen, fingerte ich ein DIN-A4-Papier aus der Tasche meiner Shorts und entfaltete es — meine am Computer getippte Liste für den Urlaub. Im Vorfeld hatte ich alles akribisch ausgearbeitet. Sehenswürdigkeiten und Öffnungszeiten notiert, wann die besten Besuchszeiten waren, wie lange ich für die Besichtigung benötigte. Mal sehen, ob ich *ihn* damit überraschen konnte.

„Ich würde mir gerne Blenheim Palace, Stratford, einige Dörfer der Umgebung und vor allem Oxford ansehen ... Aber das hat Zeit. Außerdem habe ich mir ein Trainingspensum — meine sportliche Betätigung — überlegt. Ich würde gerne die Bewegungsringe meiner Trainings-App jeden Tag schließen. Das gibt mir ein gutes Gefühl. Aber heute mache ich mir einen faulen Tag. Ich werde Pool und Terrasse genießen, wer weiß, wann das Wetter umschlägt. Einhundertzweiundneunzig Stunden, habe ich heute früh ausgerechnet, das sind elftausendfünfhundertzwanzig Minuten, habe ich hier in den Cotswolds."

Leonard Angermann reagierte auf meine Worte mit einem unübersehbaren Stirnrunzeln. Klar, dass weder mein Organisationssinn noch mein ausgeprägter analytischer Charakter in die chaotische Welt eines Schriftstellers passte. Wahrscheinlich hielt er mich nun für komplett durchgeknallt. Umgekehrt erging es mir nicht anders.

Und es war mir herrlich egal.

Ich gönnte mir den ersten Schluck Kaffee des Tages und schloss die Augen. Was für ein Genuss. Vor allem für meinen Körper, der schon lange auf die morgendliche Ration Koffein gewartet hatte. Eines musste man Leonard Angermann lassen: Er kochte einen Kaffee, der genau richtig war — stark, wie ich ihn liebte —, der die Sinne belebte und die letzte Müdigkeit der Nacht vertrieb. Dafür war ich dem Mann zutiefst dankbar.

„Wie sieht Ihr Trainingspensum aus? Jeden Tag laufen? Welche Schrittzahl haben Sie sich vorgenommen, welche tägliche Steigerung? Und wie oft werden Sie schwimmen und wie lange? Wie viele Bahnen?"

Ich schlug die Augen wieder auf und wollte gerade zu einer intelligenten Antwort ansetzen, als ich an seinem Gesichtsausdruck merkte, dass er sich über mich lustig machte.

„Das Wetter soll stabil bleiben. Sie können Ihr Programm also durchziehen. Wenn Sie möchten, nehme ich Sie morgen mit nach Oxford. Ich treffe mich dort mit meinem Verleger zum Mittagessen."

Was überraschte mich mehr? Dass sich der Verleger für primitive Schundromane die Mühe machte, einen Schriftsteller im Dauerurlaub zu besuchen oder der Vorschlag, mich mitzunehmen?

„Ich überlege es mir. Danke für das Angebot!"

„Sie sollten Broadway, Blockley, Bibury und die Slaughters auf Ihre Liste setzen. Das sind alles hübsche Dörfer und einen Besuch wert. Es gibt hier viel Schönes zu entdecken. Gerade in den kleinen Ortschaften. Ach ja, und Snowshill und die Lavendelfelder ..."

„Was machen Sie heute?" Ich wollte seinen Vortrag über die Sehenswürdigkeiten der Region unterbrechen. Diese Aufzählung überforderte mich gerade. Ich wollte nicht wissen, was ich alles *nicht* in meinem kurzen Urlaub schaffen würde.

Mein Nachbar atmete laut aus. „Ich werde meiner Profession nachgehen, über die wir nicht mehr sprechen wollen, und hoffe, dass ich damit mein Projekt fürs Erste abgeschlossen habe."

76

Er nahm sich ein Hörnchen und hielt mir den Korb hin. Ich griff zu. Das Gebäck war warm und knusprig. Wider Erwarten schmeckte es sogar gut, stellte ich nach dem ersten Bissen fest.

„Wo kann man hier Croissants kaufen?", erkundigte ich mich.

Leonard Angermann hatte sein Hörnchen mit wenigen Bissen verschlungen. „Im Supermarkt. Tiefkühlkost. Frisch aufgebacken schmecken sie sogar einigermaßen. Ich war nicht auf Damenbesuch vorbereitet. Für mich reicht das am Morgen. Es ist schnell und praktisch."

„Lieben Sie es immer schnell und praktisch?" Innerlich schlug ich die Hände über den Kopf zusammen. Bot ich ihm damit nicht geradezu die nächste Steilvorlage?

„Wenn ich mitten in der Arbeit stecke, möchte ich mich nicht mit zeitraubenden Dingen wie Zubereitung eines Essens aufhalten. Am Abend gehe ich in den Pub, wie Sie bereits wissen." Er grinste breit. „Und wie ich es mit der Kleidung halte, wissen Sie auch."

„Und trotzdem erschreckt mich Ihr Aufzug immer wieder aufs Neue!"

Seine Augenbrauen gingen nach oben und verschwanden unter dem Gestrüpp der Locken. Er begann den Hund zu kraulen und entfernte Strohhalm um Strohhalm aus Charlys Fell.

„Charly wälzt sich genauso gerne wie Sie im Stroh. Vielleicht fliegt er deshalb so auf Sie. — Wol-

len wir uns duzen?", fragte der Schriftsteller unvermittelt.

„Um Gottes Willen! Nein!"

„Um Gottes Willen! Nein!", äffte er mich nach.
„Meinen Sie, dass Sie die Distanz zu mir sonst nicht
wahren können? Da ist aber jemand altmodisch." Er
schüttelte missbilligend den Kopf. „Was halten Sie
davon, wenn wir beide heute Abend zusammen
laufen?"

„Sie haben doch ein ganz anderes Tempo als ich!"

„Ich könnte mich Ihrer Geschwindigkeit anpas-
sen!", schlug er sogleich vor. „Zu zweit ist es unter-
haltsamer! Ich bin wochenlang alleine gelaufen. Und
wir zwei unterhalten uns doch blendend, wenn wir
zusammenkommen!"

Ich atmete tief ein und langsam wieder aus, dreimal hintereinander. Mir gelang es, meine aufkom-
mende Unbeherrschtheit auszubremsen. Ja, er war
wirklich ein Meister darin, mich zu provozieren,
aber ich würde ihm nicht die Genugtuung gönnen
und die Fassung verlieren. Am besten, ich erwiderte
nichts auf seine Vorschläge. Dann konnte ich auch
nichts Falsches sagen. Einfach ignorieren. Eine pro-
bate Maßnahme im Umgang mit ihm. Ich sprach
mein Mantra in Gedanken: „Lächle und das Leben
lacht zu..."

„Ich warte auf Sie bis um sechs. Gegen sieben geht
die Sonne unter."

Leonard Angermann füllte seine Tasse mit Kaffee
und trank sie in einem Zug aus, griff nach einem

Apfel, dem roten Notizbuch, dem Kugelschreiber und erhob sich.

„Mich ruft jetzt die Pflicht. Lassen Sie einfach alles auf dem Tisch stehen, wenn Sie fertig sind. Ich räume es später weg. Schönen Tag für Sie! Und beginnen Sie am besten sofort, jede ihrer elftausendfünfhundertzwanzig, wahrscheinlich sind es jetzt nur noch elftausendfünfhundertfünf Minuten zu genießen! Mir scheint, Sie haben das dringend nötig, so wie Sie sich unter Druck setzen!"

Ich machte es mir auf einer der Liegen am Pool gemütlich und schlug mein Buch auf. Erstes Kapitel. Noch war es in der Sonne nicht heiß, sondern angenehm warm. Ich las zwei Seiten. Eine Bewegung, die ich aus dem Augenwinkel wahrnahm, ließ mich aufmerken. Eine Eidechse. Das kleine Tier huschte über die Steinfliesen der Terrasse, fand einen Spalt im Mauerwerk und versteckte sich darin. Ob es hier noch mehr Eidechsen gab? Ich wandte mich wieder meinem Roman zu. Nach zehn Seiten merkte ich, dass mein Geist hierhin und dorthin schweifte, ohne sich auf irgendetwas zu konzentrieren. Na gut, dann eben nicht ... Ich legte das Buch aus der Hand, drehte mich auf den Rücken und blickte in den Himmel. Ich sah ein Sportflugzeug. Vögel. Wölkchen. Wolken zu betrachten und in ihnen fantastische Wesen zu erkennen, war eine meiner Lieblingsbeschäftigungen als Kind gewesen, ging mir durch den Kopf. Cloudspotting nannte man es heutzutage, hatte ich neulich in einem Artikel gelesen. Also gut, ich würde mich jetzt darauf einlassen, auf das Cloudspotting. Heute gab es keine dicken Wolkenformationen, die die Fantasie übermäßig anregten, sondern nur ein paar zerrupfte Fasern am Himmel. Schönwetterwolken. Federartig. Oder sahen sie wie ein Teil eines Skeletts aus? Vielleicht wie eine Wirbelsäule? Die Gebilde veränderten sich von Sekunde zu Sekunde.

Einmal gar nichts tun, wie oft hatte ich davon gerade in letzter Zeit geträumt? Ich ließ meinen Blick in die Landschaft schweifen und zurück zum Hof. Dutzende kleiner Sonnen tanzten auf dem Wasser des Pools. Im Efeu an der gartenseitigen Fassade der Cottages zwitscherten die Spatzen voller Lebensfreude. Gegen meinen Willen wanderte mein Blick hinüber zu der offen stehenden Terrassentür des Schreiberlings. Ein Windhauch bauschte die dünnen Gardinen und bewegte sie wie lebendige Wesen. Leonard Angermann schien entweder zu arbeiten oder zu schlafen, so still war es bei ihm. Den Frühstückstisch hatte er abgeräumt, als ich mich für den Pool umgezogen hatte. Mehrere Male griff ich nach meinem Handy, widerstand aber der Versuchung, den Mann zu googeln. Natürlich kitzelte mich meine Neugier. Ununterbrochen. Ich wollte es schwarz auf weiß sehen, wer er war, was er tat, wie alt er war. Bestimmt ließe sich etwas über ihn finden. Nahezu über jeden Menschen ließ sich etwas im Internet finden. Aber es käme einem Zugeständnis gleich, dass ich mich für ihn interessierte. Und das tat ich nicht. Nein. Überhaupt nicht. Abermals kribbelte es mir in den Fingern. Nein. Keinen einzigen weiteren

Gedanken wollte ich an den Gorilla verschwenden. Und mein Handy sollte ich auch nicht benutzen. Womöglich hatte mein Chef zu mir Kontakt aufgenommen und wollte wieder irgendetwas wissen. Etwas Unwichtiges wie was mein Überstundenkonto sagte oder ob ich ihm die Telefonnummer von XY heraussuchen konnte, wie im letzten Urlaub. Jeder meiner Mitarbeiter hätte es ihm sagen können, aber nein, er musste mich damit in meiner freien Zeit belästigen.

Ich drehte mich auf den Bauch und hatte nun die Gänseblümchen-Wiese vor Augen. Hunderte kleine weiße Blümchen. Das Spiel von Licht und Schatten unter den Obstbäumen. Der Mikrokosmos zwischen den Grashalmen zum Sattsehen. Hier wuchsen nicht nur Gänseblümchen, sondern auch andere Wiesenblumen. Hummeln brummten im roten Klee, flogen weiter zum Wiesensalbei. Ameisen eilten emsig umher, transportierten ein Überbleibsel von irgendetwas, was deutlich größer als sie selbst war. Langsam schob sich eine Bänderschnecke durch das Gras. Diese Betrachtungen, die Sinne weit geöffnet, das meinte mein Coach, wenn er davon sprach, ich solle mich ins Hier und Jetzt begeben. Heute war ich es, nur dem Augenblick verhaftet.

Manchmal ging es so leicht.

Später, als es wärmer wurde, schlüpfte ich in meinen Bikini, drehte im Pool ein paar Runden. Zwanzig an der Zahl ... Diese unverhofft schönen nachsommerlichen Tage waren ein besonderes Glück, dachte ich, ein gnädiges Geschenk vor dem langen

Winter. Ich kletterte aus dem Wasser, setzte mich auf die warmen Steinfliesen und ließ mich von der Sonne trocknen, im Ohr das Summen der Bienen, die in den vom Sommer übrig gebliebenen Lavendelblüten nach Nektar suchten.

Ich zog die Liege in den Schatten, wohl darauf bedacht, ein Stück weiter weg von den Häusern, von *ihm*, zu kommen. Die Wiese unter meinen bloßen Fußsohlen spüren. In den Himmel schauen und träumen. Mehr brauchte ich nicht für den Moment. Und ich hatte es mir nach all der Plackerei der letzten Zeit redlich verdient. Einmal tauchte Leonard Angermann barfüßig und telefonierend in seiner Terrassentür auf. Ich konnte nicht verstehen, über was er sprach, aber während er es tat, stierte er mich mit dreister Unverfrorenheit an. Ich schloss die Augen, blendete den Mann aus, wie ich es gern mit Dingen tat, die mich störten, und gönnte mir ein Nickerchen.

## Kapitel 7

Manchmal übertrieb ich das mit dem Pflichtbewusstsein. Meine Schwester sagte mir regelmäßig, ich solle mir nicht jeden Schuh anziehen, den man mir hinschob. Ich solle cooler sein. Und meine dienstlichen E-Mails nach Feierabend nicht im halbstündigen Takt sichten, wenn wir zum Abendessen verabredet waren. Heute gab ich ihr unumwunden recht. Warum hatte ich den Anruf mit der unbekannten Nummer angenommen? Um jetzt für den Rest des Tages zu grübeln, ob ein Job in einem anderen Unternehmen mit voraussichtlich mehr Gehalt, aber auch mehr Verantwortung (und mehr Pflichten und noch weniger Freizeit) besser für mich wäre? Karrieresprung, Chance, Challenge, Herausforderung. In inflationärer Weise hatte der Headhunter die Wörter in dem viertelstündigen Telefonat gebraucht. Seitdem drehten sich meine Gedanken im Kreis. Ja, ich beschäftigte mich mit der Option, dabei wollte ich mich jetzt nicht damit beschäftigen, schließlich war ich im Urlaub. Leider hatten diese fünfzehn Minuten am Telefon ausgereicht, um einen Gedankenfluss anzuregen, der nicht hierher passte. Der Headhunter erwartete eine Antwort von mir, so schnell wie möglich. Na klar, wie immer. Und während des Gesprächs hatte er mir Unterlagen zu der Position gemailt. Ich hatte keine Lust, sie mir jetzt anzusehen. Vielleicht würde ich heute Abend Zeit finden und eine Liste machen, eine meiner Spitzendisziplinen, die Pros und Kontras gegeneinander aufstellen. Spontan konnte ich mich allerdings nicht für das Angebot erwärmen.

Ich besann mich auf den Nachmittag, der vor mir lag. Leonard Angermann hatte recht mit seiner Prognose: Meine Wetter-App zeigte für heute und die kommenden Tage knallgelbe Sonnen. Im Vorfeld hatte ich im Internet recherchiert und mir eine Adresse herausgesucht, wo man den Afternoon Tea einnehmen konnte. (Dieses Angebot galt ab drei Uhr, auch das hatte ich recherchiert.) Ich würde eine Kleinigkeit essen und mir auf dem Rückweg etwas für das Abendbrot besorgen. Bis sechs Uhr würde ich locker zurück sein. Und wenn nicht, war es auch vollkommen egal. Von einem Leonard Angermann ließ ich mich ganz sicher nicht unter Druck setzen.

Wenig später marschierte ich auf der kleinen Landstraße. Die Hitze waberte wie Wasser über dem Asphalt und flimmerte über den Wiesen. Fast verblühte Wildblumen — zartblaue Wegwarten, die letzten Margeriten, eine einsame Nachtkerze, die wie ein Fahnenwimpel aus dem Gras ragte — schmückten den Straßenrand. Neben einem Ginsterbusch entdeckte ich zwei Kaninchen, die mümmelnd im Grün hockten und das Leben zu genießen schienen. Von den Brombeerranken an meiner Seite pflückte ich eine Handvoll dicker saftiger Früchte. Wunderbar süß schmeckten sie. Ich legte den Kopf in den Nacken. Der Himmel war voller Schwalben, den Boten des Sommers. Wie lange blieben sie noch im

Norden? fragte ich mich. In der Luft lag ein Vogelgesang, der nach Freude und Sommer klang. Es gab Tage, die Fröhlichkeit verströmten. Dieser Tag gehörte dazu. Und diese Fröhlichkeit ließ ich mir weder von einem aufdringlichen Headhunter noch von einem ebenso aufdringlichen Urlaubsnachbarn zerstören.

Urige Apfelbäume, deren Äste sich unter der Last ihrer Früchte bogen, säumten nun die Straße. Wie schön musste es hier im Frühling sein, wenn die Bäume duftende Wolken in Rosa und Weiß waren.

Nach einem guten Kilometer (dank meiner Navigations-App konnte ich immer genau verfolgen, wo ich mich befand, denn mein Orientierungssinn war nicht der Beste) gelangte ich in eine Senke, in der es ein paar Grad kühler war. Vielleicht war es dem Bächlein geschuldet, das hier im Verborgenen floss. Purpurroter Weiderich blühte. Irgendwo klopfte ein Specht. Es roch nach feuchten Blättern und Fichtennadeln. Eine mächtige Eiche, deren knorrige Äste die Straße überragten, warf alle paar Sekunden ihre Früchte auf den Asphalt, auf dem sie wie Flummis hüpften. Der nahende Herbst machte sich bemerkbar.

Zutiefst bedauerte ich, dass ich nur eine Woche Urlaub hatte. Zu gerne wäre ich länger geblieben. Ich ertappte mich bei dem Gedanken, dass ich den Schriftsteller in gewisser Hinsicht beneidete. Seiner Arbeit in einer Umgebung wie dieser nachzugehen und davon offenbar auch noch gut leben zu können, hatte durchaus etwas Verlockendes. Aussteiger-

Gedanken tauchten in meinem Kopf wie Seifenblasen auf, die für wenige Augenblicke verlockend schillerten, um von einer Sekunde auf die andere wieder zu zerplatzen. Aus dem angestammten Leben aussteigen: Das war etwas für Fantasten und Wagemutige, nichts für mich. Ich, die es hasste, Risiken einzugehen. Allein Veränderungen behagten mir wenig. Außerdem war mir die Sicherheit eines monatlichen Geldeingangs auf dem Konto wichtig. Es würde also bei meinen gelegentlichen Tagträumen von einem anderen Leben bleiben. Wie bei so vielen Menschen. Und trotzdem …

In ruhigen, gleichmäßigen Schritten lief ich auf die nächste Kuppe und entdeckte mein Ziel. Die Häuser, die sich in eine Mulde der Landschaft schmiegten, sahen wie ein Miniaturdorf in einer Miniaturlandschaft aus. Eine Kirche, eine Handvoll Gebäude, viele davon reetgedeckt, von Gärten umgeben. Ich meinte sogar, einen Bach zu erkennen, der sich durch das kleine Tal schlängelte.

Üppig wie im Hochsommer blühte es. Ein buntes Gemisch von Blumendüften lag in der Luft. Irgendwo tackerte ein Rasensprenger gegen das trockene Wetter an. Mannshohe Sonnenblumen grüßten an Zäunen, Wicken in knalligen Pinktönen kletterten daneben, weiß blühende Waldreben rankten feenhaft in Bäumen. Dahlien, deren farbenfrohen Blüten an Cancan-Röcke erinnerten, wuchsen in fast allen Gärten. Gepflegte Rasenflächen, sattgrün und dick wie Teppiche, und akkurat geschnittener Buchs, manchmal auch eine Eibe, setzten Kontraste.

Als ich am nächsten Grundstück entlanglief, ertönte das aufgeregte Quaken von Enten. *Beware of ducks* stand auf dem Schild am Zaun. Hinten im Garten watschelte eine Handvoll Laufenten.

Brownies, Vanillesoße, Johannisbeerenpüree, alles selbst gemacht, und ein Service aus feinstem Porzellan mit Gänseblümchen-Dekor, Goldrand und Monogramm standen vor mir. Ich hatte mich gegen das volle Programm des Afternoon Tea entschieden. Mit den zwei Brownies nahm ich ausreichend Kalorien zu mir. Im lichten Schatten eines ausladenden Apfelbaumes aß ich das ofenwarme Gebäck und genoss ein Kännchen Earl Grey dazu. In den vielen Obstbäumen um mich herum pendelten selbst gezimmerte Vogelhäuschen. Jedes Häuschen war ein Unikat. Alle Herbergen hatten ein Namensschild, das auf den entsprechenden Bewohner hindeutete. Ob die Meisen wussten, dass sie in dem blauen Häuschen wohnen sollten? Oder das Rotkehlchen in dem roten?

Später kam ich mit meiner Gastgeberin Anne, einer lebenslustigen älteren Frau, ins Gespräch, die bei meiner Ankunft den Gartenzaun, durch den im Sommer Kaninchen hereingelangt waren, mit einem Ballen Draht repariert hatte. Anne, in grüner Latzhose und pinkem Shirt, mehrfach gepiercten Ohrläppchen und feurigrotem Igelhaarschnitt, fuhr jeden Tag mit ihrem Rennrad eine große Runde über die Landstraßen. Dabei verstreute sie riesige Mengen an Feldblumensamen, um das Leben in ihrem Umfeld ein bisschen bunter zu machen. Das passte zu ihr, dachte ich, während ich mir Stück für Stück des zweiten Brownies in den Mund schob. Anne entpuppte sich nicht nur als hervorragende Bäckerin und gute Gastgeberin, sondern auch bemerkenswerte Persönlichkeit. Es machte mir Spaß, mich mit ihr zu unterhalten.

Ob ich noch Lust auf einen kleinen Gartenrundgang habe, fragte sie mich, als ich mich verabschieden wollte. Ich sah auf die Uhr. Wenn ich zügig zurück ging, würde ich es wahrscheinlich trotzdem bis sechs schaffen. Ich nickte.

Voller Stolz präsentierte Anne ihr Reich. Ein kleines Gartenparadies. An den prächtigen Rosenbeeten verweilten wir ewig. Zu jeder Sorte der englischen Rosen konnte meine Gastgeberin mit dem Namen und einer Geschichte aufwarten. Das war nicht nur interessant, sondern auch unterhaltsam, denn Anne konnte wie eine Schauspielerin erzählen, laut und eindrucksvoll. Ich erfuhr, dass in den Cotswolds die schönsten Rosen Großbritanniens blühten. Sie trugen so poetische Namen wie *Maiden's Blush*, *Bring Me Sunshine*, *The Poet's Wife* und *The Generous Gardener*. Oder waren nach Persönlichkeiten benannt. Die *Queen of Sweden* wuchs neben *Gabriel Oak*, *Gertrude Jekyll* und *Emily Brontë*. Mehr und mehr geriet ich mit der älteren Dame in eine Fachsimpelei über Grünanlagen, Blumen im Allgemeinen und Rosen im Speziellen. Wie schön es wäre, einen eigenen

Garten zu besitzen ... Eine meiner Sehnsüchte, wenn auch nicht die, die an erster Stelle stand. Aber durch Menschen wie Anne wurde ich wieder an meine Träume erinnert. Ich würde umziehen müssen, um das zu realisieren, wovon ich träumte. Ich würde mich verändern müssen. Hm. Irgendwie bewegte mich dieser Veränderungsgedanke heute ziemlich häufig. Aber es gab auch schöne Veränderungen, rief ich mir ins Gedächtnis, über die ich mich freuen würde. Ein eigener Garten, ein eigenes Heim, eine Beziehung ...

Vollends in ihrem Element schien Anne zu sein, als sie mich an Bienenstöcken und riesigen Fässern mit Brennnesseljauche vorbei in ihren Gemüsegarten führte, um mir dort ihre Ernte zu zeigen. Kürbisse, groß wie Medizinbälle, Zucchini, Kohl, Salat, Kartoffeln. Wow, was so ein Garten unter sachkundiger Pflege hergeben konnte. Ich konnte Anne nicht ohne das Versprechen verlassen, ihr einige der Zucchini abzunehmen. Außerdem kaufte ich ein Glas des selbst gemachten Brombeergelees und ein ofenfrisches Brot, das einen köstlichen Duft verströmte. Damit hatte ich nun alles für das Abendessen zusammen.

Als ich das zweite Mal gehen wollte, nahm Anne mich an die Hand und zog mich in ihr Wohnzimmer im Haus.

„Nur eine kurze Frage", sagte sie und deute auf zwei große Papierrollen, die auf einem wunderschönen Mahagoni Tisch lagen. „Ich bin dabei, meine Gästezimmer neu zu gestalten. Welche Tapete gefällt

Ihnen besser?" Vor meinen Augen entfaltete sie ein blau-weiß gestreiftes Muster und eines mit Wildblumen.

„Ich finde die Blumen schöner!", sagte ich spontan.

Annes Augen strahlten. „Das ist nach meinem Geschmack. Aber diese Innendesignerin steht auf Streifen oder moderne Grautöne. Als ob es nicht genug Grau in der Welt gäbe ..."

Sehr herzlich, Anne schloss mich in die Arme wie eine alte Freundin, verabschiedeten wir uns wenig später voneinander.

„Take it easy!", gab Anne mir mit auf den Weg, als ich mich noch einmal umdrehte und ihr winkte. Take it easy, ja, gute Idee. Etwas anderes blieb mir auch nicht übrig, wenn ich einen Nachbarn wie Leonard Angermann hatte, von meinen anderen Baustellen des Lebens gar nicht erst zu reden.

Mit meinem voll gepackten Rucksack und einem Lächeln auf den Lippen begab ich mich um halb sechs auf den Heimweg. Der Besuch bei Anne hatte mir gutgetan. Voller Genugtuung dachte ich an Leonard Angermann: Er würde alleine laufen, dafür würde ich in den Genuss eines ungestörten Abends kommen. Beide würden wir diese Situation überleben. Ich sogar bestens.

Elenor winkte mir aus dem Garten, wo sie einen Korb nach dem nächsten mit der getrockneten Wäsche füllte. Kaum zu glauben, dass diese Frau bereits Mutter von vier Jungen war. Drei von ihnen balgten sich im Garten, bevor sie sich dem Fußball zuwandten, den ihr Vater ins Spiel brachte. War das James? Der Mann mit den Geheimratsecken und einem Bäuchlein. Warum hatte ich ihn damals angehimmelt? Er sah nett aus, aber in meiner Erinnerung war er deutlich attraktiver gewesen. Wahrscheinlich haben wir damals jeden Jungen angehimmelt, ging mir durch den Kopf. In dieser pubertären Phase, in der die Vernunft von überflutenden Hormonen ausgeschaltet gewesen war. Ich wechselte ein paar Worte mit meiner Vermieterin, auf deren hellblauer Bluse ein großer Kaffeefleck prangte. Ja, das war ihr Mann James, natürlich hatte er keinerlei Erinnerungen an mich, nur an die Gruppen aus Deutschland, die früher regelmäßig im Sommer zu Besuch gekommen waren, schließlich hatte er auch seine Frau dadurch kennengelernt. Ich kraulte während unseres kurzen Gesprächs Charly, der sich schnaufend an meine Beine drückte, und ging dann die letzten Meter zu meinem Häuschen.

Die Luft im Cottage war stickig. Ich öffnete die Tür zum Pool, sah nach draußen, von wo mir die Wärme entgegenschlug. Erschöpft streifte ich mir die Turnschuhe von den Füßen. Ich brauchte einen Moment Verschnaufpause, füllte ein Glas mit Leitungswasser und trat auf die Terrasse. Das begeisterte Kreischen von Elenors Kindern drang gedämpft herüber. Auf dem Stuhl in der Sonne sah es gemütlich aus. Ich setzte mich, schloss die Augen. Ein Schläfchen erschien verlockend. Nur ein paar Minuten.

Abrupt war das gleißende Licht verschwunden. Ich brauchte die Augen nicht aufzuschlagen, um zu wissen, wer mir die Sonne nahm.

Mein Nachbar war heute offenbar nur eine kurze Runde gelaufen. Ich warf Leonard Angermann einen missbilligenden Blick zu. Mit zu einem Pferdeschwanz gebundenen Haaren, nicht im schlapprigen Trainingsanzug, sondern in einem schwarzen, eng anliegenden Joggingdress, in dem er zugegebenermaßen keine schlechte Figur machte, hatte er sich vor mir wie eine Gewitterwolke aufgebaut. In seinen Augen zeigten sich Ungeduld und Ärger.

„Es ist bereits halb sieben!"

„Ich weiß. Schönen Lauf gehabt?"

„Ich habe auf Sie gewartet!", sagte er. Der vorwurfsvolle Ton ließ sich nicht überhören.

„Hm, das tut mir leid! Durch eine unerwartete ..."

„Erzählen Sie mir nicht so einen Stuss!" Seine Stimme explodierte in meinem Ohr.

Vollkommen unangemessen. Augenblicklich brodelte es heiß in mir. Dieser Grobian konnte mich kreuzweise. Aber auch ich musste nicht immer höflich bleiben.

„Gehen Sie mir aus der Sonne. Sie stören mich in meiner Entspannung!"

Dankenswerterweise trat er einen Schritt zur Seite. „Kommen Sie mit?", fragte er nun weniger brüsk, ja sogar zahm. Seine Stimme konnte erstaunlich sanft und weich klingen. Wie bekam er diese schnellen Wechsel zwischen Kodderschnauze und Manieren hin?

„Die Sonne geht gleich unter. Und ich will nicht im Dunkeln laufen. Es gibt auch englische Autofahrer, die einen in den Graben drängen. Ich will das Schicksal nicht unnötig herausfordern."

Ich atmete tief durch und trank das Glas Wasser in einem Zug aus. „Ich finde es bemerkenswert, welche Freundlichkeit Sie aufbringen, wenn Sie etwas von mir wollen!"

„Ich will nichts von Ihnen. Aber zu einem Lauf mit mir könnten Sie sich aufraffen, nachdem ich Sie heute zum Kaffee eingeladen habe. Wir könnten auch einfach eine Runde Spazierengehen, wenn Ihnen das lieber ist. Wie wäre es mal mit einem klitzekleinen Entgegenkommen von Ihrer Seite?" Er streckte mir die Hand entgegen. Erstaunlicherweise keine Pranke, sondern eine gepflegte Männerhand.

Ich zögerte einen Moment.

„Kommen Sie ... Lassen Sie mal los! Das Leben ist zu kurz für ständiges Nachdenken und Abwägen!"

Take it easy. Ein guter Vorsatz. Der beste Vorsatz, um sich mit diesem Mann auseinanderzusetzen.

„Haben Sie heute schon Ihr Trainingsziel erreicht und Ihre Bewegungsringe explodieren lassen?"

Seine Augen funkelten. War es Ärger, Spott oder die Lust, mich auf den Arm zu nehmen, was ich sah? Ja, mir fehlte am heutigen Tag noch eine Trainingseinheit. Er bot sich als Begleitung an. Okay, wenn man es so sah. Ich gab mir einen Ruck. Seufzend stand ich auf, vermied es aber tunlichst, auch nur in die Nähe seiner ausgestreckten Hand zu kommen.

# Kapitel 8

Ganz manierlich benahm er sich. Mehr noch: Leonard Angermann störte nicht, das war meine überraschende Erkenntnis nach wenigen Minuten. Er passte sich meinem gemächlichen Lauftempo an. Gelegentlich erzählte er etwas über diesen Landstrich im Allgemeinen und Oxford im Speziellen, vermutlich mit dem Hintergedanken, mich zum Mitkommen am nächsten Tag zu überreden. Eine halbe Stunde, hatte ich ihm im Vorfeld zur Bedingung gemacht, ginge ich mit ihm Joggen, keine Minute länger. Anstandslos hatte er es akzeptiert. Er schien sich bestens in der Gegend auszukennen und hatte nun doch nicht die Straße, sondern eine Route gewählt, die durch Weiden über versteckte Pfade führte, flankiert von Wildrosen, die dicke rote Hagebutten angesetzt hatten. Ich versuchte mir die Strecke für meine kommenden Läufe einzuprägen. Sommerdüfte umwehten uns. Über dem Grün standen die Lerchen, tirilierten ihre endlosen Strophen. Wir sahen einen Fuchs, der durch das Gras strich, um sich dann mit einem gewagten Sprung auf seine Beute zu stürzen. Eine imposante Distel, eine Eselsdistel (*Onopordum acanthium*) — Leonard Angermann konnte sie benennen — Respekt! —, schillerte silbern im Licht.

Ich genoss das Joggen. Wenn ich ehrlich war, machte es mir sogar Spaß, mit Leonard Angermann zu laufen. Zum ersten Mal entdeckte ich in dem Schriftsteller einen fast angenehmen Zeitgenossen.

Na ja, ich wollte nicht übertreiben. Aber wenn er es darauf anlegte, konnte er erträgliche, ja, beinahe sympathische Züge zeigen. Außerdem hatte er ein geradezu unheimliches Wissen. Ich konnte mit ihm ohne Weiteres über Feldhamster und die Kuschellandschaft der Cotswolds, Krisengebiete im Nahen Osten und sogar über eine Wagneroper — oha! — sprechen. Und zwischendurch hatten wir auch gelacht. Ja, der Schriftsteller hatte mich mehrfach zum Lachen gebracht.

Der laue Wind trug das Wiehern eines Pferdes herüber. Ich entdeckte einen Rappen, dessen Fell in der Abendsonne wie schwarze Seide glänzte. Als wir an einem Gehölz vorbeiliefen, flatterten zwei Fasane in die Luft. Go-göck riefen sie mehrmals hintereinander. Immer wieder flitzten Mäuse vor unseren Füßen über den Weg. Oder waren es Feldhamster?

Zurück am Hof konnte ich meine Begeisterung nicht verbergen. Ich strahlte, bestimmt strahlte ich über das ganze Gesicht, denn ich fühlte mich pudelwohl.

„Das war wunderschön. Ich habe es wirklich genossen." Meine Augen leuchteten, meine Wangen glühten, ich wusste es, ich brauchte keinen Spiegel zur Bestätigung. Ich fühlte mich nicht nur wohl, heute Abend fühlte ich mich blendend.

„Wie gut, dass ich auf Sie gewartet habe."

„Ja, das war wirklich gut", bestätigte ich.

„Jetzt bin ich auch beruhigt!", bemerkte er, als wir über die Terrasse auf unsere Häuser zugingen.

„Sie werden mir sicherlich gleich sagen, was Sie beruhigt hat!"

„Sie und Ihr Verhalten haben mich beruhigt. Ich habe mich schon gefragt, ob Sie überhaupt fähig sind, positive Emotionen zu zeigen. Sonst sind Sie frostig wie ein Eisklotz. Was Sie eben vorgeführt haben, grenzt an einen Vulkanausbruch der Gefühle. Heiße Lava. Ganz heiß!" Ein Lächeln schob sich auf seine Lippen. „Wollen wir uns jetzt duzen? So unter Laufpartnern …"

Seine vorhergehenden Bemerkungen hatten mich umgehend geerdet, mein Hochgefühl ausgeknipst.

„Nein!"

Seine Stirn legte sich in Falten, die seine Missbilligung ausdrückten. „Sie sind wirklich eine harte Nuss. Ich biete Ihnen das Du jetzt nur noch einmal an … Und ich hätte nicht geglaubt, dass Sie so verklemmt sind."

Dreimaliges Durchatmen half, sagte ich mir, und das genau tat ich jetzt auch. Einmal. Zweimal. Dreimal. Einatmen. Ausatmen. Take it easy. Lächle und das Leben …

„Gehen wir schwimmen?"

„Ich weiß nicht, was Sie vorhaben, aber ich tue es", sagte ich huldvoll und kam mir dabei selbst vollkommen albern vor.

Dieser Mann machte mich wahnsinnig.


Im schwarzen Badeanzug trat ich auf die Terrasse, die jetzt im Schatten lag. Während ich mich im Schlafzimmer umzogen hatte, hatte ich gehört, dass mein Nachbar mit einem lauten Platsch in den Pool gesprungen war. Offenbar bevorzugte er die Schockvariante, um dem kalten Wasser zu begegnen. Genau genommen bevorzugte er aber auch sonst die Schockvariante in seinem Leben. Zumindest mir gegenüber.

Unschlüssig stand ich am Beckenrand. Unter meinen bloßen Füßen spürte ich die angenehme Wärme der Bodenfliesen, die die Sonne im Laufe des Tages aufgeheizt hatte. Leonard Angermann pflügte durch das Wasser, als gelte es einen Rekord zu brechen.

„Was ist? Überlegen Sie mal wieder zu kneifen? Und wo ist der heiße Bikini?", fragte er, als er seine nächste, auf mich zukommende Bahn zog.

Durfte man heute so etwas überhaupt noch sagen, ohne eine Anzeige zu riskieren? Aber wo sollte ich ihn anzeigen? Hoffentlich war er kein Spanner … Einer, der an der Fensterscheibe klebte, sobald ich im Bikini unterwegs war. Ein Grund mehr, heute den Badeanzug zu tragen.

„Sie hätten mir zum Abschluss des Tages einen erfreulichen Anblick im Zweiteiler gönnen können!"

Bevor ich weiter über seine Wortwahl nachdachte, setzte ich mich an den Beckenrand und ließ die Beine ins Wasser baumeln. Verflixt kalt war es, wie befürchtet. Warum wärmte die Sonne das Wasser so wenig? Und die Nächte kühlten sich doch auch nicht stark ab …

Der Schriftsteller plantschte weiter und schwamm jetzt direkt auf mich zu.

„Warum so prüde?"

In seinem Blick lag eindeutig etwas Raubtierhaftes, das sich in breites Grinsen wandelte. Wie immer, wenn er mich aufzog oder sich unmöglich benahm und er wusste, dass er mich auf die Palme brachte. Oder — aber nein, *das* würde er nicht wagen.

„Ich finde, ich habe mich Ihnen gegenüber heute nett genug verhalten. Erst das Frühstück, dann den Lauf und dann ...“

Der Rest meines Satzes ging in einem spitzen Schrei unter, als er mich schlagartig an den Beinen gepackt und mit einem kräftigen Schwung ins Wasser befördert hatte. Prustend tauchte ich neben ihm auf, blitzte ihn böse an, nachdem ich mir die Haare aus dem Gesicht gewischt hatte.

Wie konnte er nur?

„... gehen Sie auch noch mit mir schwimmen“, beendete er meinen Satz.

## Kapitel 9

Ich griff nach dem flauschigen Badelaken, das den Duft von an der frischen Luft getrockneten Wäsche in sich trug. Einen Duft, den ich liebte. Purer Luxus in meinen Augen. Wer trocknete heutzutage noch seine Wäsche im Garten? Nach der heißen Dusche fühlte ich mich wie neugeboren. Ich nahm meine Bodylotion zur Hand. Frisches Zitrusaroma breitete sich in dem kleinen Badezimmer aus, während ich begann, die leichte Creme aufzutragen. Ich ließ mir bewusst Zeit, denn ich befürchtete, anderenfalls Leonard Angermann abermals über den Weg zu laufen. Er hatte mich gefragt, ob ich ihn in den Pub begleiten wollte. Von was träumte er? Natürlich hatte ich abgelehnt. Dass er mich wie ein pubertärer Schüler ins Wasser gezogen hatte, hatte das Maß für heute vollgemacht. Sein zivilisiertes Verhalten hatte sich gerade mal auf den Zeitraum eines halbstündigen Jogginglaufs erstreckt — großzügig gerechnet.

Während ich mein Haar föhnte, schweiften meine Gedanken nach einigen Umwegen über den Headhunter, dem ich noch eine Antwort schuldete, gefolgt von Harry, mit dem ich sprechen wollte, abermals zu dem Schreiberling. Nach dem Schwimmen war er minutenlang unter einem riesigen Frotteehandtuch verschwunden, hatte sich umständlich seine Mähne gerubbelt. Ich hatte meine Zeit im Pool genutzt, um ihn ausgiebig und ohne Hemmung zu mustern, so wie er es bei mir auch tat. Er wirkte, als hätte er sein Gorilla-Fell ausgezogen. Und überhaupt sah er ganz anders als der Klischee-Schriftsteller in meinem Kopf aus. Nicht, dass sich mein Hirn häufig mit ihm beschäftigt hätte ... Aber er war ziemlich gut gebaut. Trainiert. Muskulös, genau in dem richtigen, angenehmen Maß. Ich hatte es voller Irritation zusammen mit einem völlig unpassenden Kribbeln in meiner Magengegend bemerkt. Offenbar war er mit seinem Körper sehr viel eitler als mit dem Rest seines Erscheinungsbildes. Warum fiel mir das auf? Warum dachte ich darüber nach? Dafür, dass er mich nervte, machte er sich viel zu häufig in meinen Gedanken breit, stellte ich grimmig fest und legte den Föhn beiseite.

Bekleidet mit meiner weißen Jeans und einem grauen T-Shirt sprang ich barfuß die Treppe nach unten. Charly hatte es sich mitten auf den Fliesen in meinem Cottage bequem gemacht. Seine Gliedmaßen waren so weit ausgebreitet, als wollte er den größtmöglichen Raum mit seinem kleinen Körper in dem Zimmer einnehmen. Die Terrassentür stand sperrangelweit offen, wahrscheinlich hatte der Hund sie aufgestoßen. Egal, hier auf dem Hof passierte vermutlich so gut wie nichts und Charly gab bestimmt einen guten Wachhund ab. Kaum hatte ich den Fuß über das Tier gesetzt, sprang es freudig auf. Natürlich bekam Charly seine eingeforderten Streicheleinheiten. Langsam mutierte ich zu seinem größten Fan.

Inzwischen war es dunkel, in den Wohnraum drang nur das Licht der Außenbeleuchtung. Ohne das Deckenlicht anzuknipsen, ging ich zur Küchenecke. Ich nahm das frische Brot aus der Papiertüte, das immer noch einen köstlichen Duft verströmte, suchte nach einem Messer und einem Schneidebrett im Schrank. Während ich zwei Scheiben von dem Laib schnitt, sprach ich mit Charly, der neben mir stand und jede meiner Bewegungen aufmerksam verfolgte. Vermutlich hoffte er auf ein paar Krümel, besser noch eine ganze Brotscheibe.

„Du bist ein treuer, lieber Kerl!"

Verständnisvolles Schwanzwedeln.

„Ein ganz, ganz lieber Kerl!"

Leichtes Hecheln, das seinem Hundegesicht ein Lächeln zu verleihen schien. Dunkle Augen, die zugleich treuherzig und andächtig schauten, und ebenso Zustimmung zeigten.

„Nicht so ein Idiot wie diese halbseidene Type von nebenan! Dieser Zuhälter!"

Ich biss mir auf die Zunge. Das war nun wirklich nicht nett, aber zum Glück hatte es nur der Hund gehört, der weiterhin bestätigend lächelte. Außerdem geschah es diesem Widerling, der leider mein Nachbar war, ganz recht. Ich griff nach einem Glas und überlegte, wohin ich die Weinflasche gestern gestellt hatte. In den Schrank oder ...

„Ich nehme mal an, mit dem Zuhälter bin ich gemeint ..." Ein Schatten löste sich aus dem Sessel, der von mir abgewandt im Dunkeln stand.

Das Glas zersprang in tausend Splitter auf den Fliesen, nachdem es mir aus der Hand gerutscht war.

War er komplett verrückt? Er hatte sich in mein Wohnzimmer geschlichen, im Sessel gewartet. Mir hinterhältig aufgelauert.

Ein Irrer.

Ich hatte es von Anfang an geahnt. Wollte er mir etwas antun? Er war stark. Viel stärker als ich. Ich war alleine mit ihm. Wo war mein Handy? Meine Gedanken überschlugen sich wie Wellen im Sturm. Sollte ich um Hilfe rufen? Elenor? Würde mich jemand hören? Mein Mund war mit einem Mal staubtrocken. Ich musste mich zusammenreißen. Ich würde meine Kräfte im Kampf gegen ihn brauchen.

„Sie sind ja vollkommen wahnsinnig! Verschwinden Sie!" Meine Stimme zitterte ebenso wie meine Hände. Krampfhaft bemühte ich mich, meine flatternden Finger unter Kontrolle zu bekommen. Das Brotmesser ... Ich griff nach dem Brotmesser. Wie wahrscheinlich war es, dass ich den Mann damit abwehren konnte? Sicherer wäre es zu fliehen. Ich trat einen Schritt zur Seite.

Direkt in die Scherben.

Vor Schmerz zuckte ich zusammen. Ein Splitter. Ein großer Splitter. Ich spürte förmlich, wie er sich tief in meinen Fußballen bohrte. Rückwärts taumelte ich gegen die Küchenzeile, tastete mich an der Arbeitsfläche entlang, ohne das Messer aus der Hand zu legen. Ich war froh, dass ich etwas zum Festhalten hatte. Urplötzlich wurde mir heiß und kurz darauf wieder kalt. Ich hörte mich keuchen. Übelkeit schwappte in mir hoch.

„Was ist jetzt? Kriegen Sie einen Herzinfarkt?"

Stöhnend deutete ich auf meinen Fuß.

„Ich bin in die Scherben getreten. Machen Sie Licht! Und schaffen Sie den Hund raus. Und sich selbst auch!"

Ich fuchtelte mit Armen und Messer und musste wie eine Comicfigur aus einem Zeichentrickfilm aussehen ... Mittlerweile war mir schwindlig. So schwindlig. Ich musste mich an der Arbeitsfläche festklammern.

Ausnahmsweise machte der Mann das, was er sollte. Er betätigte den Lichtschalter und verschloss die Tür, nachdem er Charly auf die Terrasse befördert hatte. Wie ein Zaungast stand der Hund vor der Fensterscheibe und starrte herein.

Ich wartete darauf, dass auch der Irre durch die Haustür verschwand, erst danach konnte ich mich vollends meinem Schmerz hingeben.

Blut. Ich bemerkte die kleine Blutlache unter meinem Fuß und stöhnte erneut.

„Das schaut nicht gut aus", befand der Schriftsteller. „Und Sie auch nicht. Sie sind kreidebleich."

„Was Sie nicht sagen!", schnaubte ich. „Schieben Sie die Scherben zusammen — in der Ecke ist ein Besen —, damit ich zum Sessel rüberkomme. Ich muss mich setzen, mir ist schlecht!"

Zaudernd blieb er stehen.

„Nun machen Sie schon, sonst kippe ich in den Splittern um!", schnauzte ich ihn an. „Schnell! Mir geht es überhaupt nicht gut!"

„Okay!"

Entschlossen trat Leonard Angermann zu mir, mitten in die Glasscherben — seine Füße steckten in Sportschuhen mit dicken Sohlen —, hob mich hoch, als wäre ich ein Kind, und trug mich zum Sessel, wo er mich langsam auf die Sitzfläche gleiten ließ und mir das Messer mit einem kleinen Lächeln abnahm. Es war so schnell gegangen, dass mir keine Zeit blieb, darüber nachzudenken, wie ich das alles beurteilte. Mein Nachbar zog einen Stuhl heran, platzierte meinen lädierten Fuß auf der Sitzfläche, darunter ein Handtuch. Den Kopf in den Nacken gelegt, atmete ich durch, tankte mit geschlossenen Augen Kraft, kämpfte gegen die Übelkeit an. Währenddessen spürte ich, wie er vorsichtig meine Fußsohle untersuchte.

„Halten Sie still!"

Abermals durchfuhr mich ein Schmerz, sodass ich die Augen aufriss und mir die Tränen hineinschossen und ich kurz aufschrie. Triumphierend hielt der Schriftsteller die Glasscherbe zwischen Zeigefinger und Daumen, der Splitter war entfernt. Langsam begann der Schmerz zu verebben.

„Danke!", schnaufte ich.

„Gern geschehen!"

Mit einem Taschentuch, das er aus den Tiefen seiner taubenblauen Jogginghose gezaubert hatte, tupfte er das Blut ab. Dann zückte er ein zweites Tempo, hielt es für einen Moment leicht gegen die Wunde gedrückt, während seine andere Hand behutsam über meinen Fuß fuhr.

„Spüren Sie einen weiteren Splitter?", fragte er mit sanfter Stimme.

Abermals schloss ich die Augen. Müde, erschöpft. Dankbar.

„Nein, ich glaube nicht!"

Mit leichtem Druck bewegten sich seine Finger kreisend über meinen Fuß. Sein Tasten ging in eine zarte Massage über. Er fand die Stellen zwischen den Zehen, die unter seinen Berührungen wohlige Schauer durch meinen Körper krabbeln ließen. Massagehände. Wunderhände. Wohltuende Hände hatte er ... Einerseits angenehm, willkommen. So entspannend.

Andererseits — Moment — vollkommen fehl am Platz, so viel Geistesgegenwart besaß ich noch. Das war hier keine Wellnessanwendung. Das hier war Leonard Angermann. Mein personifizierter Albtraum, der mir eben den Schrecken meines Lebens eingejagt hatte. Und der mir auch sonst nicht geheuer war. Abrupt schlug ich die Augen auf.

„Sie können Ihre Hand jetzt wegnehmen!"

„Es geht Ihnen also wieder gut", stellte er fest.

„Wenn Sie mir ein Pflaster geben könnten, bin ich vollkommen glücklich! In meiner Handtasche ist eines."

Ich deutete auf das Schränkchen neben der Haustür, auf dem ich meine Tasche abgestellt hatte.

„Wie Frauen so einen Koffer als Handtasche be-
zeichnen können, wird mir auf alle Zeiten ein Rätsel
bleiben", murmelte er, als er mir die Tasche folgsam
holte.

Ich fischte das Pflaster aus dem Seitenfach meiner
Tote Bag. Dieses schöne oversized Modell hatte ich
mir im Sommer gegönnt.

„Darf ich?" Er streckte mir die Hand entgegen.

„Tun Sie, was Sie nicht lassen können", seufzte
ich.

„Das werde ich beherzigen!"

Er nahm den Fetzen Stoff, ging vor mir in die
Knie, zog die Plastikstreifen ab, um das Pflaster vorsichtig über das Taschentuch auf der Wunde zu kle-
ben. Zufrieden betrachtete er sein Werk. „Wahrscheinlich müssen Sie das Pflaster noch ein paar Mal
wechseln. Aber das wird schon ... Gut, dass ich zur
Stelle war."

„Von we..."

„Und wie gestalten wir nun den weiteren
Abend?"

„Sie gehen in den Pub, und ich bleibe hier!" Ich
stand auf, humpelte ein paar Schritte zu meinen
Flip-Flops, die am Fuß der Treppe standen, und
holte den Handfeger, während er keine Anstalten
machte, seinen Platz zu verlassen.

„Sie sind wirklich eine harte Nuss!"

Ich wandte mich ihm wieder zu. „Sie wiederholen
sich!"

„Ist Ihnen Kratzbürste lieber?" Seine Augen funkelten belustigt. „Lassen Sie uns konstruktiv sein: Sie

haben das Brot, ich habe Käse, verschiedene hervorragende Sorten von einem lokalen Produzenten, und ein vorzügliches Chutney. Alles Delikatessen. Und Salami, Butter. Wein. Wir könnten uns einen gemütlichen Abend zu zweit auf der Terrasse machen", schlug er vor, stand auf und trat neben mich. „Ist das ein Deal?"

Wortlos fegte ich die Scherben zusammen, ganz auf meine Arbeit konzentriert. In Erwartung einer Antwort blieb er neben mir stehen.

## Kapitel 10

Die drei Windlichter, die der Schriftsteller irgendwo aufgetrieben hatte, gaben unserer kleinen Tafel den letzten Schliff.

Ich hatte keine Ahnung, was das mit Leonard Angermann war, aber bei unserem improvisierten Abendessen war ich mir sicher — es war ein Gaumenschmaus. Wir aßen Annes frisches Brot, in dicke Scheiben geschnitten und mit Butter bestrichen. Bestimmt zehn verschiedene Sorten Käse, die vor uns ausgebreitet lagen, hatte Leonard Angermann vorrätig. Ziegenkäse hart und weich, Blauschimmelkäse, Stilton. Ein Käse, der wie ein klumpiger Brocken Erde aussah, hatte ein überraschend cremiges, zitroniges Inneres. Jede einzelne Sorte für sich schmeckte lecker. Jede einzelne Sorte verdiente es, auf der Positiv-Seite meiner täglichen Bestandsaufnahme erwähnt zu werden. Unterdessen sprach Leonard Angermann über die Cheese Factory, wo er den Käse gekauft und den Betrieb besichtigt hatte. So gut wie er sich mit der Herstellung und den Zutaten auszukennen schien, konnte man meinen, er hätte die Molkereiprodukte persönlich gefertigt. Aber vielleicht besuchte er die Fabrik regelmäßig, denn er war bereits das zwölfte Mal in den Cotswolds.

Die Nacht war lau, unter meinem Stuhl ertönte das beruhigende Schnarchen von Charly und nachdem ich das erste Glas Wein intus hatte, war ich trotz der Anwesenheit meines nervigen Nachbarn komplett entspannt, stellte ich fest. Wie am frühen Abend beim Laufen konnte ich mich gut und kultiviert mit ihm unterhalten. Obwohl ich den Headhunter und die Anfrage in einer Ecke meines Gehirns verstaut hatte, überlegte ich, dem Schriftsteller davon zu erzählen. Was würde mir ein Außenstehender raten? Entweder war ich betrunken oder nicht mehr ganz bei Sinnen, flüsterte mir die Stimme der Vernunft, wenn ich darüber nachdachte, mir Rat von einem Typen wie Leonard Angermann einzuholen.

Über uns breiteten sich die funkelnden Sterne aus, die Grillen zirpten eine ihrer letzten Sommermelodien. In der Ferne bellte ein Hund, was Charly mit einem leisen Knurren beantwortete. Auf dem Tisch leuchteten die drei Kerzen, deren Schein uns gemütlich umhüllte. Ein Gefühl der Unbeschwertheit und Dankbarkeit blinkte in mir auf. Solche Momente habe ich schon lange nicht mehr erlebt, ging mir durch den Kopf, einen schönen Moment der Zweisamkeit. Auch wenn — obwohl — es sich bei der zweiten Person um Leonard Angermann handelte. Als diese Person mir zum dritten Mal das Glas füllte, zum Glück goss der Schriftsteller immer nur kleine Mengen ein, fragte ich: „Warum saßen Sie im Dunkeln bei mir?"

Er kratzte sich am Kopf. „Ich wollte Sie umstimmen, mit mir in den Pub zu gehen. Sie hatten die Tür nicht verschlossen ... Charly war auch im Haus", verteidigte er sich.

„Und warum mussten Sie diesen theatralischen Moment abpassen, um sich bemerkbar zu machen?" Ich nippte an meinem Wein. Leonard Angermann konnte nicht nur guten Kaffee kochen, sondern er besaß auch einen exzellenten Geschmack bei Weinen. Überraschend. Ich hätte ihn eher in die Bier trinkende Fraktion der Männer gesteckt.

„Ich muss wohl für einen Moment eingenickt sein", gestand er. „Sie haben da oben ewig gebraucht ... Ich bin aufgewacht, als Sie Charly von dem Zuhälter erzählt haben."

Wie ein bei etwas Verbotenem ertapptes Kind zuckte ich zusammen. Das war gemein gewesen, auch wenn ich nicht wissen konnte, dass er dort saß.

„Sie halten mich nicht ernsthaft für einen Zuhälter?" Er sah mir geradewegs in die Augen. „Mache ich wirklich diesen Eindruck auf Sie?"

Ich deutete ein Schulterzucken an. „Ihr Vorleben, Ihr jetziges Leben, der Porsche — ich habe mir da eben etwas zusammengesponnen", gab ich offen zu.

In seinen Zügen spiegelte sich blankes Entsetzen. „Ich war Angestellter. Ich habe in einer Investmentbank gut verdient, aber irgendwann festgestellt, dass die Arbeit mich auffrisst. Ich bin mit Ende dreißig ausgestiegen."

Mir war es gerade vollkommen egal, was er war, wer er war. Ja, ich hatte ihn auf Mitte vierzig geschätzt. Es passte also. Okay, ein Banker. Ein Ex-Banker. Ein Ex-Investmentbanker. Ein ehemaliger Angehöriger einer Berufsgruppe, die nicht gerade den besten Ruf in der Gesellschaft genoss. Aha. Ja und? Mir war es gleich. Und jetzt arbeitete er in einer Branche, die ebenso nicht einen guten Ruf genoss, also war es stimmig. Und Erotik-Literatur boomte. Spätestens seit den „Shades of Grey" war das sogar salonfähig geworden. Das hatte ich gestern Abend noch gegoogelt, war allerdings in diesem Zusammenhang nicht über den Namen Leonard Angermann gestolpert. Und ich war angeheitert vom Wein, stellte ich fest, eingebettet in das angenehme Gefühl zwischen Traum und Wirklichkeit. „Von mir aus!"

„Sie glauben mir nicht!"

„Wissen Sie, ich weiß sowieso nicht, was ich Ihnen glauben soll. Sie sind mir ein ab-so-lu-tes Rätsel", gab ich zu. „Aber das macht nichts! Für den Urlaub sind Sie ganz unterhaltsam." Ich hob mein Glas erneut. „Da sehe ich die Dinge nicht so eng. Von mir aus können wir auch zum Du übergehen. Ich heiße Carolin und du bist Leonard, wenn ich mir das richtig gemerkt habe. Cheers!" Ich prostete ihm zu. „Muss man da noch etwas machen? Blutschwur? Sich küssen?"

Ich war albern, ja, das war ich. Ich kicherte, ich hatte eindeutig zu viel Alkohol intus. Im Normalfall hätte ich mich sofort entschuldigt, mir wäre mein Verhalten peinlich gewesen. Okay, ein bisschen peinlich war es mir auch jetzt, aber bei einer Person wie dem Schriftsteller konnte mir das letztendlich egal sein.

„Schön wäre es, besonders Letzteres!"

Ich lachte laut auf. Das war jetzt eindeutig übertrieben und unpassend. Als würde ich Leonard mit diesem Langhaarteppich um den Mund ernsthaft küssen wollen. Eine abartige Vorstellung.

„Du hast zu viel getrunken!", brummelte er in seinen Bart.

„So schlimm ist es nicht!", hielt ich fest. „Ich bin in guter Stimmung und, ja, ein wenig beschwipst ... Und ich glaube, ich komme morgen mit nach Oxford, wenn dein Angebot noch gilt."

Ich hatte es mir überlegt: Im besten Fall verlebte ich mit Leonard ein paar interessante Stunden, im allerbesten Fall würde ich sogar nur die Zeit im Auto mit ihm verbringen. Im schlechtesten Fall hingegen ... Nun, da gab es unendlich viele Möglichkeiten, die ich mir nicht im Detail ausmalen wollte. Nicht jetzt. Der Abend war zu schön.

„Natürlich!"

„Was ist mit dir los? Du wolltest, dass ich Emotionen zeige. Hier sind sie, bitteschön! Serviert auf einem Silbertablett, nur für dich!"

Ich trank einen großen Schluck Wein. Währenddessen bevorzugte er Wasser. Überhaupt hatte ich das Gefühl, je mehr ich von dem Wein trank, desto weniger sprach er dem Alkohol zu.

„Und überhaupt: Warum soll ich Emotionen zeigen?"

„Zurückgehaltene Gefühle sind nicht gut für das Herz!"

„Pah!" Ich lachte schallend auf. „Wozu machst du dir Sorgen um mein Herz?"

112

„Ich meinte das ganz allgemein", sprach er leise, ungewöhnlich ernst. Sein Blick blieb an mir haften. Durchdringend, als würde er mir in die Seele schauen, die Augen dunkel wie schwarze Kirschen und mit irgendetwas darin, was mich unruhig werden ließ. Und dann schlagartig ernüchterte. Ich räusperte mich, schob eine widerspenstige Strähne hinter mein Ohr und stand auf.

„Ich gehe schlafen!"

Als ich fünf Minuten später im Bett lag, war ich zu müde, um meine Positiv-Negativ-Liste weiterzuführen. Aber ich hatte das merkwürdige Gefühl, dass sich Leonard Angermann darin gerade ein wenig verschob.

# Kapitel 11

Es summte. Laut und deutlich. War das mein Traum? Ich hatte heute Nacht unglaublich viel geträumt, das tat ich sonst nie, und es gab einen Protagonisten darin. Der nebenan wohnte. Nein, stellte ich nach ein paar Sekunden der Hoffnung und des nicht schwindenden Geräusches fest, es handelte sich um mein Handy, das munter wie eine Hummel im Klee brummte. Hatte ich mir gestern Abend den Wecker gestellt? Benommen griff ich nach dem Störenfried. Ich wollte, dass dieses Geräusch stoppte. Und dann merkte ich, dass es ein eingehender Anruf war. Müde drückte ich auf *Annehmen*.

„Entschuldige, dass ich dich im Urlaub anrufe, aber ich dachte, nach dem Frühstück kann ich dich kurz stören!"

Daniel, mein Mitarbeiter und Stellvertreter, dem die Nerven immer schnell durchgingen. Nicht der, dachte ich, und nicht jetzt. Ich hatte überhaupt keine Lust, mich mit der Arbeit zu beschäftigen. Mit einem Riesenseufzer ließ ich mich in die Kissen zurückgleiten.

Vielleicht hatte er nur eine kleine Frage, machte ich mir Hoffnung, so etwas wie: Wo finde ich den grünen Schnellhefter mit dem Ablaufplan des Monatsabschlusses? Verflixt. Im Nullkommanichts saß ich senkrecht im Bett. Heute war Ultimo plus eins. Heute war Monatsabschluss. Datenweitergabe bis dreizehn Uhr deutscher Zeit.

Daniel konnte mich vertreten und hatte sicherlich nur eine minikleine Frage, hoffte ich. Ich hoffte es aus tiefsten Herzen.

Aber ich glaubte nicht daran.

„Ich liege noch im Bett!", teilte ich ihm ungnädig mit.

„Um kurz nach elf?"

Elf? Mein Gott, hatte ich so lange geschlafen? Leonard wollte spätestens um zwölf Uhr losfahren, hatte er mir gestern Abend noch gesagt, bevor ich meine Terrassentür geschlossen hatte. Ganz relaxt. 10.15 Uhr sagte das Display des Handys. „Du hast die Zeitverschiebung vergessen, hier ist es erst zehn Uhr! Aber jetzt bin ich wach. Um was geht es?"

Er berichtete es mir in aller Kürze. Er hatte ein Problem bei der Kommentierung der Zahlen des Monatsabschlusses. Ohne die Datei zu sehen — natürlich hatte ich sie haargenau vor meinem geistigen Auge —, erklärte ich ihm die Zusammenhänge, die er längst hätte kennen müssen. Aber wie sich gerade zeigte, hatte er nichts verstanden. Ich quälte mich aus dem Bett, sah beiläufig aus dem Fenster — abermals war es ein herrlicher Tag —, während ich versuchte, ihm das Ganze noch einmal mit anderen Worten zu erläutern. Aber leider half auch das nichts. Mein Kollege kapierte es nicht, wie ich seinen widersinnigen Fragen entnahm. Er würde es nicht hinbekommen bis heute Mittag. Die fristgerechte Abgabe des Monatsabschlusses besaß bei unserer Arbeit allerhöchste Priorität und das wusste auch er. Zur Lösung des Problems schlug er mir vor, in der

115

Zentrale anzurufen, und um zeitlichen Aufschub zu bitten. Als ob das irgendwie helfen könnte. War er komplett verrückt? Alle würden toben, in erster Linie allerdings mein Chef. Wenn er davon erführe, konnte ich mich auf wirklich unangenehme Gespräche auch im Urlaub einstellen. Oder ich würde meinen Platz sofort räumen müssen.

Alarmstufe: Rot!

In einer guten Stunde musste Daniel die kommentierten Zahlen weiterleiten. Während ich ihn und seine Unfähigkeit im Stillen verfluchte, begnügte ich mich mit einer Katzenwäsche und sprang in meine Kleidung von gestern Abend. Nach dem Urlaub musste ich an der Situation mit ihm etwas ändern. Es war weiß Gott nicht das erste Mal, dass er mich in meiner Freizeit anrief. Aber jetzt hatte *ich* das Problem. Ich benötigte einen Computer, einen Laptop, irgendetwas mit Internetzugang, und einen Bildschirm, worauf ich mir die komplexen Excel-Dateien ansehen konnte. Während ich mir die Zähne putzte, ging ich die verschiedenen Möglichkeiten im Kopf durch: Internet-Café, aber das gab es nicht im Ort, also müsste ich fahren. Hatte Elenor diese für Gäste wichtigen Informationen nicht irgendwo in einer Mappe zusammengestellt? Wo gab es das nächste derartige Café? Wahrscheinlich dauerte alleine die Fahrt dorthin zu lang. Ich konnte Elenor oder James fragen, ob ich ihren Computer nutzen dürfte. Oder meinen Nachbarn, aber ich wollte Leonard Angermann nicht um einen Gefallen bitten. Es reichte, wenn ich mit ihm nach Oxford fuhr.

Also Elenor.

Ich stolperte über Charly, der es sich wieder vor meiner Haustür gemütlich gemacht hatte und der jetzt freudig aufsprang. Leider hatte ich keine Zeit, um ihn gebührend zu begrüßen. Schnellen Schrittes lief ich über den Hof, zog ungeduldig an der Glocke des Verwalterhauses und hörte sogleich Schritte hinter der Tür. Gott sei Dank. Jemand war zu Hause. Ich stieß die angehaltene Luft mit einem lauten Zischen aus.

Eine Dame mit grauem Haarknoten und einer gestreiften Schürze über ihrem geblümten Sommerkleid öffnete die Tür. Ihre Hände steckten in grünen Gummi-Haushaltshandschuhen, an denen dunkelbraune Erde klebte. Mit einem Lächeln stellte sie sich als Schwiegermutter von Eleanor vor. Ihr Englisch war glücklicherweise gut verständlich für mich.

„Sie sind hübsch braun geworden!", sagte sie als Nächstes. „Wie gefällt es Ihnen bei uns?"

Ich beantwortete ihre Frage knapp und mit einem angedeuteten Lächeln. Mir lief die Zeit davon ... Ohne weitere Höflichkeiten auszutauschen, fragte ich nach Elenor. Leider war sie unterwegs. Mein Herz rutschte einige Zentimeter tiefer. Trotzdem fragte ich nach dem Computer. Sie kenne sich damit nicht aus, erzählte mir die Schwiegermutter, sie heiße übrigens Jane, aber der Computer werde mir wohl nicht nützen, denn, wie sich zehn lange Sätze später herausstellte, er habe momentan einen Defekt.

„Gibt es eventuell noch einen Laptop?", hauchte ich und versuchte die einsetzenden Magenschmerzen zu ignorieren.

Jane zwirbelte an ihrer Schürze. Ja, aber den Laptop habe ihr Sohn James mit zur Arbeit genommen.

Ich nagte an meiner Unterlippe, eine dumme Angewohnheit, wenn ich unter Stress stand. Blieb also nur noch Variante drei: Aufsuchen von Leonard.

Diese Idee hatte auch Jane.

„Go to Leo!"

Mit strahlendem Gesicht und in Plauderlaune erzählte sie, dass er ein so netter und angenehmer Gast sei. Sie kannten sich jetzt seit Ewigkeiten, er gehöre quasi zur Familie und er könne mir mit Sicherheit helfen. Wahrscheinlich besser als Elenor oder James, die beide nicht so richtig gut mit Computern umgehen konnten. Und überhaupt, hach, Leonard. Er war so freundlich, *such a kind man, what a lovely person.* Wie auf Knopfdruck geriet die ältere Dame in eine regelrechte Schwärmerei über den bekannten Schriftsteller, tat, als hätte er den Nobelpreis für Literatur gewonnen und sagte, dass es ihr eine Ehre sei, ihn jedes Jahr hier zu beherbergen.

„Wir sind alle ein wenig in ihn verliebt."

Sie zwinkerte mit den Augen, aber selbst, wenn man die Übertreibungen in ihren Sätzen abzog, blieb immer noch das Format eines Mannes übrig, der hier ausgesprochen gut ankam. Überaus erstaunt nahm ich die schmeichelhaften Ausführungen über meinen Nachbarn zur Kenntnis. Engländer waren eben drollig. Oder Jane hatte Leonard bisher gar nicht richtig kennengelernt. Als Jane begann, sich für Leonards gutes Aussehen zu begeistern, war mir klar, dass die ältere Dame die Dinge nicht sah, wie sie waren.

Und ich hatte jetzt überhaupt keine Zeit, über *so etwas* nachzudenken.

Alarmstufe: Tiefstes Dunkelrot!

Ich rannte hinüber zu dem Cottage des Schriftstellers. Erst jetzt bemerkte ich, dass er sein Schätzchen seitlich der Häuserreihen im Schatten geparkt hatte. Vermutlich war er extra früh aufgestanden, um es aus der Garage zu holen. Hatte er es noch geputzt? Einen Megaspleen hatte er, was sein Auto anging ...

Energisch drückte ich auf die Klingel. Besser, ich brachte es schnell hinter mich. Mein Kollege wartete. Die Kollegen in der Zentrale warteten. Und wenn Lutz Wernecke auch nur einen Hauch von Daniels unfähigem Verhalten mitbekommen hatte, säße er bereits jetzt mit trommelnden Fingern und hochrotem Kopf an seinem Schreibtisch, bereit, mir seine aufgestaute Wut entgegenzubrüllen, während auch er wartete. Ich rechnete sekündlich mit seinem Anruf. Mein Magen zog sich zusammen.

Leonard, nun mach schon!

Eine gefühlte Ewigkeit schien zu vergehen, bis ich hörte, wie sich über mir ein Fenster öffnete, dann die bekannte Stimme.

„Möchtest du einen Kaffee? Ich war gerade unter der Dusche."

Ich hatte keine Zeit für Kaffee. Ich trat einen Schritt zurück. Als ich nach oben blickte, taumelte ich.

Wie? Was?

Mein Gehirn brachte die Dinge irgendwie nicht mehr zusammen. Der Mann, der sich dort aus dem Fenster über den wilden Wein beugte, hörte sich zwar genauso an wie Leonard Angermann, aber ...

Ich blickte rasch zum Haus des Verwalters. Ich sah die Blätter des üppigen Blauregens, die farbenfrohen Dahlien, die vier Meerschweinchen in ihrem Käfig.

Alles war wie immer. Ganz real.

Ich schaute abermals nach oben.

Keine Einbildung.

Ich konnte es nicht glauben.

Leonard hatte sich komplett verändert.

Er sah vollkommen anders aus.

Ohne Mähne, ohne Bart.

Er war beim Friseur gewesen.

Er sah normal aus.

Ich merkte förmlich, wie mir die Gesichtszüge in eine Schrägstellung rutschten, als ich ihn anstarrte. Und im selben Augenblick stellte ich fest, dass sich unter den Haarbergen ein adretter, wenn ich allerdings nur eine Sekunde ehrlich zu mir selbst war, ein attraktiver Mann verbarg.

Oha, wer hätte das gedacht?

„Ich merke, die Überraschung ist mir gelungen. Ich habe dir doch gesagt, dass ich ganz normal aussehen kann, wenn ich den Pelz ablege", brach er das
120

Schweigen. „Hol dir schon mal den Kaffee, die Terrassentür ist offen. Ich bin in zehn Minuten fertig."

Ich erwachte aus meiner Schockstarre. „Ich wollte keinen Kaffee." Ich zwang mich zu erinnern, was ich überhaupt wollte. Meine Gedanken jagten umher wie ein durchgegangenes Pferd, das sich nicht zügeln ließ. Für einen Moment schloss ich die Augen. Konzentration. Volle Konzentration jetzt. Es ging um meine Arbeit.

Ich riss die Augen wieder auf. „Es gibt ein Problem auf meiner Arbeit ... Es ist dringend. Sehr dringend. Das heißt, ich brauche einen Computer mit Internetanschluss. Und ich benötige einen Bildschirm ... Ich müsste nur eine Mail abrufen ... Es ist eine sehr große Excel-Datei mit vielen Daten ... Kann ich eventuell deinen Internet-Anschluss nutzen? Ich meine, falls du einen hast ..."

Ich brach das Durcheinander meiner Worte ab. Wenig hilfreich war es und Leonard weidete sich mit Sicherheit an meinem Gefühlschaos. Es würde eine Weile dauern, bis ich, mein Gehirn und meine Emotionen das neue Erscheinungsbild des Schriftstellers verdaut hätten.

„Ja, sicher. Ich komme runter."

Mit nichts als einem um die Hüften gewickelten Badehandtuch öffnete er mir wenige Sekunden später die Tür. Der Duft eines frischen Duschgels — eine Brise aus dem Wald — schlug mir entgegen.

Ich hatte mich immer noch nicht von dem Überraschungsmoment gefangen, stellte ich fest. Mit einem

Mal bekam der Mann Leonard eine Präsenz, der ich mich nicht gewachsen fühlte.

„Komm rein! Das Notebook steht auf dem Schreibtisch."

Dass er einen durchtrainierten Körper hatte, wusste ich, aber in Kombination mit dem neuen Erscheinungsbild war das an diesem Morgen ein bisschen zu viel Mann auf nüchternen Magen. Leonard ging voran durch den Raum zu seinem Schreibtisch und ließ mich sprachlos an der Tür stehen. Sogleich fuhr er sein Notebook hoch. Konzentrier dich auf dein Problem, ermahnte ich mich, als ich mich ihm langsam näherte, oder auf etwas anderes, von mir aus auf Elenors Schwiegermutter Jane oder Charly, aber nicht auf Leonard. Um meine Augen von dem halb nackten Mann vor mir zu lösen, lenkte ich meine Gedanken auf die Umgebung, ließ meinen Blick durch den Raum wandern ... Sein Cottage glich in der Ausstattung dem meinen mit dem einzigen Unterschied, dass ein Schreibtisch mit einer extragroßen Arbeitsplatte direkt unter dem Fenster zum Pool, neben der Terrassentür, stand. Ich bemerkte zwei Hochglanz-Magazine über englisches Landleben, die auf dem Esstisch lagen. *Country Life*, *Countryside*. Alles war aufgeräumt. Mehr noch, hier herrschte eine penible Ordnung. Das verführerische Aroma von frisch gebrühtem Kaffee durchzog das Haus.

Die Höhle des Schriftstellers sah definitiv anders als in meiner Vorstellung aus.

„Du kannst gleich loslegen!", sagte Leonard, drehte sich zu mir um und sah mich fragend an. „Möchtest du einen Kaffee? Ich konnte leider mit dem Frühstück nicht auf dich warten, ich hatte schon einen Termin!" Mit dem rechten Daumen zeigte er auf seinen Kopf. „Und danach war ich auch schon joggen und schwimmen, um dein schlechtes Gewissen anzuheizen ..."

„Ich habe deswegen kein schlechtes Gewissen", murmelte ich und konnte trotzdem nicht verhindern, dass ich für einen Moment an meinen Trainingsplan dachte, den ich heute vernachlässigte.

„Also Kaffee?", fragte er erneut.

Ich nickte wie ferngesteuert.

Leonard bewegte sich zur Küchenzeile und kehrte mit einem Henkelbecher mit Kaffee und Milch, genauso wie ich ihn gestern getrunken hatte, zurück. Der Mann hatte ein gutes Gedächtnis, wirbelte mir durch den Kopf. Wir kannten uns seit nicht einmal achtundvierzig Stunden, war ein anderer Gedanke. Irgendetwas passierte gerade. Etwas, womit ich garantiert nicht gerechnet hatte. Etwas, was in mir gemischte Gefühle hervorrief, was sich nicht einordnen ließ.

Und was ich vielleicht auch lieber nicht einordnen wollte. Und — Himmel — für das ich jetzt absolut keine Zeit hatte.

„Bleibt es dabei, dass du heute mit nach Oxford kommst?"

Ich nickte abermals und riss mich zusammen.

„Ja, gerne!"

„Fein, dann beeil dich. Ich will in einer Stunde starten."

Er beugte sich über das Notebook, loggte sich mit seinem Passwort ein und öffnete den Internet-Browser. Währenddessen hielt ich meinen Blick fest auf seinen ausrasierten Nacken geheftet, wo die Haut heller war, um nicht auf die breiten Schultern, diese Furche, die dazwischen entstand, als er sich bewegte, die trainierten Arme, die Muskeln, überhaupt auf die nackte Haut zu starren. Oder mich irgendwelchen Fantasien, die sich auf das, was sich unter dem Handtuch befand, hinzugeben.

„Voilà. Du kannst anfangen." Er richtete sich auf. Abwartend blieb er neben mir stehen.

Auch sein Arbeitsplatz war picobello aufgeräumt, beinahe klinisch sauber. Ordentlich übereinandergestapelte Papiere lagen am Rand der Arbeitsplatte, daneben ein Etui mit Stiften, die rote Kladde und das lederne Notizbuch, das ich von dem Beinahe-Unfall kannte. Das Notebook prangte in der Mitte des Tisches, ein nagelneues iPhone lud am Kabel in der rechten Ecke. Lediglich die zwei kleinen anatomischen Puppen, ein weibliches und ein männliches Modell, deren Beine hinter dem Notebook herausragten, störten die harmonische Ordnung in meinen Augen.

„Die beiden Figuren benutze ich manchmal, um mir Szenen plastischer zu machen." Leonard war meinem Blick gefolgt. „Manchmal reicht die Fantasie nicht aus ", erklärte er mir allen Ernstes.

„Es erstaunt mich, dass bei dir nur zwei Puppen rumliegen. Ich dachte, in solchen Büchern herrscht Rudeltreiben!"

Ihm entfuhr ein erstauntes Lachen. Dann schlug er sich mit der flachen Hand auf die Stirn. „Stimmt, das hatte ich vergessen. Ich schreibe ja diese schmuddeligen Bücher ... Die anderen Puppen habe ich weggeräumt", gestand er mir grinsend. „Ich wollte dich nicht schockieren!"

Seinen Charakter hatte er mit dem neuen Haarschnitt nicht abgestreift, stellte ich beruhigt fest. Gegen meinen Willen verzog ich den Mund zu einem Grinsen und sah ihn spöttisch an. „Wie rücksichtsvoll!"

Er hielt meinem Blick lächelnd stand. Für eine gefühlte kleine Ewigkeit. In meinem Magen zitterte etwas leicht, als würde ein Schmetterling das Fliegen üben.

„Ich gehe nach oben, mich anziehen."

„Ich bin gespannt, welche Farbe du mir heute bietest!"

„Dezentes Grau, Nadelstreifen!", antwortete er und bewegte sich in Richtung der Treppe.

„Was es nicht alles für Joggingklamotten gibt!", brummte ich und sah ihm hinterher.

Er war im Begriff, die Treppe hochzusteigen, drehte sich aber noch einmal um. „Vielleicht wirst du dich dann ein zweites Mal überraschen lassen müssen!"

Mein Handy klingelte. Da war sie wieder, die Alarmstufe: Dunkelrot.

„Daniel! Ja, ich habe jetzt eine Internet-Verbindung."

Ich legte das Telefon neben den Computer und stellte es auf Lautsprecher. Dann öffnete ich mein E-Mail-Account und begann abermals, meinem Mitarbeiter die Zusammenhänge zu erklären, und als er es immer noch nicht verstand — take it easy, tief durchatmen —, tippte ich die Erläuterungen eigenhändig in die vorgesehen Zeilen und schickte ihm die nun kommentierte Datei nach Deutschland zur Weiterleitung an die Zentrale zurück.

Eine Viertelstunde später hing ich noch immer am Telefon. Ich beruhigte eine meiner Mitarbeiterinnen, die sich mit einer Kollegin wegen der letzten Tasse Kaffee aus der Kaffeemaschine gestritten hatte. Ging's noch? Was war das heute? Kindergarten? Ich war diesen Zickenkrieg von den beiden gewohnt, aber konnten sie — bitte — darauf warten, mir die Auflistung ihrer Vergehen zu präsentieren, bis ich wieder aus dem Urlaub zurück war? Es war anstrengend mit den beiden. Anstrengend genug, um mich abermals Aussteigerfantasien hinzugeben. Ich war offenbar so in mein Gespräch vertieft gewesen, dass ich nicht mitbekommen hatte, dass Leonard wieder die Treppe heruntergekommen war. Aber ich spürte, wie eine neue Energie den Raum füllte. Der dezente frische Duft eines herben Rasierwassers oder Parfums, auch das war neu an ihm, verriet seine Anwesenheit. Irgendwo hinter meinem Rücken bewegte er sich. Fünf Minuten später baute er sich demonstrativ an meiner Seite auf und deutete mit dem Zeigefinger auf seine Armbanduhr, irgendein teures Fabrikat fiel mir auf. Er wollte los, natürlich. Von seinem Handgelenk wanderte mein Blick weiter an ihm hoch. Zum zweiten Mal an diesem Morgen verschlug es mir die Sprache. Er trug ein blütenweißes Hemd. Und eine anthrazitfarbene Hose, die Teil eines Anzugs war. Mit Nadelstreifen. Das dazu passende Jackett hing über seinen Arm und eine Aktentasche stand neben ihm.

Wow.

Die Verwandlung eines männlichen Aschenputtels, fuhr mir durch den Kopf.

„Äh, hm, entschuldige, kannst du den letzten Satz noch einmal wiederholen … Ich wurde gerade abgelenkt", wandte ich mich wieder an meine Mitarbeiterin.

„Wir sprechen darüber, wenn ich zurück bin. Und bis dahin geht euch einfach aus dem Weg oder du setzt dich in mein Büro", schloss ich das Gespräch wenig später. Aufschnaufend ließ ich mich nach hinten in den ergonomischen Bürostuhl fallen, um im nächsten Atemzug wieder hochzuschnellen. Ich hatte keine Zeit, Leonard musste los. Ich musste los. Umgehend schloss ich mein E-Mail-Account.

„Willst du hier noch mal ran?", fragte ich in den Raum an Leonard gerichtet, der hinter mir stehen musste.

„Falls du das Notebook meinst, nein", antwortete er ungerührt. „Du kannst es runterfahren und dann: Beeilung! Ich möchte in zehn Minuten los und nicht rasen. Wer weiß, wer sich mir heute in den Weg stellt."

Es blieb nicht eine Sekunde, um mit einer entsprechenden Antwort zu kontern oder weiter über sein Aussehen nachzudenken. Oder in mich hineinzuhorchen. Jetzt musste ich nur funktionieren und zwar schnell. Ich kippte meinen Kaffee auf ex, sprang auf und stürmte an Leonard vorbei in mein Cottage.

Ein Kleid. Ich wollte ein Kleid anziehen. Ich verdrängte den Gedanken, dass ich mich passend zu *ihm* anziehen wollte. Wozu hatte ich schließlich die Kleider mitgenommen? Da ich ohnehin nur zwei eingepackt hatte, war die Auswahl umgehend getroffen. Das Weiße mit den schwarzen Punkten, ein Hemdblusenkleid, erschien mir für einen Besuch in der Stadt genau richtig. Das rote, schmal geschnittene Seidenkleid war zu schick. Warum hatte ich überhaupt dieses Kleid für einen Aufenthalt, der im Grunde genommen auf dem Land stattfand, mitgenommen? Während ich mich in Windeseile umzog, warf ich einen Blick aus dem Fenster. Leonard wartete bereits draußen im Hof, in der Hocke vor Charly sitzend und mit dem Hund sprechend, der ihn voller Konzentration anschaute und den Kopf von rechts nach links schief legte, als verstünde er jedes Wort. Ich musste lächeln. Schnell bürstete ich mir die Haare, legte etwas Parfum auf, schminkte Augen und Lippen dezent. Als ich in den Spiegel sah, gefiel ich mir. Meine Augen leuchteten. Sehr verräterisch.

Hormonseliger Überschwang. Nicht mehr war es.

Ich griff nach einer Kette, meinem Armreif, schlüpfte in meine schwarzen Sandaletten und hastete nach unten.

Alles in Rekordzeit erledigt. Acht Minuten, sagte die Uhr. Dreimal tief durchatmen, ich tat es und klang dabei wie Charly, wenn er hechelte. Und jetzt war ich bereit für den Tag. Ob ich bereit für Leonard war, würde sich zeigen.

Bevor ich von einer plötzlichen heiteren Vorahnung erfasst die Haustür öffnete, schnappte ich mir Handtasche, Strickjacke und Sonnenbrille.

## Kapitel 12

„Alle Achtung!"

Leonard streichelte Charly ein letztes Mal und richtete sich dann aus der Hocke zu seiner vollen Größe auf. Ich bildete mir ein, dass er dabei seinen Blick einmal über mich huschen ließ. Wobei ich das nicht erkennen konnte, denn er trug eine dunkle Sonnenbrille, durch die ich seine Augen nicht richtig sehen konnte. Hmmmm. Piloten-Sonnenbrillen standen manchen Menschen ungemein gut.

Ich hatte mich nach einem Ta-dah-hier-bin-ich-Auftritt gefühlt, stattdessen war ich einfach nur vor meine Haustür getreten. Aber unter Leonards Blick erfüllte mich der Wunsch, wieder zu gehen und noch einmal mit erhobenem Haupt und voller Selbstbewusstsein aus der Tür zu treten.

„Ich dachte, ich könnte mich ein bisschen stadtfein machen", entgegnete ich lächelnd und atmete tief durch. In der warmen Morgenluft schwebte ein Hauch eines Duftes, der tiefe, sentimentale Gefühle in mir weckte. War es der Duft des scheidenden Sommers? Oder duftete es wie an einem Morgen, der das Versprechen auf einen wunderschönen Tag in sich trug? Urplötzlich erfüllte mich so ein Ich-kann-den-Tag-nicht-erwarten-Gefühl. Ein Kribbeln. Lebenslust. Energie. Heute schien mir alles möglich. Wenn ich diesen Moment einwecken könnte, um ihn später an einem dieser besonders grauen, nassen und kalten Wintertage, die mich deprimierten, wieder herausholen zu können ...

„Ich finde es beachtenswert, wie schnell du bist. Keine zehn Minuten. Weniger als sechshundert Sekunden."

Warum war ich enttäuscht? Hatte ich auf ein Kompliment gehofft? Bei dem Mann vor mir handelte es sich um Leonard, rief ich mir in Erinnerung. Leonard, der Gorilla. Leonard, der Rüpel. Nicht der Traumprinz aus dem Märchen. Anzug und Pilotenbrille hin oder her.

„Ich habe Routine darin, Dinge schnell zu erledigen!"

Wenigstens ein kleines bisschen charmant hätte er sein können, fand ich. Ich war schließlich nicht hässlich und er hatte durchaus Augen im Kopf.

Als hätte er meine Gedanken gelesen, bequemte er sich zu sagen: „Dein Kleid ist hübsch. Es steht dir!"

Er ging voraus zum Auto und ich folgte ihm. Und dann öffnete er mir doch tatsächlich formvollendet die Beifahrertür seines Schätzchens und ließ mich einsteigen.

Leonard startete den Motor, nachdem er sein Jackett ordentlich auf der schmalen Rückbank verstaut hatte, und wir fuhren langsam zum Tor hinaus. Elenor, die eben zusammen mit einer Unmenge von mit Einkäufen gefüllten Taschen und Körben auf dem Hof eingetroffen war, und Jane standen wie ein Verabschiedungskomitee an der Einfahrt und winkten uns.

„Viel Glück!", wünschte die ältere Frau. „Das Buch klettert bestimmt wieder auf Anhieb auf die Bestseller-Liste!"

„Auf den nächsten Erfolg!", rief Elenor hinterher. „Du machst das, Leonard! Wir wissen es!"

Fehlte nur noch, dass sie begeistert Fähnchen schwenkten wie bei den Royals, dachte ich. Aber von mir aus. Augenscheinlich genoss Leonard ein hohes Ansehen bei *beiden* Frauen. Leonard und die Frauen — das war wohl ein Kapitel für sich ...

„Noch mal vielen Dank für deine Unterstützung eben ... und den Kaffee", setzte ich an, als wir wenig später auf der größeren Landstraße fuhren und ich das Gefühl hatte, ihn vom Fahren nicht abzulenken.

„Keine Ursache! Hast du alles klären können mit deinem Chef?"

„Alles bestens! Aber das war nicht mein Chef!"

„Sondern?", er blickte kurz zu mir.

„Ein Mitarbeiter von mir!"

„Ein erwachsener Mann!"

„Ja, stell dir vor! Dachtest du, ich leite eine Gruppe im Kindergarten?" Vielleicht sollte ich mich mit meinem Coach mal über meine Ausstrahlung statt über Zeit- und Selbstmanagement und die ultrabreite Palette meiner Gefühlswelt unterhalten. „Ich leite das Controlling eines internationalen Konzerns."

„Dann hast du also Personalverantwortung, bist eine Führungskraft, eine Karrierefrau!" Das Erstaunen in seiner Stimme war nicht zu überhören.

„Warum überrascht dich das? Du hast es mir von Anfang an unterstellt."

132

„Ja, auf den ersten Blick, und weil ich sauer war ... Aber nachdem ich dich jetzt ein bisschen kennengelernt habe ... Du wirkst anders!", sagte er, den Kopf schüttelnd, als verstünde er die Welt nicht mehr.

„Wie machen wir das heute?", unterbrach ich seine mutmaßlichen Gedanken über mein Auftreten. Ich wollte mir keine weiteren Ausführungen dazu anhören. Es war weder das, was ich hören, noch womit ich mich beschäftigen wollte.

Er runzelte die Stirn. „Mein Treffen beginnt um eins. Ich denke, wir werden drei, vier Stunden zusammensitzen. Ich melde mich, sobald ich ein Ende absehen kann. Vielleicht können wir im Anschluss etwas gemeinsam unternehmen. Irgendetwas Nettes." Er wedelte mit der Hand, als wollte er einen Schwarm Fliegen verscheuchen. „Ich habe jetzt nicht den Kopf dafür frei ... Ich bin heute etwas nervös", gestand er.

„Wegen des Treffens?"

„Ja, das ist immer eine große Sache, wenn man den ersten Wurf abgibt. Die Angst vor dem Scheitern ist jedes Mal da."

Leonard strahlte es mit keiner Pore aus, dachte ich, ganz im Gegenteil, er wirkte souverän und lässig. Aber vielleicht erklärte es sein Verhalten.

„Ich drücke dir die Daumen, dass es gut läuft!"

Wie weit war ich gekommen, dass ich diesem Typen, der wahrscheinlich Papierberge frauenfeindlichen Schunds produzierte, auch noch Erfolg wünschte?

„Danke! Das kann ich gebrauchen. Ich habe heute Nacht schlecht geschlafen. Mir gingen tausend Dinge durch den Kopf."

„Ich habe gut geschlafen. Wenn du dich entspannen willst, kann ich das Stück fahren."

„Das würde mich nur aufregen!"

Nun ja, sein Auto ging ihm über alles. Und er war Leonard.

Ich betrachtete ihn heimlich von der Seite. Noch immer erschien mir seine Aufmachung erstaunlich und fremd und ich fragte mich, ob ich mich behaglicher gefühlt hätte, wenn er in seinem gammeligen Look neben mir gesessen hätte. Ohne die vielen Haare sah ich jetzt, er hatte scharf geschnittene, ebenmäßige Gesichtszüge. Ein paar Fältchen, die ihn keineswegs verunstalteten, sondern höchstens interessanter machten. Erste graue Haare blitzten an seiner Schläfe. Aber auch das schmälerte nicht seine Ausstrahlung. Kein Wunder, dass Elenor und Jane ihn anhimmelten. Er sah wirklich nicht schlecht aus, gestand auch ich mir abermals ein. Und er konnte sehr wohl charmant und höflich sein.

Wenn er wollte.

„Was ist?"

Leonard hatte mich ertappt, ich hatte ihn zu intensiv gemustert.

„Nichts!", log ich und versuchte das Kribbeln, das jetzt eine andere Ursache als vorher hatte, als ich aus dem Haus getreten war, in mir zu bändigen. Bisher hatte ich keine Schwierigkeiten gehabt, mit ihm Small Talk zu führen, so absurd das Ganze manchmal auch gewesen war. Wir hatten uns, ja, das konnte ich zugeben, sogar ausgesprochen gut unterhalten. Aktuell war mein Kopf allerdings leer gefegt wie die Toilettenpapier-Supermarktregale zu Beginn der Corona-Pandemie.

„Gefällt es dir hier?"

Aha, momentan bewegten wir uns im seichten Wasser der Banalitäten. Aber wenn er es wollte, bitteschön.

„Ja. Ausgesprochen gut. Wie du weißt, war ich vor zwanzig Jahren schon mal hier, mit meiner Schule, kurz vor dem Abitur. Für mich ist das seitdem zu einem richtigen Sehnsuchtsort geworden. Alles ist so idyllisch und schön, wie ich es in Erinnerung hatte. Auf mich wirkt es beruhigend, dass sich hier nicht viel verändert hat."

„Ja, die Landschaft bleibt ... Hängst du neben nostalgischen Gefühlen auch den romantischen nach? Du warst bestimmt in einen deiner Mitschüler oder deinen Lehrer verknallt. Ältere, intellektuelle Herren sind bestimmt dein Ding gewesen!"

Er konnte es nicht lassen. Er hatte zwar seine Haare und die schreckliche Kleidung, nicht aber sein unausstehliches Verhalten abgelegt. Warum ging das nicht in meinen Kopf? Er war nicht so, wie er aussah, das bewies er immer wieder. Und er war weitaus nicht so kreativ, wie er als Schöpfer von Geschichten sein müsste. Auf die Variante der Liebelei, die tatsächlich stattgefunden hatte, war er nicht gekommen. Umso besser. Ich hatte kurz überlegt, ob ich ihm von Harry oder James, die ich in jungen

Jahren gesehen hatte, erzählen sollte. Nein, es war besser, ihm keine zusätzlichen Anhaltspunkte zu bieten, mit denen er mich triezen konnte. Und anders als zuvor verspürte ich weder das Verlangen, ihm Kontra zu geben, noch mich zu empören. Ich stellte eine gewisse Diskussionsmüdigkeit bei mir fest und ich wollte auch nicht mit ihm streiten, obwohl es mir vor wenigen Stunden noch ein gewisses Gefühl der Genugtuung verschafft hatte.

Schweigend betrachtete ich die vorbeiziehende Szenerie. Eine Herde Schafe — weiße Wollknäuel auf dem satten Grün einer Wiese verteilt. Dörfer wie Postkartenmotive. In vielen Gärten wiegte sich mannshohes Pampas-Gras im diesigen Licht. Ab und an stand eine Vogelscheuche in den Gemüsegärten. Häuser aus verwittertem Kalkstein, von einer Farbe wie heller Sherry, zogen sich parallel zur Straße. Teilweise drückten sich die Häuser direkt an die Fahrbahn. Ob Leonard sich bei den schmalen Straßen ständig Gedanken um seinen heiß geliebten Wagen machte?

„Wie geht es deinem Fuß?", erkundigte er sich, als er hinter einem der Dörfer wieder beschleunigte. Für einen Porschefahrer fuhr er allerdings ziemlich gemütlich. Er war alles andere als ein Speed-Junkie.

„Ist alles wieder bestens!"

Ich erblickte Holunderbüsche, die voll von schwarzen Beeren hingen. Unvermittelt dachte ich an meine Großmutter und das wunderbare Gelee, das sie aus diesen Früchten gekocht hatte. Noch immer vermisste ich meine Großmutter, die seit zehn Jahren tot war. Ich würde sie wahrscheinlich immer vermissen. Und wo war ihr Rezept für das Holunderbeeren-Gelee geblieben? Dieses zerknickte, so häufig verwendete, mit Tinte beschriebene Blatt Papier, auf dem die Mengenangaben verwischt waren, weil es im Nassen gelegen hatte. Irgendwann später hatte ich mir die Mühe gemacht und das Verschwommene mit Kugelschreiber ausgebessert ... Allerdings hatte ich momentan sowieso keine Zeit für die Zubereitung von Gelees. Aber vielleicht wenn ich Rentnerin war. Oder es doch noch schaffen sollte, eine Familie zu gründen, dann würde ich es zusammen mit meinen Kindern tun. Hirngespinste. Und doch liebte ich diese Momente, wenn ich mich Tagträumereien hingeben konnte. Meine Träume existierten. Nach wie vor.

Mein Handy klingelte. Hoffentlich nicht noch einmal Daniel, dachte ich, bevor ich sah, dass es die Nummer meines Chefs war. Ich ahnte nichts Gutes und umgehend wurde mir flau im Magen. Trotzdem war es besser, den Anruf anzunehmen.

„Was macht dieser Daniel, Ihr Stellvertreter, eigentlich?"

Kein Hallo oder Ähnliches. Nein, Lutz Wernecke hielt sich nie mit Höflichkeiten auf. Unwillkürlich entfernte ich das Telefon ein wenig von meinem Ohr. Viel zu laut sprach dieser Mann. Immer. Und jetzt dröhnte seine Stimme wie Donnergrollen, denn er brüllte in seine Freisprechanlage.

„Die nächsten Monatsabschlüsse machen Sie! Der Mann ist vollkommen unfähig! Wie kann es sein, dass er mich fragt, wie er die Zahlen kommentieren muss? Das ist seine Aufgabe! Wenn Sie im Urlaub sind, müssen Sie für eine Vertretung sorgen. Das gehört zu Ihrem Job! Haben wir uns verstanden?"

Leonard sah mich erstaunt an. Siehe da, es gab diese Situationen, die auch ihn überraschen konnten. Sicherlich hatte auch er jedes Wort des Cholerikers verstanden.

„Alles klar!", brummte ich, aber da hatte Lutz Wernecke auch schon das Gespräch beendet.

„*Das* war mein Chef!", sagte ich.

Leonard nickte. „Aha!"

Sein Mitgefühl hielt sich in Grenzen, dabei hätte ich jetzt gerne ein aufbauendes Wort gehört.

Ich konzentrierte mich auf die Umgebung, diese schöne Landschaft, die uns während der Fahrt begleitete, und schob meine Arbeit und meinen Chef weit weg. Merkwürdigerweise gelang mir das sogar erstaunlich schnell. In der Ferne unter einer Handvoll schütterer Birken entdeckte ich purpurfarbene Flecken, Überbleibsel der Heide, die hier nur versteckt wuchs. Wir passierten ein Sonnenblumenfeld — die meisten Blumen waren verblüht, nun trockneten die Samen aus, aber dazwischen gab es die eine oder andere Pflanze, die noch nicht aufgegeben hatte und ihr gelbbraunes Gesicht der Septembersonne entgegenstreckte.

Erstaunlich leer war es auf den Straßen. Ab und an zuckelte ein Gefährt vor uns. Ein Traktor, der von einem Feld zum anderen fuhr, ein Tourist in einem Mietwagen, dem die engen Fahrbahnen nicht geheuer waren, was ich sehr gut verstehen konnte. Ein deutsches Wohnmobil, das eine Weile in der Mitte der Straße fuhr, um dann Gott sei Dank abzubiegen. *Reise viel vorm Sterben, sonst tun es deine Erben* stand auf dem Heck in großen Lettern.

Leonard informierte mich, dass er am darauffolgenden Tag mit seinem Verleger nach Leeds führe. Ich schlug sein Angebot aus, mich in den Norden mitzunehmen. Warum sollte ich mitfahren? Jede Minute, die ich nicht mit ihm verbrachte, war Urlaub für meine Nerven.

„Wir sollten nach dem Treffen noch einmal über meinen Beruf sprechen!", fuhr er fort, als arbeitete er eine gedankliche Liste mit Themen ab. „Vielleicht klärt das auch einiges zwischen uns."

Hatte er *zwischen uns* gesagt? Es klang merkwürdig intim. Was sollten wir klären? Und warum? Gleichgültig zuckte ich die Achseln.

„Vielleicht."

„Warum bist du so auf Distanz bedacht?", fragte er geradeheraus und blickte mich forschend an, als wir vor einem Kreisverkehr warten mussten.

„Du machst es einem nicht leicht, sich anders zu verhalten! Du schlägst Nähe mit verbalen Attacken zurück. Also, wenn hier jemand auf Distanz geht, dann du!"

„Aua!" Er zuckte theatralisch neben mir zusammen. „Du lässt auch keine körperliche Nähe zu!"

„Du meinst das jetzt im Gegensatz zu dir?" Ich bemühte mich, all die Verachtung, die ich jetzt gerade frisch aufgeflammt spürte, in meine Stimme zu legen. „Das liegt daran, dass ich das eine nicht ohne das andere kann. Es mag einem Typen wie dir seltsam erscheinen, denn du hast wahrscheinlich Übung darin, das perfekt zu trennen. Gerade deswegen werde ich mich hüten, irgendwelche körperliche Nähe zu dir zuzulassen." Es bestand kein Anlass, sich über Dinge dieser Art zu unterhalten.

„Also kein Sex nur aus Spaß an der Freude?"

Warum redete ich mit ihm überhaupt über solche Themen? Wieder ein Abstecher ins Absurde. Warum passierte mir das mit ihm jedes Mal? Mit ihm war es, als wanderte ich über ein einziges, nicht enden wollendes Minenfeld.

„Das geht dich nichts an!"

„Oh, die Katze zeigt die Krallen. Du bist wirklich tiefgekühlt ... Hoffentlich ist dein Herz nicht auch aus Eis!"

Seine bissigen Kommentare waren mir nicht mehr gleichgültig, spürte ich, obwohl ich glaubte, mittlerweile damit umgehen zu können. Anders als zuvor weckten sie in mir ein neues Gefühl, das Schmerz am nächsten kam. Ja, heute verletzte es mich, wenn er in dieser Weise mit mir redete. Ich war dünnhäutig, das wusste ich, auch das war ein Thema in den Sitzungen mit dem Coach. Bisher ging ich am besten mit solchen Situationen um, indem ich sie mied. Aber hier im Urlaub war es schwer, sich zu entziehen, wenn man zu zweit in einem Auto saß. Oder Tür an Tür auf einem Hof wohnte.

Kurz vor Oxford nahm der Verkehr zu und Leonard ließ sich vom Navi leiten.

„Ich weiß, dass ich gerade nicht der gesellschaftsfähige Unterhalter bin ...", setzte er nach einer Weile wieder an, nachdem die weibliche Stimme des Navis verkündet hatte, dass wir das Ziel erreicht hätten.

„Das warst du noch nie!", fiel ich ihm ins Wort. „Aber ich habe mich langsam an dein kauziges Verhalten gewöhnt und werde dich auch noch die restlichen Tage meines Urlaubs ertragen, wenn ich nicht die Unterkunft wechsle!"

„... vertagen wir unser Gespräch einfach auf später", beendete er seinen Satz.

## Kapitel 13

„Ich habe noch eine knappe Stunde Zeit. Der Verleger, er heißt übrigens Robert und ist mittlerweile ein Freund von mir, steht im Stau."

Leonard ließ sein Handy in die Brusttasche seines Jacketts gleiten. Sein Schätzchen hatten wir zuvor auf einem der Parkplätze in der Nähe der Innenstadt abgestellt. Zusammen mit unzähligen Touristen und jungen Leuten spazierten wir jetzt über das alte Kopfsteinpflaster durch die Stadt, ohne dass ich wusste, wohin Leonard mich führte. Bei dem unebenen Untergrund war ich froh, dass ich flache Sandaletten trug, auch wenn ich mir damit neben dem Schriftsteller erschreckend klein vorkam. Klein und auch irgendwie in den Hintergrund gerückt. Mit seiner weltmännischen Ausstrahlung, die er gegen die des Hinterwäldlers eingetauscht hatte, musste ich erst einmal klarkommen.

„Es sind nur ein paar Schritte zu dem Hotel, in dem ich verabredet bin. Magst du es dir ansehen? Es ist ein ehemaliges Gefängnis, das vor einigen Jahren umgebaut wurde. Robert wollte etwas Skurriles anschauen. Er liebt so etwas."

Das erklärte einiges, dachte ich und sagte laut: „Reichst du ihm nicht aus? Dann hättest du dir auch nicht die Mühe machen müssen, mit deinem neuen Aufzug!"

„Ha-ha-ha ... Ich gefalle mir momentan ganz gut. Wenn ich ein Projekt abgeschlossen habe, kehre ich auch gerne in die Normalität zurück."

Normalität, aha. Und was war das vorher gewesen? Ein Traum? Albtraum? Absurdistan? Ein Spiel? Ohne dass ich es verhindern konnte, nahm der Schriftsteller meinen Ellenbogen und steuerte mich zielstrebig durch die Menge.

„Die Zimmer sind wirklich sehenswert! Die alten Gefängniszellen wurden umgebaut, sehr urig. Passagen meines neuen Projektes spielen in dem Hotel."

„In skurrilen Schlafzimmern!", hielt ich fest und behielt den Rest meiner Gedanken für mich.

Leonard rollte mit den Augen. „Auch. Aber nicht nur dort, sondern überall in dem Gebäude."

Er ließ mich los, zeigte vage in eine Richtung. Überall ragten Türmchen, Kuppeln und Zinnen aus dem Häusermeer. „Dort beginnt die Altstadt. Wenige Meter von hier liegen die berühmten Colleges, nach rechts Christ Church. Wir sind also zentral gelegen."

Ich nickte. „Sehr schön. Dann kann ich mir von hier aus alle Sehenswürdigkeiten zu Fuß ansehen. Wenn Zeit ist, gehe ich in den botanischen Garten. Von dort soll man einen wunderbaren Blick auf die Stadt haben. Außerdem habe ich ein Faible für Gärten", fügte ich hinzu und dachte, ich sprach zu viel. Warum gab ich immer mehr von mir preis? Je weniger ich redete, desto weniger Angriffsfläche bot ich ihm.

„Ja, das habe ich mitbekommen. Kein Wunder, dass dir England so gut gefällt. — Wir sind da!"

Er hatte seine Sonnenbrille abgesetzt. Ich konnte seine Augen sehen, um die sich die Fältchen vertieften, wenn er wie jetzt lächelte. Schöne, warme, intelligente Augen hatte er. So ungern ich es auch zugab, er sah einfach blendend aus.

Das machte den Umgang mit ihm keineswegs leichter. Ich schluckte, als müsste ich eine dicke Pille herunterwürgen und atmete tief durch.

Vor uns lag ein festungsartiger Bau, in der Mitte ein Turm, der Zugang zum Hotel. Leonard bestätigte, dass es sich um eine ehemalige Festung, das Oxford Castle, handelte. Malmaison stand in schwungvollen Buchstaben über dem Eingangsportal.

Das Gemäuer, das mir von draußen abweisend vorgekommen war, entpuppte sich als überraschend einladend und behaglich, elegant und modern im Innenbereich. Leonard strebte zum Empfang und sprach mit dem Mann, der an einem massiven, sicherlich antiken Tisch saß, der als Rezeption diente. Offenbar kannten sich die beiden, denn kurz darauf bekam der Schriftsteller eine Schlüsselkarte ausgehändigt.

Wir schlenderten durch schummrige Gänge und kamen in den Seitenflügel. Hier gingen über mehrere Stockwerke verteilt rechts und links die ehemaligen Zellen ab, die jetzt Zimmer des Hotels waren. Ich kannte diesen Anblick nur aus alten Filmen. Aber hier sah es nach der geschmackvollen Edelversion eines Gefängnisbaus aus. Alles war freundlich und hell, da durch Oberlichter die Sonne in den Trakt flutete. Die mit einem dicken rostroten Teppich ausgelegten Gänge in den Etagen waren von mit Glas verkleideten Brüstungen versehen. Kein bisschen bedrohlich, sondern chic wirkte das ehemalige Gefängnis. Absolut hip. Ich musste in mich hineingrinsen. Färbte Leonard, den ich bis heute früh niemals mit einem solchen Hotel, sondern nur mit Etablissements anderer Art in Verbindung gebracht hätte, auf mich ab? Heute gab er sich, als wäre er es gewohnt, sich in Umgebungen wie diesen aufzuhalten. Wie ein Chamäleon seine Farbe änderte er sein Aussehen und seine Launen. Leonard, das Chamäleon. Ja, der Vergleich gefiel mir.

Sei auf der Hut, Carolin!

Wir blieben vor einem Eingang stehen. Der Schriftsteller zückte die Schlüsselkarte und öffnete die rustikal aussehende Tür mit Durchreiche, wahrscheinlich eine echte Zellentür, schob mich in den Raum und zog die Pforte hinter uns zu.

„Wie findest du es? Wir stehen in einer Zelle!"

Mein erster Blick fiel auf ein großes Doppelbett, das den Raum dominierte, die schneeweißen Bettdecken waren einladend aufgeschlagen. Spiegel und Holz dahinter. An einigen Stellen in der Wand rohe, rote Backsteinmauern. Verschiedene Rottöne in Vorhängen, Kissen und Decke am Fußende des Bettes.

„Sehr geschmackvoll!"

Erst auf den zweiten Blick offenbarten sich mir die unzähligen Kerzen, die überall im Zimmer verteilt waren und darauf warteten, entzündet zu werden. Zwei Sektflöten auf einem Tischchen, verstreute Rosenblätter um das Bett. Ich hörte mich seufzen.

„Ich dachte, dass dir so etwas gefällt." Ein amüsierter Ausdruck trat in Leonards Augen. „Im Herzen bist du bestimmt ein romantisches Wesen. Wenn es jemandem gelingt, die Schichten deiner tiefgekühlten, distanzierten Oberfläche abzukratzen, bist du sicherlich gefühlvoll. In zwei Stunden hat sich ein Pärchen angesagt. Der Champagner fehlt noch. Kurz bevor die Suite bezogen wird, werden die Kerzen angezündet."

„Was du nicht alles weißt."

Ich wanderte durch das Zimmer, sah mich um, entdeckte ein in tiefrotes Seidenpapier eingeschlagenes Päckchen, fragte mich, was es enthielt und von wem das Geschenk stammte. Eine Geste des Hauses?

„Wie oft hast du diese Liebessuite schon gebucht?"

„Noch gar nicht!", hörte ich Leonards Stimme gefährlich nahe an meinem Ohr und merkte, wie ich mich automatisch versteifte, Bauchkribbeln inklusive, und die Situation mir eine Gänsehaut auf die Arme malte. „Reine Recherche. Ich schaue mir immer alles genau an. Den Rest habe ich mitbekommen, als ich im letzten Jahr zwei Tage in einer der Zellen zwecks Projektvorbereitung übernachtet habe. Was meinst du, wie es sich hier drinnen anfühlt, wenn draußen dichter kalter Nebel wabert?"

Er machte wellenförmige Bewegungen mit den Armen und sah aus wie jemand, der Kindern unter

Einsatz seines ganzen Körpers Märchen erzählte, dachte ich voller Spott. Abrupt ließ er die Arme sinken, um mich um das Bett herum zu einer versteckten Tür zu führen. Er stieß sie auf.

„Sieh dir das Badezimmer an. Auch das ist beeindruckend."

Eine große, ovale, frei stehende Badewanne vor der Backsteinwand. Daneben die üblichen Sanitärobjekte. Hier würde ich gerne einmal ein heißes Schaumbad nehmen, dachte ich mit Blick auf die Wanne. Am liebsten nicht alleine. Und, ja, meine Fantasie ging mit mir durch.

„Haben deine Szenen in dieser Wanne stattgefunden?"

„Es gab eine, in der die Badewanne eine Rolle spielte", bestätigte er mir, als ich ihn ansah. „Aber anders als du denkst!"

„Du weißt überhaupt nicht, was ich denke!"

„Ich kann es mir lebhaft vorstellen. Erotik-Literatur, Liebessuite, Dirty Writing ... Wahnsinnig inspirierend! Wem kämen da nicht diese Gedanken?"

Obwohl sein Ton vor Ironie triefte, machte sein intensiver Blick mich unruhig. Und das Funkeln in seinen Augen.

„Nennen wir es beim Namen. Du denkst an Sex. Erotische Literatur. Aber das ist nicht mein Genre. Und nicht mein Stil."

„Kaum zu glauben." Jetzt versuchte ich, meine Worte so spöttisch wie möglich klingen zu lassen.

„Du glaubst es doch, sonst würdest du dir nicht mit mir Hotelbetten angucken!"

„Ich weiß inzwischen, dass es für dich nichts Schöneres gibt, als mich zu provozieren."

„Ja, es macht mir Spaß", gab er zu, „weil du darauf herrlich anspringst. Aber ich versichere dir, dass ich mir durchaus schönere Dinge vorstellen kann. Ein *heißes* Bad mit dir in der Wanne wäre deutlich angenehmer als gestern das Planschen im Eiswasser des Pools."

Ich spürte, wie ich dummerweise errötete und ärgerte mich sofort.

„Ich frage mich, wie es wäre, wenn du einmal die Kontrolle verlierst. Komplett verlierst. Das frage ich mich von Anfang unserer Begegnungen an."

Atmen! Einatmen. Ausatmen. Einatmen. Ausatmen. Und am besten weg von Leonard kommen. Das Badezimmer war auf einmal viel zu eng für uns beide.

Wir verließen die Zelle und gingen zurück in die Lobby, wo Leonard die Karte an der Rezeption zurückgab. Da noch Zeit blieb, bestellte er zwei Flaschen Mineralwasser an der Bar, die offenbar ebenfalls ein Prunkstück eines gewieften Innenarchitekten war. Wir schlenderten vor das Hotel, setzten uns auf eine Bank in der Sonne. Leonard konnte von hier aus den Eingang des Hotels im Blick behalten.

Sonnenstrahlen auf meiner Haut. Das herrliche Wetter. Leonard ungefähr achtzig Zentimeter von mir auf der Bank entfernt. Ich war entspannt. Leonard beobachtete mich von der Seite, ich spürte es. Ich zog die Sonnenbrille über die Augen.

„Ich melde mich bei dir, wenn ich fertig bin. Wenn es etwas Wichtiges gibt, hinterlass mir eine Nachricht auf der Mailbox. Ich höre sie zwischendurch ab."

„Es wird nichts Wichtiges geben ..."

Ich blinzelte genüsslich in die Sonne und streckte die Beine. Bevor wir den Parkplatz am Stadtrand verlassen hatten, hatten wir auf Leonards Wunsch Telefonnummern getauscht.

„Nur für den Fall, dass du in irgendwelche Glasscherben trittst und ich dich retten muss."

Für eine Sekunde blitzte in mir die Erinnerung an den haarsträubenden Vorfall am letzten Abend auf. Meine Augen verengten sich und ich blickte ihn scharf an. „Wenn du nicht in meiner Nähe bist, wird es auch keine Scherben geben."

„Deine charmante Art hat was ... Darauf stehe ich."

Seine Lippen verzogen sich zu einem spöttischen Grinsen, als er sich langsam erhob.

„Ich muss jetzt gleich los! — Wünsch mir Glück, viel Glück! — Bitte!"

„Viel Glück!", antwortete ich wie auf Autopilot geschaltet, schirmte die Sonne mit der Hand ab und blickte zu ihm hoch.

„Sei nicht so gleichgültig! Du weißt doch, wie wichtig dieses Treffen für mich ist. Komm, steh auf, dann wird deine Stimme einen bisschen klangvoller!"

Leonard betrachtete mich, dabei erhellte ein anziehendes Lächeln sein Gesicht.

„Meine Stimme wird gleich auch im Sitzen klangvoll!"

Warum machte er solch ein Theater um diesen Termin? Wie ein kleines Kind. Aber bitte ... Gereizt sprang ich auf.

Und stand ihm direkt gegenüber.

Nahe. Sehr nahe.

Zu nahe.

Verlegenheit, gepaart mit purer Nervosität umklammerte mich sofort. Kindisch, sagte ich mir und biss mir auf die Unterlippe, als ich seinem Blick standzuhalten versuchte.

Bevor ich einen Schritt zurücktreten konnte, streckte Leonard seine Hand nach mir aus und schob meine Sonnenbrille von der Nase ins Haar. Bedächtig, ohne den Blick von mir zu wenden. Sein Zeigefinger streifte dabei meinen Hals.

Eine simple Geste.

Die Wirkung ließ nicht auf sich warten. Mein Pulsschlag beschleunigte sich, als hätte man mich an die Steckdose gehängt, das Adrenalin rauschte durch meine Adern. Fehlte nur noch, dass ich Schnappatmung bekam. Warum auch immer, dieser Mann stieg mir zu Kopf. Und zwar gewaltig. Sieh dich vor, Carolin!

„Sag es noch einmal mit Gefühl!" Behutsam nahm er mein Gesicht in beide Hände, während sein Blick den meinen festhielt.

Mit seinen ausdrucksstarken Augen hatte er sicherlich schon manchen Vorteil herausgeschlagen, schoss es mir durch den Kopf, während mein Herz wie ein wild gewordenes Huhn flatterte.

„Ich wünsche dir viel Glück!", hauchte ich.

„Schon besser", murmelte Leonard, bevor er den Kopf senkte.

Er würde doch nicht ... Und vor allem, ICH würde doch wohl nicht ... Er war ein Gefühlsklotz, ein Luftikus, ein Großmaul, kein Mann, dem ich nahekommen wollte. Ein ...

Seine Lippen streiften mein Kinn.

... Weiberheld, ganz bestimmt ...

Erstaunlich sanft legte er seine Lippen auf meine, umschmeichelte sie zart und leicht, fuhr ihre Konturen nach. Es war nur ein Hauch einer Berührung, zart wie der Flügelschlag eines Schmetterlings.

Aber ein Hauch, der es in sich hatte.

„Was soll ...?"

Er verschloss meinen Mund mit seinen Lippen. Leonard begann mich zu küssen, achtsam und testend. Er machte mich schwach.

Ich spürte seine Hände, die an meinem Oberkörper hinab glitten, in meinem Kreuz verharrten, liebkosend ihren Druck verstärkten. Seine Berührungen jagten mir einen wohligen Schauer nach dem anderen über den Rücken. Vielversprechend, dachte ich, bevor meine Gedanken endgültig verschwammen. Wie von selbst schlangen sich meine Arme um seinen Hals. Mehr Aufforderung bedurfte es nicht. Er küsste mich sanft und zärtlich. Voller Gefühl. Jeder

Kuss hinterließ ein aufregendes Kribbeln. Jede Berührung fuhr tief in mein Innerstes. Er drängte mich nicht, er nahm sich nichts, was ich nicht in diesem Augenblick bereit gewesen wäre zu geben. Es war ein gleichberechtigtes Spiel. Jetzt war es kein Austesten mehr und einer vertraute dem anderen in der sicheren Gewissheit, dass er genau das Richtige tat.

Gott, konnte dieser Mann küssen. Ich hatte es geahnt. Mein Körper prickelte vom Scheitel bis zur Sohle, als wäre ich kopfüber in ein Champagnerbad gesprungen.

Ein letztes Mal umspielten sich unsere Lippen, bevor sie sich voneinander lösten. Seine Küsse hinterließen eine wohlige Wärme, die sich in meinem gesamten Körper ausbreitete. Ich fühlte mich geborgen, wie auf Watte gebettet, unglaublich lebendig und gleichzeitig empfand ich eine verdächtige Schwäche. Es war gut, dass Leonard mich weiter in den Armen hielt.

Ich schlug die Augen auf und spürte die Wärme dieses Mittags im September. Nur ganz allmählich, wie durch eine Wolke, die sich langsam lichtete, drangen die Geräusche der Umgebung zu mir: das entfernte Rauschen des Verkehrs, Vogelgesang, ein Passant, der viel zu laut in sein Handy sprach. Dann hörte ich das Läuten von Kirchenglocken, einen Schwarm Vögel aufstieben ... Halb zwei — sein Termin.

Unsere Blicke verharrten ineinander. Ich forschte in Leonards Augen, die mich ohne einen Funken von

Spott, sondern voller Ernst ansahen. Ich entdeckte einen nie zuvor gesehenen Glanz darin.

„Das", er zeichnete mit seinem Daumen meine Lippen nach, „das war tatsächlich gefühlvoll. Ich wusste doch, dass du das kannst!"

Er gab mich aus seinen Armen frei und verabschiedete sich mit einem zärtlichen Nasenstüber.

Mein Blick blieb an ihm haften, als er über die Straße zum Hotel ging. Zügig, aufrecht und entspannt. In seinem perfekt geschnittenen Anzug sah er keineswegs mehr wie der windige Schreiberling aus, sondern wie ein seriöser Geschäftsmann, von denen es jetzt in der Mittagszeit auf der Straße wimmelte.

Mein Herz lief noch auf Hochtouren, ich fühlte mich frisch bis in die Fingerspitzen, als sich mein Gehirn wieder einschaltete. Was bitte war *das* jetzt gewesen? Neues Spiel, raffinierte Taktik, nur ein Reflex? Überschwang auf jeden Fall.

Dieser Kuss, entschied ich, war nun wirklich das Meisterstück seiner Überraschungen. Absolut perfekt in der Ausführung, einfach genial. War mir ein Kuss jemals so unter die Haut gegangen? Eingeschlagen war er wie eine Bombe aus dem Nichts.

Ich sah, wie Leonard einen Mann begrüßte, der vor dem Hotel gewartet hatte und der einige Male zu mir lächelnd herüber blinzelte, während sie sprachen. Robert, der Verleger. Und dann noch einmal Leonard. Unsere Blicke trafen sich wie zwei Komplizen, verhakten sich. Leonard lächelte und ich fühlte mich hilflos.

Kurz darauf verschwanden die beiden Männer im Hotel. Ich blieb mit einem urplötzlich auftretenden Gefühl der Leere zurück.

In meiner Handtasche machte es *Ping*. Ich brauchte einige Sekunden, bis ich begriff, dass sich mein Handy eben mit einer eingehenden Whatsapp-Nachricht in Erinnerung gebracht hatte. Ich öffnete meine Tasche, zog das Telefon heraus und las die Meldung.

„Danke! Du hast kein Herz aus Eis." Dazu ein Kussmund-Emoji.

In diesem Augenblick wurde mir bewusst, dass gerade eben das eingetreten war, was sich Leonard gewünscht hatte. Ja, er hatte mich dazu gebracht: Ich hatte für einen kurzen Moment die Kontrolle über mich verloren.

## Kapitel 14

Ich genoss die Atmosphäre der alten Stadt, die den Geist ihrer berühmten Colleges atmete, und ließ mich durch das quirlige Leben auf den Straßen schwemmen. Entgegen meiner Gewohnheit verzichtete ich auf ein durchstrukturiertes Besichtigungsprogramm. Ja, ich hatte tatsächlich vergessen, mir zuvor eine meiner heiß geliebten Listen zu erstellen. Jetzt war ich nach den Geschehnissen vor einer Stunde nicht mehr in der Lage dazu. Ich bummelte durch schmale Straßen, vorbei an Läden, die sich vollgestopft mit Antiquitäten und Souvenirs präsentierten. Wäre ich in einer anderen Verfassung gewesen, hätte ich mir den Schmuck oder auch die fein ziselierten Silberschüsseln in den Antiquitätenläden näher angesehen. Jetzt aber fehlte mir die innerliche Ruhe für das Stöbern durch die Auslagen oder gar einen Einkaufsbummel. Nach wie vor befand sich mein Körper in einem Ausnahmezustand, die Reaktion auf Leonards Verhalten.

Immer wieder blieb ich vor einer der vielen kleinen Galerien stehen, um Gemälde, Fotografien und Skulpturen zu bewundern. Ich schaute, vielleicht fände ich ein ländliches Motiv aus den Cotswolds oder ein anderes Erinnerungsstück, das in einem Schaufenster förmlich darum bettelte, von mir gekauft zu werden.

Mit einem Schokoladen-Eis in der Hand, den Rücken an eine sonnenwarme Hauswand gelehnt, tat ich wenig später das, wozu ich in meinem Alltag nur selten kam: Ich beobachtete Menschen, das bunte Treiben vor mir. Junge Menschen aller Nationen, verschiedener Hautfarben, in Gruppen oder alleine wandelnd. Geschäftsleute, die die Mittagspause zu einem Spaziergang und Essen in der Sonne nutzten. Pärchen, Hand in Hand. Ältere Generationen von Touristen, die die Stadt akribisch mit Reiseführer abschritten. Asiaten in Großgruppen, meist geführt von einer Reiseleitung, die einen Schirm als Erkennungsmerkmal in die Luft hielt. Multikulti Stimmengewirr sirrte durch die Luft. Ich knabberte die letzten Stücke der Waffel, bevor ich mich wieder auf den Weg machte.

Vom Christ Church College, wo Lewis Carroll studiert und später gelehrt hatte – hier war ich Alice im Wunderland ganz nah –, gelangte ich zum Merton College. Ich bestaunte zahlreiche kleinere Institute, die der wilde Wein mit seinen roten Girlanden festlich schmückte. Allesamt waren die Gebäude elegant in ihrem architektonischen Erscheinungsbild und verströmten Harry-Potter-Atmosphäre. Ich fragte mich, wie es wohl wäre, dort zu studieren.

Bis zu meinem Ziel waren es nur noch ein paar Meter. Dem botanischen Garten gegenüber lag das wunderschöne, in feinster Oxford-Architektur erbaute Magdalen College mit dem bemerkenswerten Glockenturm, der wie ein Wächter das Gebäude überragte und der mein Landmark in den letzten Minuten gewesen war. Oscar Wilde, entnahm ich dem Reiseführer, gehörte zu den Absolventen dieses Colleges. Unzählige Gargoyles, Wasserspeier mit Fratzen, schmückten die Fassade, die zur High Street zeigte. Dahinter verbarg sich laut meinem Online-Reiseführer ein wunderschöner Kreuzgang. Alles um mich herum war ein lebendiges, atmendes Museum. Ganz Oxford ein Geschichtsbuch.

Aber heute hatte ich keine Lust, die Sehenswürdigkeiten der Stadt akribisch abzuklappern. Heute beließe ich es dabei, die Gebäude von außen zu bewundern. Schauen, staunen und mich überraschen lassen. The City Of Dreaming Spires — die Stadt der träumenden Turmspitzen. Die Stadt machte dem Beinamen alle Ehre, dachte ich und: Das alles hier war bezaubernd.


Auf breiten Wegen spazierte ich durch den botanischen Garten, der zu den ältesten der Welt gehörte. Ich ging an geometrischen, herrlich bepflanzten Beeten vorbei. Alles blühte. Rosen, Lavendel, Kugeldisteln. Wandelröschen, Zinnien und Dahlien bunt wie eine Tüte Gummibären. Unzählige Gräser, aufgebauscht und leicht wie Wolken. Immer wieder blitzte der Glockenturm des Magdalen College durch, mehrmals zückte ich mein Handy, nein, nicht um nach einer Nachricht von Leonard zu schauen, sondern um die fotogenen Motive festzuhalten. Lange verweilte ich an den Prunkwinden, deren handtellergroße Blüten sich um diese Tageszeit zur vollen Pracht entfaltet hatten und einen blauen Blickfang im Garten boten. Die Ruhe, die meine Umgebung ausstrahlte, tat mir gut und glättete die emotionalen Wogen in meinem Inneren.

Ich gelangte zum Fluss, dem Cherwell. Während ich die kleine sandige Uferpromenade entlang schlenderte, sah ich den Ausflüglern auf den Booten zu (die Männer bevorzugt in bunten Freizeit-Hemden und kurzen Hosen, die Frauen in blumigen Kleidern und breitkrempigen Strohhüten). Auf voll besetzten Kähnen, den *punts*, saßen sie und unterhielten sich lautstark. Enten begleiteten die Boote, in der Hoffnung, ein Stück Brot oder einen größeren Kekskrümel zu ergattern. Am gegenüberliegenden Ufer standen oberhalb der grasbewachsenen Böschung ausladende Kastanienbäume, deren Laub das Gewässer in ein flimmerndes Spiel aus Licht und Schatten tauchte. Urplötzlich erinnerte ich mich an eine Szene mit meiner Klasse, als einer der Jungen kopfüber von Bord gegangen und zwischen empörten Stockenten wieder aufgetaucht war. Auch heute waren übermütige junge Männer unterwegs, denen es mehr Spaß machte, die Insassen der Boote mit Wasser zu bespritzen, als den Kahn auf Kurs zu halten. Das Spiel mit dem Wasser übte auf alle Generationen Faszination aus, ging mir durch den Kopf. Automatisch landete ich bei der Szene im Pool mit Leonard und ich verzog den Mund.

Erst am Schluss begab ich mich in ein Gewächshaus, in dem ein besonderes, ein skurriles (auch hier!) Zitrusgewächs wuchs, das ich mir ansehen wollte. Die Hand Buddhas, *Citrus medica var sarco-*

*dactylis*. Diese Zitrone sah für mich wie ein Krake aus, eine Frucht mit vielen kleinen Ärmchen.

Bevor ich den Garten verließ, legte ich einen Stopp an einem Rondell mit Astern ein. Die lilafarbenen Blüten waren von Dutzenden Pfauenaugen bevölkert, die sich um den besten Platz auf den Blumen zu drängen schienen. Ich sah den Faltern zu, auf ihrem Weg von Blüte zu Blüte. Genau so war Leonard, ging mir durch den Kopf. Wie ein Schmetterling. Gestern die hässliche Raupe im Lotterheini-Jogginganzug-Outfit — heute zu voller Pracht entfaltet. Verschämt gut aussehend, verführerisch, verlockend ... Und ebenso flatterhaft. Ein Gaukler. Ein Mann, der leichtfüßig durch das Leben tanzte. Die Unbeständigkeit in Person. Suspekt. Auch sein umwerfendes Aussehen konnte nicht darüber hinwegtäuschen, wer er wirklich war: ein zwielichtiger Typ, dessen Berufsbezeichnung mit Erotik-Schriftsteller wahrscheinlich maßlos geschönt war. Kein Mann, der mich unter normalen Umständen angesprochen, den ich mir erst recht nicht ausgesucht hätte. Und dennoch übte er eine Anziehungskraft auf mich aus, gestand ich mir ein. Leider. Das, was vor dem Hotel geschehen war, spürte ich auch jetzt noch wie ein süßes Echo in mir. Es fühlte sich verboten gut an.

Ein einzelnes gelbes Blatt schwang durch die Lüfte und trudelte spiralförmig zu Boden, gesellte sich zu dem Laub, das der Baum über mir bereits abgeworfen hatte.

Abgesehen von Leonards männlichen Auftreten, von dem ich mich dummerweise körperlich angezogen fühlte (Hormone – eine chemische Reaktion, nichts anderes war es), gab es zweifelsfrei auch diese Momente, in denen Leonard sich normal und sympathisch verhielt. Und: Dieses Hotel hätte ich ohne ihn nicht gesehen. Ohne ihn wäre ich nicht einmal darauf aufmerksam geworden. Was tat ich jetzt eigentlich? Sammelte ich gedankliche Pluspunkte für Leonard? Ich stellte mir vor, wie meine Freunde feixten, wenn ich ihnen von meinen Erlebnissen erzählte. Wie ich im Hotel Schlafzimmer, eine Liebeshöhle, ausgerechnet mit ihm inspiziert hatte. Neben diesen an die Oberfläche drängenden Betrachtungen gab es aber noch etwas zwischen uns, wenn ich ehrlich war, was ich nicht fassen konnte. Das spürte ich. Doch darüber wollte ich nicht nachdenken. Es hätte komplizierte Fragen aufgeworfen, denen ich mich nicht gewachsen fühlte. Ich hatte schließlich Urlaub, eine Auszeit, die ich dringend nötig und mir verdient hatte.

Dass Leonard mich heute nach Oxford im Auto mitgenommen hatte, war bequem und nett. Diese zwei Attribute kühlten die in mir brodelnden Emotionen wie ein Schauer und nahmen sie auf ein vernünftiges Maß zurück. Genau auf das Niveau, wohin sie gehörten.

„Es ist großartig gelaufen!" Selbst durch die schlechte Handy-Verbindung, Leonards Stimme klang merkwürdig metallisch, abgehackt wie die eines Roboters, konnte ich seine übersprühende Freude, seinen Triumph spüren. „Und mir ist im

Laufe des Nachmittages eine Idee für unseren gemeinsamen Abend gekommen!"

„Es freut mich für dich, dass du erfolgreich warst", sagte ich höflich, als wäre er ein Fremder und nicht der Mann, den ich vor ein paar Stunden heiß geküsst hatte.

„Wo bist du?"

„Auf dem Rückweg!"

„Von wo?"

„Ich war im botanischen Garten und laufe die ...", ich sah auf dem kleinen Stadtplan nach (ja, ich war oldschool), „... High Street hinunter."

„Ich komme dir entgegen", hörte ich ihn durch das Telefon. „Auf welcher Straßenseite läufst du?"

„Auf der rechten!"

„Bist du dir sicher, dass es rechts ist?"

Ich drückte das Telefonat weg.

Er hatte gute Laune. Er klang wirklich nach allerbester Laune. Wieder ein neuer Zug an ihm. Ob ich einen Leonard Angermann in dieser Verfassung ertragen konnte, würde sich zeigen. Mit gemischten Gefühlen spähte ich in die Menschenmassen, die mir entgegenflossen. Wahrscheinlich würde ich ihn sofort entdecken, er war schließlich nicht klein. Vor mir posierten zwei Teenager auf dem Bürgersteig, vielleicht für Instagram, seelenruhig, als wären sie die einzigen Menschen auf dieser Welt.

Eine Straßenkreuzung weiter tauchte Leonard im Eiltempo auf mich zukommend auf. Sein Jackett trug er lässig über der Schulter. Gleichzeitig merkte ich, wie mein Herz laut zu klopfen begann. Himmel! Wie kindisch das war. Das musste aufhören.

„Es hat geklappt! Er ist begeistert!", rief er mir sprudelnd vor Freude von Weitem entgegen. Passanten drehten sich zu ihm um, lächelten. Ein junger Mann hob den Daumen, zwei Mädchen applaudierten kichernd. Leonards Euphorie wirkte ansteckend.

Die Menge teilte sich und plötzlich standen wir uns gegenüber. Einen Purzelbaum schlug mein dummes Herz.

„Er ist absolut begeistert! Die Erlösung für mich nach einem harten Jahr Arbeit!"

Während ich überlegte, wie ich reagieren, ob ich ihm zur Gratulation die Hand reichen oder eine Umarmung wagen sollte, zog er mich in die Arme, als wäre es das Natürlichste auf der Welt.

Sofort mobilisierte sich meine innere Abwehr. Bevor er es ausnutzen konnte oder meine Selbstkontrolle einmal mehr erlahmte, schob ich ihn mit aller Kraft, die mir seine körperliche Nähe gelassen hatte, von mir weg.

„Wieder der Eisblock!", stellte er mit hochgezogenen Augenbrauen fest. „Das grenzt an Permafrost!"

„Ich buche das von eben und erst recht das von vorhin auf deinen momentanen emotionalen Ausnahmezustand!" Ich klang wie mein Coach, schoss es mir fehlgeleitet durch den Kopf. „Vergessen wir einfach, was geschehen ist. Das kann im Überschwang passieren." Vielleicht klang ich auch wie eine Zicke.

Spott oder Belustigung, etwas von beidem, ich sah es deutlich, blitzte von einer Sekunde auf die andere in seinen Augen auf.

„Das wäre eine mögliche Erklärung. Sie passt aber nicht zu meinem Verhalten."

„Ich will keine andere Erklärung hören", sagte ich schnell.

„Und vergessen möchte ich das alles auch nicht. Dafür war es zu schön!"

Er schaffte es rasend schnell, den Schalter in mir umzulegen. All den Ärger, der in mir zu brodeln begann, packte ich in den Blick, den ich ihm zuwarf.

Leonards Antwort war ein Schmunzeln, das meine negative Energie weiter anheizte.

Wir standen auf dem Bürgersteig, waren ein Hindernis, aber niemanden schien es zu stören. Höflich umrundeten die Fußgänger uns mit unverändertem Tempo, wie ein Fluss einen Felsen umströmte.

„Mein Verleger hat es sehr bedauert, dass er dich nicht kennengelernt hat. Er hat uns beim", Leonard machte eine bedeutungsvolle Pause und tat, als überlegte er angestrengt, „Knutschen gesehen!"

„In unserem Alter nennt man das nicht mehr so!"

„Wie nennt man das in unserem Alter?", wollte er mit einem jungenhaften Grinsen im Gesicht wissen.

„Küssen!", sagte ich schnippisch.

Ungeheuerlich, wie sich die Gespräche zwischen uns jedes Mal entwickelten. Unglaublich, wie wir das binnen kürzester Zeit schafften.

„Ich wollte dem nicht eine solche Bedeutung bei-
messen. Ich dachte, du könntest es sonst falsch verstehen!"

„Den Kuss?"

„Das Wort!"

Meine rechte Augenbraue hob sich mindestens einen Zentimeter, aus meinem Magen spürte ich heiße
Wut aufsteigen. Meine Wangen wurden warm und
bestimmt feuerrot.

„Wir klären das noch!", versprach er.

Niemand außer Leonard Angermann konnte mich
innerhalb von Sekunden in Rage bringen. Nie zuvor
hatte ich ernsthaft überlegt, meinem Gegenüber eine
Ohrfeige zu verpassen. Ich stand kurz davor, die
Beherrschung zu verlieren.

Genau wieder das zu tun, was er wollte.

Ich tat es also nicht. Einatmen. Ausatmen. Tief
und lang, während die Stadt sich um uns herum
bewegte und Leonard mich schmunzelnd betrachtete. Ein zweites Mal würde ich garantiert nicht die
Kontrolle über die Situation abgeben.

In einem drückenden Schweigen gingen wir in
Richtung Auto, schwammen in der Masse der Menschen mit. Ich fühlte mich wie ein Stück Treibholz,
das die Strömung mitnahm. Vor uns lief ein Mann
mit einem Regenschirm in der Hand und ich fragte
mich, welchen Grund es dafür geben könnte. Das
Wetter war phänomenal, nur faserige Wolkenschlei-
er, die die Sonne nicht hatte auflösen können,
schwebten am Himmel.

„Hast du deine Liste abgearbeitet?", fragte Leonard nach ein paar Minuten.

Mit Leonard konnte ich mich nur auf neutralem Terrain bewegen, aus dem wir, wie ich wusste, schneller als ein Blitz in Untiefen abgleiten konnten.

„Die Liste kam heute nicht zum Einsatz. Ich habe mich einfach durch die Stadt treiben lassen und die schöne Atmosphäre genossen."

„Gut, dass du das auch kannst! Oxford ist meine Liebe. Als Student war ich für ein Jahr hier", sagte er mit Enthusiasmus in der Stimme. „Es war eine herrliche Zeit!"

„Weißt du, was ich heute im Reiseführer gelesen habe?" Ohne seine Antwort abzuwarten, fuhr ich fort. „Ein Studium in Oxford ist und bleibt die Schmiede des englischen Gentlemans. Das alles ist offenbar vollkommen an dir abgeprallt!"

Er blieb so abrupt stehen, dass ein Passant in ihn hineinrannte und stammelnd um Verzeihung bat. Leonard umklammerte meinen Arm.

„Ich habe dir gegenüber nicht immer die besten Manieren an den Tag gelegt. Dafür entschuldige ich mich! Und, wenn du mein Verhalten heute als übergriffig empfunden hast, entschuldige ich mich auch dafür! Ich bin nicht so ein Typ."

Ich machte eine wegwischende Handbewegung und löste mich aus seinem Griff. „Vergiss es. Niemand kann aus seiner Haut! Wir sind zwei Menschen, die gegensätzlicher nicht sein können. Wir sind wie Tag und Nacht."

Ich wandte mich zum Gehen, doch so schnell kam ich ihm nicht davon. Mit eisernem Griff, aus dem ich mich jetzt nicht ohne Weiteres befreien konnte, zog er mich aus dem Menschenstrom in einen Hauseingang, in dem es nach Büchern roch. Hinter uns lag eine Buchhandlung, sah ich aus den Augenwinkeln. Energisch umfasste er mein Kinn, sodass ich gezwungen war, ihm in die Augen zu schauen. Was bildete sich dieser Mensch ein? Hatte er mir nicht gerade gesagt, dass er nicht übergriffig war? Wie konnte man so unreflektiert wie er durchs Leben gehen? Was tat er gerade jetzt? Ich funkelte ihn zornig an.

„Ich weiß nicht, wie wir es schaffen, uns in so haarsträubend falschem Licht zu sehen. Am Anfang hat das alles vielleicht Spaß gemacht ... Aber jetzt: Ich will, verdammt noch mal, dass du mir endlich zuhörst. Richtig zuhörst. Ich schreibe Kriminalromane. KRIMIS! Durchaus seriöse Literatur, die sich dankenswerterweise auch großer Beliebtheit und Nachfrage erfreut. Das Schreiben war eine Art Lebenstraum von mir und nachdem ich durch meine vorhergehende Arbeit ein gewisses finanzielles Polster angesammelt hatte, dachte ich, ich probiere es ... Und ich hatte Glück!", setzte er nach. „Auch wenn mich das alles eine langjährige Beziehung gekostet hat. Aber im Leben gibt es nichts umsonst."

Seine Hände umklammerten mich wie Schraubstöcke. In seinen Augen lag ausnahmsweise kein Spott, sondern Wut. Vielleicht sogar ein Funken

Enttäuschung. Leonard Angermann war es tatsächlich ernst.

„Verstanden. Und was ist das heute für eine Masche?"

Ihm entfuhr ein Schnauben, das mehr nach Resignation als nach Wut klang, und gleichzeitig lockerte sich sein Griff.

„Das ist keine Masche. Das bin ich. Die Tage zuvor ... Wenn ich schreibe, gehe ich manchmal zu sehr in meinen Charakteren auf."

Ich hielt seinem Blick stand. „Lass mich bitte los!"

# Kapitel 15

Klassische Musik. Leonard hatte zielstrebig diesen Sender im Radio eingestellt. Klaviermusik erklang leise aus den Lautsprechern des Autos und übertönte das belastende Schweigen zwischen uns.

Etwas Neues stand wie ein Hindernis zwischen uns. Eine Ebene unserer Beziehung, sofern man davon sprechen konnte, hatten wir verlassen, eine neue betreten. Implizierte dieser Gedankengang, dass es mit uns weiterging? Oder war einfach alles zwischen uns vermasselt? Und weil ich nicht wusste, wie ich es beurteilen sollte, versetzte mich das Zusammensein mit Leonard inzwischen in ständige Alarmbereitschaft. Wonach ich mich jetzt sehnte, solange dieses heillose Durcheinander in meinem Kopf herrschte, war Abstand. Abstand zu ihm. Ich brauchte Zeit und Ruhe, um meine Gedanken zu sortieren und meine Emotionen unter Kontrolle zu bringen, den Geschehnissen ihren zugehörigen Platz zuzuweisen. Am liebsten hätte ich mich im Bett verkrochen, die Decke fest über den Kopf gezogen, die Welt, allen voran Leonard Angermann, ausgesperrt.

„Fahren wir einen Umweg?", fragte ich nach einer Weile. Das Dorf mit einem größeren Marktplatz, die grünen Weiden, durch die ein breitbandiger Fluss träge mäanderte, waren mir auf der Hinfahrt nicht aufgefallen.

„Ja."

Nun gut, dann gäbe es eben kein Gespräch mit ihm.

Ich zog mein Handy aus der Handtasche. Zwei entgangene Anrufe ... Ohne die Telefonnummern zu sehen, wusste ich, wer mich angerufen hatte. Vor zehn Minuten. Halb acht nach deutscher Zeit. Ich war im Urlaub. Und selbst wenn ich nicht im Urlaub gewesen wäre, hätten viele Menschen Feierabend um diese Tageszeit. Ohne dass ich es verhindern konnte, entwich mir ein tiefes Stöhnen.

„Wieder dein Chef?"

Auch wenn ich Leonard nicht besonders viel Einfühlungsvermögen attestiert hätte, manchmal konnte er die Dinge offenbar richtig einordnen.

„Ja!"

„Vergiss ihn!"

Wahnsinnskonversation. Warum fuhren wir nicht direkt nach Hause? Dort könnten wir uns wenigstens aus dem Weg gehen. Hier neben ihm zu sitzen, stresste mich wie das aufgeschobene Gespräch mit meinem Chef. Und der Headhunter saß mir zusätzlich im Nacken. Bis morgen sollte ich ihm eine Antwort geben. Und ich wusste immer noch nicht, was ich ihm sagen wollte. Einerseits ja — sofort weg von diesem Choleriker, der sich mein Chef nannte, — und andererseits wollte ich nicht meine wenige Freizeit auf einen halbherzigen Bewerbungsprozess verschwenden. Eine berufliche Veränderung wollte gut durchdacht sein. Nicht, dass ich vom Regen in die Traufe geriet.

Zwei Pferde galoppierten hinter dem Zaun mit uns mit. In dem Fluss spiegelte sich der blaue Septemberhimmel, die grüne Landschaft vermittelte nichts als Leichtigkeit und trotzdem war mir schwer ums Herz. Ein Abendessen mit dem Mann neben mir erschien mir jetzt wie der personifizierte Albtraum: an einen Tisch geschweißt, sich mit verkniffenen Mienen gegenüberzusitzen wie ein altes Ehepaar, das sich seiner überdrüssig war. Darauf konnte ich verzichten.

Leonard überholte einen Traktor, auf dessen hinterem Kotflügel ein großer EU-Aufkleber *I VOTED REMAIN* prangte, und gab Gas. Sein Fahrstil verriet, dass er verärgert war. Er fuhr schnell, aber sicher. Trotzdem hoffte ich, dass kein unerwartetes Hindernis vor uns auftauchte.

Spatzen stoben von der krümeligen Erde eines Feldes in einer Wolke auf und flogen durch die Lüfte, um sich nach kurzer Zeit wieder auf einer Weide niederzulassen. Ich wusste noch immer nicht, wohin wir fuhren, aber ich wünschte, dieses Ziel bald zu erreichen. Die Sonne sank dem Horizont entgegen und begann den Himmel in kräftiges Pink zu färben. Schwarze Silhouetten größerer Vögel hoben sich wie Scherenschnitte davon ab.

Unvermittelt tauchte ein Landsitz vor uns auf. Ein prachtvolles Anwesen wie aus einem englischen Film à la *Downton Abbey*. Ein riesiges Haus mit einer sicherlich unüberschaubaren Anzahl von Zimmern, Salons und langen Fluren. Auch dieses Gebäude war aus golden schimmernden Steinen der Gegend erbaut, zweigeschossig und hatte, ich zählte fünfzehn, gleichmäßig verteilte kleine Gauben im Dachgeschoss. Sprossenfenster, mehrere Schornsteine auf dem Dach (bestimmt gab es etliche Kamine im Haus) und ein prächtiger Blauregen, der sich um eine Pergola zur Straßenseite wand.

„Wir sind da!"

Mich durchflutete ein diffuses Gefühl von Freude und Neugier, als ich die Autotür öffnete.

Ich schnappte nach Luft. Vor uns breitete sich eine atemberaubende Grünanlage aus. Ein riesiger, wunderschöner Park, der zum Wandeln einlud. Die großzügige Rasenfläche, sauber getrimmt, als hätten Mäher bis zu unserer Ankunft ihre Dienste verrichtet, dominierte den vorderen Bereich. An die Grünfläche schmiegten sich Gehölze in verschiedenen Formen und unterschiedlichen Laubfärbungen in perfekter Harmonie. Eindeutig das Werk von großartigen Landschaftsplanern oder Gartenarchitekten. Hier wurde mit Kontrasten in Struktur, Farbe, Größe gespielt. Ein Meisterwerk der Gartenkunst. Freude ploppte wie ein Sektkorken in mir hoch. Die englischen Gärten konnten mich immer wieder aufs Neue begeistern.

Eine Handvoll weißer Lichtkugeln lagen wie zufällig verstreute riesige Golfbälle im Gelände. In der angehenden Dämmerung zauberten sie bereits eine stimmungsvolle Beleuchtung in den Park. Mitten auf dem Rasen setzten Scheinwerfer eine einzelne Zeder hinreißend in Szene. Und was dahinter kam, ließ sich nur erahnen. Überall waren Wege und Pfade zu erkennen, die geradezu dazu aufforderten, dieses Prachtstück von Garten zu entdecken.

Langsam gingen wir am großen Hauptgebäude über den mit Steinplatten bedeckten Weg entlang, der zu einer weitläufigen Terrasse führte. Leonard musste sich hier blendend auskennen, schwebte mir als Nächstes durch den Kopf, denn er wusste genau, wohin er wollte.

Weiß eingedeckte Zweiertische. Edles Geschirr. Silberbesteck. Geschliffene Kristallgläser. Auf jedem Tisch steckten in einem Gläschen hübsche Ministräuße aus purpur- und lilafarbenen Astern. Ein Traum. Nur allein das alles anzusehen, war wunderschön.

Ein Kellner grüßte Leonard mit Namen und mich mit einer höflichen Verbeugung. Der Mann im dunklen Anzug, mit dem Leonard ein paar Worte wechselte, geleitete uns an den reservierten Tisch.

Träumte ich? Was auch immer sich hier gerade abspielte, es berührte mich zutiefst, verunsicherte mich und rief in mir einen Zustand der kompletten Verwirrung herbei. Erneut aus meinem eben notdürftig wieder aufgebauten emotionalen Gleichgewicht gebracht, ließ ich mich erschöpft in die hellen Polster des Stuhles sinken, den mir der Kellner zurechtrückte. Leonard nahm mir gegenüber Platz. Seine Miene verriet nicht, wie es in seinem Inneren aussah. Momentan wirkte er auf mich — neutral. Nicht unbedingt gleichgültig, eher wie ein Geschäftspartner. Nicht aufgebracht oder wütend, sondern professionell, zurückhaltend, definitiv anders als die Zeit zuvor. Ich konnte nicht sagen, dass mir dieser Zustand behagte.

„Möchtest du einen Pimm's mit mir trinken? Oder lieber Champagner?"

Champagner konnte ich überall trinken. Das andere hingegen …

„Einen Pimm's. Gerne."

Ich nickte langsam. Was auch immer ein Pimm's war. Auf Leonards Geschmack beim Essen und Trinken konnte ich mich zweifelsfrei verlassen, das war ein Fakt. Aber alles andere … Obwohl ich den Mann nun seit drei Tagen kannte und wir lange Gespräche geführt hatten, beherrschte mich das Gefühl, rein gar nichts über ihn zu *wissen*. Ich konnte ihn nicht einordnen. Was war echt? Was war Spiel? Und der heutige Abend setzte dem Ganzen noch einmal die Krone auf: Die ganze Situation war unwirklich und drohte, mir erneut zu entgleiten. Leonard wurde immer unwirklicher. Wie in einem Film fühlte ich mich. Oder war das die Realität und ich hatte es zuvor nicht durchschaut? In meinem Kopf drehten sich eine Million Gedanken wie im Schleudergang der Waschmaschine.

Leonard gab dem Kellner ein Zeichen, der nur auf ein Signal gewartet hatte, um herbeizuspringen. Er brachte große, in Leder gebundene Speisekarten, deren Inhalt, wie ich vermutet hatte, übersichtlich und ohne Preise versehen war. Lauter kulinarische Köstlichkeiten.

Ein Pärchen, elegant gekleidet und offenkundig frisch verliebt, erschien nun auf der Terrasse und fing für einen Augenblick meine Aufmerksamkeit. Die Frau trug ihre blonden Haare hochgesteckt, das weiße Etuikleid schmiegte sich an ihren Körper wie eine zweite Haut. Perfektes Make-up, die Nägel lackiert ... Ich wünschte, ich hätte wenigstens mein Parfum aufgefrischt. Ich lehnte mich über den Tisch.

„Sag mir das nächste Mal im Voraus, wenn du so etwas planst, damit ich mich entsprechend vorbereiten kann. Dann hätte ich mein Seidenkleid angezogen."

„Du bist hübsch, so wie du bist. Das Kleid steht dir ausgezeichnet, das reicht vollkommen", murmelte Leonard hinter seiner Speisekarte verschanzt. „Und außerdem war das eine spontane Eingebung. Ich dachte, es gefiele dir besser, in einem großen Garten zu essen als in der Stadt."

Noch immer vermied er den Blickkontakt zu mir, hatte diese vermaledeite Speisekarte wie eine Mauer zwischen uns hochgezogen.

„Ich lade dich ein — was hältst du von Menü eins?"

„Hört sich wunderbar an", beeilte ich mich zu sagen. War es okay, sich von Leonard einladen zu lassen? Bevor ich weiter darüber nachdenken konnte, kam der Kellner mit zwei von der Kälte beschlagenen Longdrinkgläsern zurück. Das war er also, der Pimm's. Ein cognacfarbenes Getränk, in dem Gurkenscheiben neben Eiswürfeln und ein paar grünen Blättern Minze schwammen.

Nachdem Leonard das Essen bestellt und der Kellner das Windlicht entzündet hatte, spürte ich es mit einem Mal sehr deutlich — die Verlegenheit, die sich wie eine schwere Decke über uns gelegt hatte. Das war es, was sich zwischen uns gewandelt hatte. Das Unbefangene, Unverbindliche war uns abhandengekommen. Jetzt fühlte sich alles bemüht zwischen uns an. Es hatte etwas mit diesem Kuss zu tun. Für meinen Geschmack war das zu schnell gewesen. Das passte nicht zu mir. Und erst recht nicht mit einem Mann wie Leonard, für den alles nur ein Spiel zu sein schien. Allerdings brachte er gerade jetzt einigen Einsatz in seinem Spiel, überlegte ich weiter. Lange war ich nicht mit einem Mann ausgegangen, der mich in eine so schöne Welt entführt hatte. Keiner hatte meine Wünsche in den Vordergrund gestellt. Keiner hatte sich Mühe gemacht, den perfekten Rahmen für ein Abendessen zu zweit auszusuchen. Die Erkenntnis durchfuhr mich wie ein Blitz. Er hatte sich wirklich Mühe gegeben. Nachgedacht. Er hatte sich empathisch verhalten. Für den flüchtigen Moment fragte ich mich, warum diese Details auf einmal an Gewicht gewannen. Was es überhaupt bedeutete, dass urplötzlich Gedanken dieser Art mein Gehirn fluteten.

Leonard hob sein Glas und prostete mir zu. „Ich freue mich, dass du diesen besonderen Tag mit mir feierst!" Sein Lächeln war gezwungen.

Formeller hätte er die Worte nicht rüberbringen können. Und er saß da, als hätte er einen Stock verschluckt.

„Auf deinen Erfolg!"

Das Klicken unserer anstoßenden Gläser klang so unbeholfen, wie ich mich gerade fühlte.

Mir gefiel der Pimm's. Eine gute Wahl. Erfrischend war der Drink, genau das richtige für einen Sommerabend, leicht herb. Er schmeckte gut und nach einem gewaltigen Schuss Gin, stellte ich nach dem zweiten Schluck fest. Alkohol, der mir unmittelbar zu Kopf stieg, und der mich gleichzeitig entspannte. Während Leonard mir Hintergründe über das Mixgetränk, korrekterweise Pimm's Number One, das sich in unseren Gläsern befand, herunterbetete, als hätte er den entsprechenden Abschnitt in einem Lexikon auswendig gelernt, konnte ich nicht anders, als hin und wieder das junge Pärchen, das sich am Tisch neben uns niedergelassen hatte, zu betrachten. Es sah sich tief in die Augen, schien sich nach einander zu verzehren, unterhielt sich leise. Es sah sehr vertraut und harmonisch aus, während Leonard und ich linkisch wie zwei Teenager nach dem ersten Date, das schlecht gelaufen war, am Tisch saßen.

Ich beneidete das junge Pärchen. Ja, das tat ich.

Nach dem dritten Schluck Pimm's hatte ich genug Mut gesammelt. Ich räusperte mich. „Ich würde gerne etwas über dein Projekt erfahren!"

Leonard sah erstaunt auf und zum ersten Mal seit einer Stunde zeigte sich wieder ein tiefes Lächeln auf seinem Gesicht. Eine verräterische Wärme breitete sich sofort in meiner Magengegend aus. Lächerlich, schalt ich mich, wie ich auf ihn reagierte.

176

„Ich erzähle dir alles, was du wissen möchtest. Aber es gibt etwas im Garten, das ich dir zeigen möchte, bevor es ganz dunkel ist ... Komm, wir nehmen die Gläser mit." Leonard erhob sich, bot mir die Hand und nun zögerte ich nicht, danach zu greifen.

Ich war gespannt, was Leonard mir zeigen wollte. Bevor wir die Terrasse verließen, sprach er mit dem Kellner und terminierte das Essen für eine halbe Stunde später.

Gemächlich schlenderten wir über schmale Kieswege. Auch aus der Nähe boten die Beete einen penibel gepflegten Anblick, kein Grashalm, kein Unkraut wuchs zwischen den Pflanzen. Wir gelangten durch einen wunderschönen Bauerngarten in einen ebenso wunderschönen Rosengarten. Immer wieder blieb ich stehen, um eine der alten Sorten näher zu betrachten, an den Blüten zu schnuppern, die jetzt am Abend ihre betörenden Düfte entfalteten. Ein paar Mal zückte ich das Handy, um zu fotografieren. Geduldig wartete Leonard neben mir, hielt meinen Drink und ließ sich von mir in die Geheimnisse der Botanik einweihen. Ab und an nippte er an seinem Getränk. Im Haus flammten die ersten Lichter auf, warfen Leuchtstreifen auf die Rasenflächen. Langsam spazierten wir weiter und kamen zu dem Kräutergarten.

„Das ist das Herz der Küche und des Gartens", erklärte er. „Dieser Teil gefällt mir am besten. Und es freut mich, dass sich viele der Kräuter, die hier wachsen, in den Gerichten wiederfinden."

Wir streiften zwischen den Beeten entlang und ich bückte mich, zupfte ein Blättchen hier und da von den Gewächsen, um es zwischen den Fingern zu zerreiben. Thymian, Rosmarin, Salbei, Minze, Zitronenmelisse. Ich liebte die Aromen.

Durch einen von weißen Kletterrosen umrankten Mauerbogen betraten wir zu guter Letzt den Gemüsegarten. Vor uns breiteten sich streifenförmige Beete aus, in denen Salat, Kohl, Möhren und anderes Gemüse in mustergültiger Ordnung wuchsen. Ich war beeindruckt. Der perfekte Gemüsegarten, so sah er aus. Fantastisch.

„Das ist besser als der botanische Garten!", rief ich voller Begeisterung. Mein Gott, war es schön hier. Noch so ein Gartenparadies. Ich wollte etwas hinzufügen, doch als ich Leonards Blick auffing, unterließ ich es. Leonard wirkte seit unserem Streit, na ja vielleicht war es mehr eine Diskussion als ein Streit in der High Street gewesen, ungewöhnlich ernst. Mit einem Mal wünschte ich mir etwas von der Albernheit und Verspieltheit der letzten Tage zurück.

„Du solltest noch die Teiche sehen."

Nach wenigen Schritten, vorbei an ausladenden Apfelbäumen, taten sich große Wasserbecken vor uns auf, in denen Seerosen auf dem sich leicht kräuselnden Nass schwammen. Weiße, ungewöhnlich große Blüten leuchteten aus dem Grün der tellergroßen Blätter. Der Himmel über uns schimmerte in einem hellen Pastellton. Das letzte Licht der Sonne tünchte Wolkenfetzen in zartes Rosé. Turner, dachte ich. Es war wie ein Gemälde von William Turner.

Ein Licht wie aus einer anderen Welt. Und im Wasser wiederholten sich die Farben des Himmels. Ein Frosch, der offensichtlich in einem der Teiche wohnte, quakte mehrmals hintereinander, danach stimmte ein anderer ein und noch einer.

Es lag an diesem Augenblick, an dieser wundervollen Stimmung. Warum sollte ich über Vergangenes grübeln? Was zählte, war das Hier und Jetzt. Während ich einen genüsslichen Schluck von meinem Pimm's nahm, beobachtete ich Leonard, der in den Abend zu träumen, mit seinen Gedanken meilenweit weg von mir zu sein schien. Ich würde einen Pimm's von nun an immer mit dem Schriftsteller verbinden ... Ein Getränk, das nach Leonard schmeckte. Der Gedanke gefiel mir.

Seit Ewigkeiten war ich mit keinem Mann zusammen gewesen, den ich so attraktiv fand, gestand ich mir ein. Aber das war nur die halbe Wahrheit. Ich mochte ihn ja auch als Person. Und vielleicht *war* er tatsächlich nett und tat nicht nur so. Tatsächlich zuvorkommend und sympathisch.

Ohne Hintergedanken.

Warum betrachtete ich ihn nicht einmal von der wohlwollenden Seite? Vielleicht passte das Bild, das ich mir bisher von Leonard gemacht hatte, gar nicht. Vielleicht hatte er wie ein Eisberg nur einen winzigen Teil von sich preisgegeben. Und vielleicht verhielt es sich tatsächlich, wie er sagte. Dass er sich zu sehr in seine Romanfiguren hineinversetzte und deren Charakterzüge annahm. Ähnliches hatte ich von Schauspielern gelesen, wenn sie sich intensiv mit ihren Rollen beschäftigten. Und vielleicht hatte er mir mit dem Kuss klarmachen wollen, dass er an mehr interessiert war, er etwas vorantreiben wollte.

Was ich mich nicht getraut hatte? Weil ich vielleicht Angst davor hatte, enttäuscht zu werden?

Einmal damit begonnen, fügten sich die in den letzten Stunden gewonnenen Erkenntnisse, in meinem Kopf verstreute Einzelteile, wie in einem Puzzle letztendlich zu einer Einheit. Alles rückte an die richtige Stelle. Ich war verwundert, was ich nun sah. Und dieses Bild wühlte mich erst recht auf.

„Ich glaube, wir müssen nun zurück!", brach Leonard die friedliche Stille und wandte sich zum Gehen. „Das Essen wird bestimmt fertig sein."

„Moment!" Ich stellte mein Glas auf die Stufe am Teichbecken und nahm seine Hand. „Du hast das wunderbar arrangiert. Das alles hier ist ein Traum. Du hast dir Gedanken gemacht, mir zugehört." Ich blickte ihm fest und selbstsicher in die Augen, wenigstens jetzt gelang es mir. „Es ist einfach zauberhaft ... Und ich werde die Erinnerung an diesen Abend und den heutigen Tag von nun an durch mein ganzes Leben tragen", sagte ich leise. „Und wenn es mir mal nicht gut geht, werde ich mich in diesen Augenblick zurücksehnen und mich besser fühlen", fuhr ich ein wenig atemlos fort. „Ich danke dir für alles! Du hast das wunderbar arrangiert!"

Dieses Mal war ich es, die den Kuss begann. Wir küssten uns und Leonard gab mir nicht das Gefühl, dass er irgendetwas dagegen hatte.

In den letzten zwei Stunden hatten sich die Tische auf der Terrasse gefüllt und ich saß glückselig mit Leonard inmitten der anderen plaudernden Paare. Der Schriftsteller hatte von seiner Studentenzeit in Oxford gesprochen. Viele Anekdoten hatte er erzählt. Wir hatten viel geredet und viel zusammen gelacht. Leonard war ein Mann, mit dem ich lachen konnte, der mir zuhörte, der geistreich war. Und das Essen ... Das Menü war ein lukullischer Hochgenuss gewesen. Der Gruß aus der Küche, eine Jakobsmuschel auf einem Algenbeet. Der Kürbis-Wachtelei-Salat. Das Zanderfilet vom Grill mit Pastinakencreme und Süßkartoffeln. Und zum Dessert eine Variation von Schokoküchlein, Crème Brûlée, weißem Mini-Tartufo und kandierten Kirschtomaten und Fruchtsoßen. Jeder Gang entfachte meine Begeisterung aufs Neue. Wie raffiniert, wie lecker, wie atemberaubend schön das alles angerichtet war! Ich hatte es geahnt, dass Leonard mir etwas ganz Besonderes bieten würde.

Der Kuss an den Teichen hatte die Wirkung eines reinigenden Gewitters gehabt. Alles, was mich beschwerte, war in den hintersten Winkel meines Gehirns gerutscht. Jetzt fühlte ich mich beschwingt, meine gute Laune war zurückgekehrt. Leonard schien es nicht anders zu gehen. Unser gemeinsamer Abend verlief in entspannter Atmosphäre und dennoch ließ sich nicht leugnen, dass eine knisternde Spannung zwischen uns stand.

Oder uns verband.

Als sich unsere Hände nach dem Essen wie zufällig berührten, schlossen sich seine Finger um die meinen, warm und angenehm. Er verwob unsere Hände miteinander, als wäre es eine Selbstverständlichkeit zwischen uns. Nur zu gerne ließ ich ihn gewähren. Kaum zu glauben, ich saß mit Leonard Angermann, den ich vor wenigen Stunden noch am liebsten zum Teufel geschickt hätte, Händchen haltend unter dem funkelnden Sternenhimmel der Cotswolds und wartete auf den Espresso. Unter meiner Oberfläche kribbelte es. Nein, ich brauchte mir nichts länger vormachen, in mir brodelte das Verlangen. Was war mit meinem Sicherungsnetz? Wo war mein kühler Verstand geblieben? Leonard hatte es geschafft, das alles binnen kurzer Zeit zu durchbrechen.

Wie es in ihm aussah, konnte ich nur erahnen. Sein Blick war beständig auf mich gerichtet, hielt mich fest, gab mir das Gefühl, nur ich zählte an diesem Abend. Nachdem ich mir einiges von der Seele geredet hatte, alle Themen, die sich um meinen Job drehten, ging es mir besser. Leonard hatte mehrmals nachgehakt. Als ich ihn gefragt hatte, was er an meiner Stelle tun würde, hatte er sich zwar mit konkreten Ratschlägen zurückgehalten, aber mir nahegelegt, nichts zu überstürzen. „Hör auf dein Herz und deinen Bauch!", hatte er mir letztendlich empfohlen. Das sagte er einem Kopfmenschen wie mir.

Nun sprach Leonard auf meinen Wunsch von seinen Buchprojekten. Was den Ausschlag für eine neue Idee geben konnte. Wie er Orte suchte und fand, Orte, an denen er seine Geschichten ansiedelte. Wie er Personen genau studierte. Dass er seine Beobachtungen in einem roten Notizbuch (aha, das Buch, das ich schon mehrmals gesehen hatte) festhielt, sich jeden Tag für das Notieren seiner Ideen und Gedanken Zeit reservierte. Sich für Charakterstudien einmal mit einem Fischer mitten in der Nacht auf die Nordsee begeben, ein anderes Mal bei einem Pfarrer gewohnt oder unter die Mütter einer Kindergartengruppe gewagt hatte. Und ich erfuhr, was es mit dem Protagonisten seiner Romane, einem gewissen Inspector Matthew Carter auf sich hatte. Dieser Carter war ein scharfsinniger, aber auch kauziger Typ, der mit seiner schnodderigen Art für seine Umwelt anstrengend war (Leonard bis gestern Abend?). Vielschichtig, interessant und bewegend klangen Leonards Erzählungen. Allem Anschein nach führte der Schriftsteller ein aufregendes und abwechslungsreiches Leben. Stundenlang hätte ich ihm zuhören können. Ich musste mir dringend einen seiner Romane besorgen ... Auch sein Bericht, wie er beschlossen hatte, das gesicherte Dasein eines Angestellten zu verlassen, fesselte mich. Der ganze Mann fesselte mich, wenn ich ehrlich war. Ich spürte Enttäuschung, als die Rechnung kam, sich der Abend mit meinem Nachbarn, der mittlerweile so viel mehr als mein Nachbar war, dem Ende neigte. Aber wir hatten die gemeinsame Autofahrt und ... Das Und blendete ich weg. Ich wollte mich damit nicht beschäftigen. Es war viel zu früh, um über den nächsten Schritt nachzudenken, auch wenn wir uns in den letzten Stunden in Lichtgeschwindigkeit aufeinander zubewegt hatten.

Leonard legte den Arm um mich, als wir langsam zum Auto gingen, und ich schmiegte mich an ihn. Das Zirpen der Grillen erfüllte die laue Luft. Die kleinen Tiere gaben ihr Konzert in einer Virtuosität, als glaubten sie an den ewigen Sommer.

Leonard begleitete mich zu meiner Haustür. Ich ahnte, dass nun der schwerste Teil des Abends bevorstand. Ich wandte mich ihm zu, nachdem ich die Tür aufgeschlossen hatte. „Ich ..." Ich biss mir auf die Lippe. „Nochmals vielen Dank für alles!"

Weiter kam ich nicht, denn er zog mich in seine Arme. Diesmal war sein Kuss keineswegs zögerlich, nicht nur sanft, sondern zeigte deutlich seine Begierde. Seine Finger wanderten aus der Umarmung zu meinem Dekolleté, strichen sanft über den Ansatz meiner Brüste. Er küsste mich leidenschaftlich und innig. Er küsste mich, bis mir ganz schwindlig wurde.

Ich genoss jede Sekunde. Vielversprechend war es. So vielversprechend.

Ich spürte sein Verlangen, seine Erregung. Sein Herzschlag ging ebenso schnell wie meiner. Ich musste das beenden, solange ich dazu noch in der Lage war.

Seufzend zog ich seine Hände von meinem Körper und trat einen Schritt zurück. Mit einem Stöhnen, in dem nichts als Bedauern lag, ließ er von mir ab. Beide wollten wir mehr. Trotzdem, entschied ich, war es besser zu warten.

„Was würdest du sagen", wollte er wissen, „wenn ich dich frage, ob du noch zu mir kommst?"

„Nein! Leider. Ich brauche etwas Zeit. Ich habe gewisse Prinzipien."

Ich sah die Sehnsucht, die sich in seinen Augen spiegelte. Aber dann zog sich ein verschmitztes Lächeln über sein Gesicht. „Genau das hatte ich befürchtet. Gut, dass ich dich nicht gefragt habe ... Sehen wir uns zum Frühstück?"

Ich nickte.

Ein letzter, aufregender Kuss. Dann schloss ich schnell die Tür hinter mir, ehe ich es mir anders überlegen konnte.

Heute Abend fanden sich nur Ereignisse, die ich auf die Positiv-Seite meiner Liste schreiben konnte. War mir das jemals zuvor untergekommen?

War ich beschwipst oder hatte ich mich verliebt?

# Kapitel 16

Ich lief, bis meine Muskeln brannten. Ich lief, bis mein Bewegungsring ein zweites Mal explodierte. Ich wiederholte Sit-ups, Burpees, Squats und Planks unzählige Male. Voller überbordender Energie war ich. Um mich von meinen Gedanken, die beständig um Leonard kreisten, abzulenken und den langen Tag ohne ihn über die Runden zu bringen, absolvierte ich nach dem frühen gemeinsamen Frühstück ein ausgiebiges Trainingsprogramm und machte mich dann auf den Weg.

Und jetzt war ich hier, in Chipping Norton. Ein adrettes Örtchen. Hübsch, aufgeräumt und sehr englisch. Wie gemacht, um ein paar Stunden in entspannter Atmosphäre zu verbringen.

Zusammen mit mir waren Scharen von Menschen in den Straßen unterwegs, das schöne Wetter hatte viele nach draußen getrieben. Und alle sahen eine Spur glücklicher als bei normalem Wetter aus.

Ich steuerte den Markt an. Unter grün-weiß gestreiften Markisen, die bei jedem Windstoß flatterten, hatten die Händler ihre Stände aufgebaut. Hier konnte man fast alles kaufen, was die Natur hergab. Es roch nach Kräutern und Gewürzen, nach Blumen und Karamell. Nach herbstlicher Fröhlichkeit und einer prallen Ernte. Aber ich war nicht hier, um etwas zu kaufen. Ich genoss den Anblick der Auslagen, diese Fülle, die Ernte, die die Natur hergegeben hatte, bevor sie sich in den Winterschlaf legte.

Mohrrüben, Zwiebeln — rot, gelb, weiß, groß und klein —, Zucchini, Kürbisse, unzählige Sorten Äpfel, Weintrauben, Salatköpfe — grün und groß. Pilze. Pilzsorten, die ich nicht benennen konnte. Und überall auf dem Markt prangten riesige Sträuße aus Sonnenblumen, als wollten sie dem Reichtum der Ernte die Krone aufsetzen. Wunderbare Fotomotive. Ich hielt dieses Feuerwerk der Farben auf meinem Handy fest und freute mich darauf, an einem grauen Wintertag die Fotos anzuschauen und in Erinnerungen zu schwelgen.

Am Deli-Shop, wo es köstlich nach den vegetarischen, herzhaften Torteletts duftete, probierte ich ein Stück Oliven-Quiche. Entgegen meiner sonstigen Angewohnheit, den Tag über nichts zu essen, erlag ich heute jeder Versuchung. Ein paar Meter weiter, am Brotstand, verströmten die Backwaren einen Duft, dem die wenigsten Menschen widerstehen konnten. In einer langen Schlange wartete die Kundschaft davor.

Immer wieder begegnete ich einer Frau in ländlicher Tracht, die selbstgemachte Marmeladen in einem Korb anbot, den sie am Henkel über den Arm trug. Ich drang in weitere Bereiche des Marktes vor: In einer Ecke wetteiferten Käse-Händler lauthals um die Gunst der Kunden, daneben priesen Bio-Fleischer ihre Ware von heimischen Rindern an. Grass Fed Beef. Leonard hatte mir gestern davon vorgeschwärmt.

An einer anderen Stelle duftete es köstlich nach süßem Gebäck. Obstkuchen.

Kindheit. Geborgenheit. Wärme.

Ich entschied mich für ein Stück Pflaumenkuchen. Seitdem mir der Duft bei Elenor am ersten Tag in die Nase gestiegen war, trug ich den Appetit auf Obstkuchen mit mir herum. Wie gut, dass ich am Nachbarstand eine große Tasse Kaffee erstehen konnte.

Als ich zum zweiten Mal an den vielen Kürbissen vorbeikam, fielen mir plötzlich Annes Zucchini wieder ein, die in meinem Kühlschrank lagerten ... Ich musste sie verarbeiten. Ich kostete von dunkelroten Strauchtomaten, denen die Sonne ein süßes Aroma verliehen hatte — wie eine Tomate, die am Mittelmeer gereift war, der Händler hatte nicht übertrieben — und kaufte eine Handvoll davon. Danach erstand ich Kräuter, jeweils ein Fläschchen Olivenöl und Aceto Balsamico und eine Zwiebel. Daraus ließ sich ein einfaches, wohlschmeckendes Gericht zaubern, das sogar ich hinbekam. In einem hoffnungslos romantischen Anfall sah ich mich vor meinem geistigen Auge in der Küche beim Gemüseschnippeln, während Leonard eine Flasche Wein öffnete. Wir beide vereint in einer Art kleinem Alltag. Puh, war das kitschig.

Aber auch schön. Ja, ich sehnte mich nach ihm, mit jeder Faser meines Körpers. Was hatte er mit mir gemacht? Ich war ihm restlos verfallen. Warum hatte ich gestern Abend bloß nein gesagt? Wir hatten schließlich nicht mehr viele Tage zusammen.

Durch ein schmiedeeisernes Tor geriet ich in einen Obstgarten, dem etwas Verwunschenes anhaftete. Voller Ranken von wildem Wein und Efeu war er und das Gras wucherte hoch. Hier ging es ruhiger als auf dem Markt zu. In einer Ecke blühten Stockrosen in Pastelltönen neben einem weiteren Verkaufsstand. Ein Windstoß packte die Markise und zerrte sie in die Höhe, sodass die Stangen, die sie trugen, sich vom Boden hoben. Geistesgegenwärtig packte die Händlerin zu und hielt die Metallstangen fest, während sie schmunzelte und gleichzeitig leise fluchte. Sie bot selbst gebrannten Schnaps an und zeigte mir die Birnen, aus denen sie das alkoholische Getränk herstellte. Eine alte Sorte der Früchte, die einen wunderbaren Duft verströmten. Ich war mir sicher, es war die Sorte, die im Garten meiner Großmutter gereift war. Williams Christ Birnen. Ja, so hießen sie und zeitgleich mit meinen Erinnerungen wallten sentimentale Gefühle in mir auf. Komisch, dass ich innerhalb kürzester Zeit wiederholt intensiv an meine Großmutter dachte. Details, die im Grunde genommen unwichtig waren und an die ich ewig nicht gedacht hatte, schwärmten jetzt aus einer Ecke meines Gehirns wie freigelassene Tauben aus einem Käfig. Selbst gebrannter Schnaps von Birnen, dachte ich mit einem Anklang von Wehmut, den hatte es früher zu Festen bei meiner Großmutter gegeben. Ich kaufte ein kleines Fläschchen.

Bevor ich den Markt verließ, entdeckte ich an einem der Stände in allen Farben des Herbstes leuchtende üppige Sträuße: Astern, Dahlien und Zinnien – satte große Farbkleckse. Am liebsten hätte ich einen Strauß mitgenommen, aber wozu? Ich bliebe nicht mehr lange.

Ich fuhr ein paar Kilometer weiter und machte es mir im Stadtpark der nächsten Ortschaft auf einer Bank am Weiher gemütlich. Mandarinen-Enten nahmen ihr mittägliches Bad, Libellen, schillernde Geschöpfe in Grün und Blau, schwirrten wie kleine Helikopter über der Wasseroberfläche. An der sumpfigen Seite des Teiches schaukelten Schaumkrönchen auf kleinen Wellen und glitzerten die Blütenrispen des Schilfs silbern in der Sonne. Wenn Wind aufkam, raschelten die elastischen Halme leise und die Luft trug den leicht modrigen Geruch des Wassers zu mir. Die schlaksigen langen Zweige einer Trauerweide schwangen im Takt des Windhauchs. Ein, zwei Zirruswolken schwebten über mir am blauen Himmel. Wolken, die Freude und das perfekte Alles-ist-gut-Gefühl vermittelten. Daneben stand ein blasser Mond. Ein Flugzeug zeichnete einen Kondensstreifen, dessen Ende sich langsam verflüchtigte, während der vordere Teil weiter und weiter in das Blau hineinwuchs. Sommerleichtigkeit lag in der Luft. Ich spürte, wie die Sonne und die Wärme mich träge machten.

Fünf Tage und der Rest von heute blieben mir noch in den Cotswolds. Großzügig gerechnet sechs Tage mit Leonard. Am liebsten hätte ich von jetzt an jede Minute festgehalten. Nein, erst die Minuten, wenn er wieder bei mir war. Dass es mir hier so gut gefiel, lag natürlich *auch* an Leonard. Aber selbst ohne Leonard hatte ich mein Herz an diese Landschaft verloren ... Wenn bis zu meinem nächsten

Besuch in den Cotswolds wieder zwanzig Jahre verstrichen, stand ich fast vor der Rente. Na ja, eigentlich musste ich eher noch dreißig Jahre arbeiten ... Eine ewig lange Zeit. Wie gut es Leonard hatte, der das, was ihm Spaß bereitete, zu seiner Arbeit gemacht und damit Erfolg hatte. Heute Vormittag hatte ich ihn gegoogelt. Und, Hand aufs Herz, inzwischen hatte es mich nicht mehr überrascht, als ich gelesen hatte, dass er mit seinen in England angesiedelten Krimis regelmäßig auf den Bestseller-Listen landete.

Neben mir stakste eine Krähe durch das Gras, den Schnabel leicht geöffnet. Es sah aus, als hechelte sie wie ein Hund. Als ein Laubblatt neben ihr zu Boden sank, erschreckte sie sich und schloss den Schnabel.

Ich hatte mich nicht bei meinem Chef gemeldet. Wenn er etwas Wichtiges gewollt hätte, hätte er sich mit Sicherheit heute noch einmal in Erinnerung gebracht. Und ich hatte Daniel eine E-Mail geschrieben und ihm darin überdeutlich gesagt, dass er sehr wohl in der Lage sei, mich während meines Urlaubs zu vertreten und er von weiteren Anrufen absehen solle.

Ich betrachtete die Jugendlichen, die auf ihren Jacken auf der anderen Seite des Weihers zusammen in Gruppen im Gras saßen. Jeder von ihnen beugte sich über das Handy, in einer Haltung, die einem Orthopäden Bauchschmerzen bereitet hätte. Kommunizierten sie auf diese Weise miteinander? Vielleicht fiel es ihnen leichter, zu schreiben als zu sprechen? Lebte jeder in seiner eigenen Blase? Oder verhielt man sich heutzutage so, um cool, hip oder was auch immer zu sein?

Unter einem mächtigen Kastanienbaum, der den Großteil seiner Blätter bereits abgeworfen hatte, raschelten kleine Kinder mit weit aufgerissenen Augen durch das frühe Laub. Sie sammelten Kastanien und präsentierten jeden ihrer Funde voller Stolz. Früchte, die im warmen Braunton glänzten. Eine einzelne dicke Taube saß in den Zweigen darüber und gurrte ununterbrochen, als führte sie Selbstgespräche.

Leonard — ich rief mir abermals die Momente mit ihm ins Gedächtnis. Heute Morgen hatten wir an das angeknüpft, was wir gestern begonnen hatten. Locker, verspielt war es mit ihm beim Frühstück gewesen, zum Glück ohne jegliche Spur von Befangenheit. Entwaffnend und ehrlich hatte er mir gesagt, dass er sich in der Nacht nach mir gesehnt hatte. Ein Satz, der auch jetzt meinen Puls in die Höhe schnellen ließ. Ja, ich hätte mir gestern ein Herz fassen, meine Vorsicht und Skepsis über Bord werfen und die Nacht mit ihm verbringen sollen, ging mir abermals durch den Kopf. Meinem Herzen und seinem Begehren, das genau genommen auch das meine gewesen war, blindlings folgen sollen. Lang genug hatte ich mich schließlich im Anschluss alleine zwischen den Laken gewälzt, weil ich mich meinen Fantasien hingegeben hatte und nicht hatte schlafen können. Auch ich war kreativ, nicht nur der Schriftsteller. Aber vielleicht hätte eine gemeinsame Nacht auch alles verkompliziert. Mit etwas Abstand gesehen, kamen mir die Geschehnisse der letzten vierundzwanzig Stunden unwirklich vor. Alles war wie in einem Traum, in jeder Hinsicht, oder wie in einem Kinofilm, ja, in einem dieser Schmachtfetzen. Wunderschön. Klebrig kitschig. Etwas zu gut. Konnte es sein, dass sich ein Mensch binnen kürzester Zeit wandelte? Konnte ich seinen Worten trauen? Wie gut kannte ich Leonard? Vielleicht war er liiert? Ich hatte ihn nicht gefragt, weil ich in einer naiven Selbstverständlichkeit davon ausgegangen war, dass er Single war. Aber vielleicht sah nur meine Welt so aus? Was wusste ich von Leonards? Sein Privatleben hielt er unter Verschluss, hatte ich im Internet gelesen. Das konnte so gut wie alles bedeuten ... Und war es nicht so, dass man sich nicht zu seinem Privatleben äußerte, weil man sich schützen wollte? Oder eine andere Person? Vielleicht sogar eine ganze Familie? Bei unseren Gesprächen drehte sich fast alles um das Jetzt, wenn ich es mir recht überlegte. England, die Cotswolds, die Bluebell Hill Farm, seine Arbeit, der er einen Großteil seiner Zeit einräumte, meine Arbeit, die sich ungewollt immer wieder in meinen Urlaub wie ein ungebetener Gast drückte. Unsere Zeit hier.

Bedenken, Unsicherheit, Misstrauen — unwillkommene Gefühle meldeten sich plötzlich und überschwemmten mich mit einem Mal in einer nicht erwarteten Heftigkeit. Mein Verstand schaltete sich dazu, betrachtete alles, was zwischen mir und Leonard geschehen war, mit analytischer Schärfe. Der Zweifel fraß sich in mein Gehirn wie Gift. Warum konnte ich meine Gedanken nicht abschalten? Warum war ich misstrauisch? Nur weil ich einmal diese schlechte Erfahrung gemacht hatte, hieß das nicht, dass sie sich wiederholen mussten. Leonard war anders als mein Ex.

Ich sprang auf, stürmte im Laufschritt davon, in die Richtung, wo ich das Auto abgestellt hatte, und brachte die Stimmen in mir zum Verstummen. Ich wollte auf mein Herz hören und die wenigen Stunden, die ich mit Leonard verbringen konnte, genießen, während ich mich gleichzeitig fragte, ob ich vor irgendetwas davonlief.

# Kapitel 17

„Carolin!"

Die Stimme, die hinter meinem Rücken erklang, kam mir zwar bekannt vor, dennoch konnte ich sie nicht einordnen. Als ich am Nachmittag auf die Bluebell Hill Farm zurückgekehrt war, viel zu früh, um auf Leonard zu warten, hatte ich mich entschlossen, der Kirche und dem Friedhof einen Besuch abzustatten. Um meine Erinnerungen aufzufrischen, obwohl es dort meines Wissens nach nichts Spektakuläres zu sehen gab. Charly hatte sich mir angeschlossen. Elenor hatte gesagt, ich solle ihn ruhig mitnehmen.

Auf den Friedhof?

Das sei kein Problem, meinte sie, und in das Gotteshaus traue er sich nicht mehr seit dem einen Vorfall.

Während die Bulldogge um die Grabsteine schnüffelte, die kreuz und quer in der bemoosten Grasdecke steckten, hatte ich versucht, die Inschriften auf den verwitterten Steinen zu entziffern. Jetzt drehte ich mich um und entdeckte einen Mann, der neben dem von Rosen umrankten seitlichen Eingang der Kirche stand, in der Hand ein Strauß Dahlien, den er wie einen Besen hielt.

Harry.

Er winkte mit den Blumen und kam sofort zu mir herüber.

Auch heute trug er ein knappes Hemd, das seine Tattoos und Muskeln auf den Armen in Gänze preisgab. *Make Love Not War* prangte quer über seine breite Brust auf dem Shirt. Und dann die Blumen, die er unbeholfen in der Hand hielt. Wäre es nicht Harry gewesen, hätte ich nicht gewusst, was ich von diesem Mann halten sollte. Er war wie eine Collage, die kein Gesamtbild ergab. Aber er war anders, als man vom äußeren Eindruck vermutet hätte, das wusste ich und das hatte Leonard auch bestätigt. Mit Harry, hatte er mir erzählt, verbände ihn mittlerweile eine richtige Freundschaft. Wenn sich der Schriftsteller in den Cotswolds aufhielt, sahen sie sich nahezu jeden Abend im Pub.

„Hi, Carolin", begrüßte Harry mich, als er vor mir stand. „Wie geht es dir?"

War das jetzt die Gelegenheit, auf die ich gewartet hatte? Hier auf dem Friedhof? Aber warum nicht die Gelegenheit beim Schopfe packen? Harry machte weder den Eindruck, als wäre es ihm unangenehm, mich zu sehen, noch in tiefer Trauer zu stehen.

Also los, Carolin!

„Alles bestens, danke!"

„Wie läuft es mit Leo?"

Wie sollte ich diese Frage einordnen? Und warum war das gleich die zweite Frage, die er mir stellte? Gab es nicht wichtigere Menschen als Leonard Angermann auf der Welt? Hier in Lower Millbury schien es, als kreise das Universum allein um diese eine Person.

„Gut", sagte ich vorsichtig und lächelte zaghaft.

Harry grinste breit. „Ich habe euch gestern Abend gesehen. Als ihr vor deiner Haustür standet. Leo hat wirklich ein ganz verdammtes Glück."

Harry hatte uns beim Küssen zugeschaut ... Aha. Wer sonst noch hatte uns dabei zugesehen? Elenor? Jane? James? Die Kinder? Sei's drum. Von mir aus konnte das ganze Dorf zugeschaut haben. Mir war es egal und Leonard offensichtlich auch, denn sonst hätte er mich nicht im Hof geküsst. Ihm musste inzwischen klar sein, dass sich in dieser Mikrozelle auf dem Land nichts verbergen ließ. Erst recht nicht, wenn man eine Art VIP des Dorfes zu sein schien. Aber ich schob das Jetzt weg. Meine Gedanken irrten in die Vergangenheit zurück.

„Weißt du, dass wir zwei", ich deutete auf Harry, dann auf mich, „uns schon einmal vor zwanzig Jahren kennengelernt haben?"

Harry starrte mich an, als hätte ich ihm erzählt, dass ich gleich mit einem Schneegestöber rechnete.

„Ich war damals auf Klassenreise hier", fuhr ich fort und wartete.

Es machte offensichtlich immer noch nicht Klick bei Harry. Aber er nickte und kratzte sich am Kopf. „Eine Zeit lang gab es Gruppen aus Deutschland, die hier für ein paar Tage waren. Ich erinnere mich dunkel. Aber eigentlich erinnere ich mich nur an Elenor, weil sie hier hängengeblieben ist."

Jetzt nickte ich. Wenn er sich kaum erinnerte, war das, was ich über all die Jahre mit mir rumgeschleppt hatte, überflüssiger gedanklicher Ballast gewesen. Aber nun hatte ich damit begonnen ... Ich

197

würde es zu Ende führen. Das war ich mir selbst schuldig und ich machte keine halben Sachen. Wenn ich ein Projekt anging, dann richtig. Auch auf die Gefahr hin, die Büchse der Pandora zu öffnen. Eine Krähe stieß ein heiseres Krah Krah Krah aus. Es klang, als wollte sie mich anfeuern. Los! Los! Los! Oder Go! Go! Go!

„Also erinnerst du dich nicht an mich?"

Harry sah mich mit großen Augen an. „Sind wir uns irgendwie nähergekommen?"

Die Hitze schoss mir ins Gesicht.

Spätestens jetzt war mir Harrys gesteigerte Aufmerksamkeit sicher und er scannte mich eingehend von oben bis unten ab. „So, wie du reagierst, scheint es eine Bedeutung für dich gehabt zu haben."

Warum hatte ich dieses Gespräch begonnen? Ich hätte das Geschehen auch gnädig zugedeckt von der Zeit wie die Gräber neben uns bis in alle Ewigkeiten ruhen lassen können. Weil du ein anständiger Mensch bist, Carolin, flüsterte mir mein Gewissen zu. Und weil du dich damals so verhalten hast, wie du es unter normalen Umständen nicht getan hättest. Du musst dich von deiner Schuld befreien! Das klang jetzt nach Beichtstuhl …

Hilfesuchend sah ich mich nach dem Hund um. Charly hatte es sich in der Sonne auf dem Rasen bequem gemacht, lag ein paar Meter hinter mir und blickte mich erwartungsvoll an.

Genau wie Harry.

Musste er nicht zu irgendeinem Grab? Oder etwas mit den Blumen machen? Sie sahen nicht mehr taufrisch aus, bemerkte ich. Wer A sagt, muss auch B sagen. Ja, mein Gewissen war sehr aktiv.

„Ich mache es kurz. Wir, meine Klasse war für eine Woche hier ... damals ... und du und ich ... also wir zwei ..."

Ich schloss die Augen für einen Moment, sah die Szenen wieder vor mir, versuchte mich zu konzentrieren.

„Wir haben uns geküsst!", brachte ich schließlich heraus.

Na bitte, es ging doch.

Harry schmunzelte. „War es gut?"

Nicht die Reaktion, auf die ich gehofft hatte. Vielleicht lag es gar nicht an Leonard, huschte mir durch den Kopf, dass wir von Anfang an seltsame Gespräche geführt hatten. Sondern an mir. Ein Rotkehlchen saß zwei Meter von uns entfernt auf einem Grabstein und sang fröhlich.

„Ja, aber darum geht es mir nicht ..."

„Worum geht es?"

„Wir sind danach noch einen Schritt weitergegangen, aber es hat nicht geklappt."

Warum klang es, als beschriebe ich eine Funktion oder in diesem Falle die Nicht-Funktion eines technischen Gerätes? Ich strich mir die Haare aus dem Gesicht zurück, die dort entgegen meinem Gefühl nicht zu finden waren, während ich ein Vibrieren in der Hosentasche meiner Jeans spürte. Bestimmt war es Leonard. Aber so liebend gerne ich jetzt mit ihm gesprochen hätte, ich musste das erst mit Harry zu Ende bringen.

„Wir wollten Sex, aber hatten keinen?"

Ich nickte wie ein Wackeldackel.

„Und warum nicht?"

Oh Gott. Es *musste an mir* liegen ...

„Weil wir vielleicht ein bisschen viel getrunken hatten und es letztendlich doch nicht wollten?!"

„Interessant."

Weiterhin betrachtete mich Harry gespannt, als wartete er auf die Pointe meiner Erzählung.

„Ich erzähle dir das, weil ich mich entschuldigen wollte ..."

„Sollte ich mich nicht bei dir entschuldigen, wenn es — das liegt ja wohl auf der Hand — offensichtlich an mir gelegen hat?"

Viel zu heiß war mir auf einmal. Mein Gesicht musste inzwischen die Farbe einer Tomate angenommen haben. Ich stieß einen Stoßseufzer aus. Harry hatte diese besonderen hellen blauen Augen. Die so ehrlich und entwaffnend schauen konnten. Auf einmal war alles wieder da. Damals. Seine Augen hatten es mir angetan. Und seine offene Art, denn er hatte sich häufiger zu uns auf die Farm gesellt. Hatte mir von seinem Vater erzählt. Der Vater, der früh gestorben war. Als hätte ich eine Extra-Schublade voller Erinnerungen in meinen Kopf aufgezogen, sprudelte die Vergangenheit heraus. Eine Schublade, von der ich nicht mehr hätte sagen können, dass sie überhaupt existierte. Aber hier, an diesem Ort, zusammen mit Harry war vieles auf einmal wieder sehr präsent.

„Nein. Ich hatte damals eine Wette in unserer Gruppe abgeschlossen. Auch da war zu viel Alkohol im Spiel ... Dafür wollte ich mich entschuldigen. Es ist ein Verhalten, das gar nicht zu mir passt. Ich habe dich geküsst und alles vorangetrieben, nur weil ich eine dumme Wette gewinnen wollte."

Harry schwieg, betrachtet die Blumen in seiner Hand, als seien sie botanische Kostbarkeiten, und sah mir dann fest in die Augen.

„Und ich habe dich damals bestimmt geküsst, weil ich es wollte. So ein Typ bin ich nämlich. Weil du mir damals sehr gefallen hast. Und das tust du auch heute noch." Er wedelte mit seinen Blumen, denen die Sonne inzwischen merklich zugesetzt hatte. „Ich muss die jetzt zum Grab bringen. Wir sprechen ein anderes Mal weiter!"

Er entfernte sich auf einmal sehr schnell von mir, lief an den Gräbern entlang. Das Rotkehlchen flog ihm wie ein treuer Freund hinterher.

Ich konnte nicht sagen, dass meine Mission so verlaufen war, wie ich es gehofft hatte. Ich hatte ein Kapitel meines Lebens mit einer würdevollen Aussprache, mit Anstand abschließen wollen.

Und nicht ein neues aufsprengen wollen.

Jetzt fühlte es sich an, als hätte ich das derzeitige Durcheinander in meinem Dasein gerade um eine weitere Komponente bereichert.

Elenor stand in dem Gehege der Meerschweinchen und verteilte Salat, Möhren und Gurken an die kleinen Tiere, die wild quiekend um ihre Füße galoppierten. Von einem plötzlichen Elan gepackt, raste Charly zu den Nagern und presste seine dicke schwarze Nase an den Maschendraht. Meine Vermieterin lachte und warf ihm eine Möhre zu, die er geschickt in der Luft auffing und mit einem Happs verschlang.

„Carolin, wie geht es Ihnen?"

Während mein Handy weiterhin vibrierte — Leonard war hartnäckig, aber dagegen hatte ich nichts —, ging ich zu Elenor, die aus dem Käfig gestiegen war und das Gitter, das das Gehege von oben abschloss, wieder ordentlich befestigte.

„Wir haben Füchse hier. Und Raubvögel interessieren sich auch für die Tierchen ...", erklärte sie ihr Tun. „Haben Sie bisher schöne Tage gehabt?"

„Ja, die hatte ich. Ich habe großes Glück mit dem Wetter."

Elenor nickte und strahlte. Diese Frau verbreitete gute Stimmung wie ein Regenbogen.

„Ich würde Sie gerne mal zu einem Afternoon Tea einladen, bevor Sie wieder abreisen. Mit Sandwiches, Scones, Kuchen und allem, was dazu gehört. Sie und Leonard. Wenn Sie mögen."

Wollte sie mir damit mehr sagen? Sah sie mich einen Tick neugierig oder forschend an? Vielleicht bildete ich es mir auch nur ein. Ein großzügiges und nettes Angebot war es in jedem Fall.

Ich wollte gerade zu einer Antwort ansetzen, als Jane in der Hintertür des Verwalterhauses auftauchte und rief: „Elenor, Telefon!"

„Wir unterhalten uns ausführlich beim Tee, wenn es Ihnen passt."

„Sehr gerne", beeilte ich mich zu sagen, bevor meine Vermieterin mit forschem Schritt auf das Haus zulief. Charly wälzte sich auf den Rücken, streckte seine Beine in die Luft und rekelte sich gemütlich auf dem Rasen, um auf einmal abrupt damit aufzuhören, weil eine Libelle nahe über seinen Kopf schwirrte. Ein schönes Hundeleben hatte das Tier hier.

Aus der Kirche drang nun Orgelmusik in den Garten. Feierlich und kraftvoll. Als untermalte die Musik diesen wunderschönen Tag. Vielleicht ginge ich gleich noch einmal hinüber und setzte mich auf die Bank vor der Tür oder in das Gotteshaus, um der Melodie zu lauschen. Ich wandte mein Gesicht der Sonne zu, beobachtete eine Handvoll großer Vögel, die weit oben am Himmel flogen. Waren es Störche? Oder Gänse?

„Es sind Kraniche."

Unmerklich war Jane an mich herangetreten.

„Die Vögel des Glücks. Ich freue mich jedes Mal, wenn sie über unser Haus fliegen. Wer kann das Glück nicht gebrauchen?" Sie lächelte. „Harry spielt so schön in der Kirche ..."

Harry?

Jane nickte, als könnte sie Gedanken lesen. „Harry hat den Schlüssel zur Kirche und darf die Orgel benutzen. Seit dem Tod seiner Mutter geht er häufiger dorthin. Ich finde, er spielt wunderbar. Er erfüllt die Landschaft mit seiner Musik. Manchmal haben die

Stücke einen meditativen Charakter, das liebe ich besonders. Aber so virtuos wie jetzt spielt er, wenn er emotional aufgewühlt ist ..." Sie sah mich eindringlich an. „Schade, dass Sie Leonard heute nicht begleiten konnten!"

Ich zuckte die Schultern, während ich mir vorzustellen versuchte, wie Harry, der Muskel-Bär, auf der Bank vor der Orgel saß und in die Tasten schlug. „Er musste arbeiten!"

„Ja, ich weiß. Aber Sie haben nicht mehr viel Zeit zusammen ... Da wäre es doch schön, jede Minute, die Ihnen bleibt, miteinander zu verbringen."

Die nächsten Orgeltöne erklangen, nachdem die Musik kurz verstummt war. Spielte er *Sailing*? Ein Lied von Rod Stewart auf der Orgel? Sehr originell.

Und Leonard und ich – Jane hatte recht. Ja. Aber auch wenn das gesamte Dorf an unserem Kuss Anteil genommen hatte, hieß das nicht, dass wir ein Paar waren und erst recht nicht, dass wir aneinanderkleben mussten. Obwohl ich genau das wollte. Aber was ging das Jane an?

„Ich will mich nicht einmischen ..." Sie nahm mich mit ihren blassblauen Augen erstaunlich streng ins Visier und ihre Stimme war fest, während ich auf ihr Aber wartete und abermals das Handy in der Hosentasche spürte.

„Aber: Brechen Sie ihm nicht das Herz! Das hat er nicht verdient!"

Und dann hob sie die Hände in die Höhe, ein bisschen zu theatralisch für meinen Geschmack, und rief: „Der Kuchen!"

Für eine Frau ihres Alters hatte sie einen extrem energischen Schritt am Leib und war innerhalb weniger Sekunden im Haus verschwunden.

Mein Handy vibrierte. Ein paar liebevolle Worte von Leonard hatte ich mir nach den jüngsten Geschehnissen wahrlich verdient.

## Kapitel 18

Die Sonne versank als Feuerball hinter den Hügeln und überschüttete das Land mit purem Gold. Die goldene Stunde, pure Magie.

Ab und an flatterte eine Ente mit lautem Gequake im Tiefflug über mich hinweg. Vielleicht gab es einen See in der Nähe ... Ich würde Leonard später fragen.

Geduscht und in mein Seidenkleid gehüllt, saß ich auf der Terrasse. Das Kleid erschien mir würdig für diesen Abend und meine Schwester hätte mir gesagt, die Farbe Rot würde mich beflügeln. Sie wusste nicht, was ich darunter trug ... Vorsorglich hatte ich meine schöne schwarze Spitzenunterwäsche angezogen. Leonard würde es freuen. Vorausgesetzt, der Abend verliefe so, wie ich es mir vorstellte.

Mit einem Glas Wein in der Hand verfolgte ich jede Nuance des Sonnenuntergangs. Die Farbe der Wölkchen und des Himmels änderten sich von Minute zu Minute. Purpurfarben löste warmes Orange ab, es flammte noch einmal rot, als würde der Himmel brennen, bis schließlich nur ein pudriges Rosa übrig blieb, das vom Grau der Nacht irgendwann überdeckt werden würde.

Charly hatte sich endlich mit einem zufriedenen Grunzen auf die Steinfliesen neben meinen Stuhl gelegt, nachdem er ewig einen Grashüpfer gejagt hatte, der, wie um ihn zu necken, ständig vor seiner Nase hin und her gesprungen war. Der Hund atmete tief und gleichmäßig. Mit einer sehr beruhigenden Wirkung, stellte ich fest, als ich seinen Atemzügen für einen Moment lauschte.

Es duftete nach feuchtem Gras, es duftete noch nach Sommer, auch wenn sich in dem Geruch bereits etwas erahnen ließ, was den Herbst in sich trug. Ich wartete auf Leonard, hoffte, er käme bald. Etwas atemlos hatte er sich aus Leeds gemeldet und meine aufgekommenen Zweifel besänftigen, wenn auch nicht beseitigen können. Wie auch? Ich hatte ihm weder die Ansammlung meiner Worst-Case-Szenarien noch meine heikle Gefühlslage offenbart und er besaß keine telepathischen Fähigkeiten. Außerdem steckte er mit seinen Gedanken mitten in der Arbeit für den nächsten Roman. Nahtlos reihten sich seine Projekte aneinander. Nachdem sein Verleger zum dritten Mal aus dem Hintergrund nach ihm gerufen hatte, hatte Leonard das Gespräch beendet. „Ich bin in zehntausendachthundert Sekunden bei dir! Es dauert viel zu lang", hatte er mir zuvor gesagt. Drei Stunden rechnete er für den Heimweg. Ewig.

Die Zukunft, wenn wir diese denn hätten, würde zeigen, ob sich etwas zwischen uns ergäbe. Jane, über deren Äußerungen ich mich insgeheim ärgerte — wer gab ihr das Recht, sich einzumischen? —, hatte wohl allem etwas vorgegriffen. Leonards Herz brechen. Ich hatte meine Zweifel, ob er generell der Typ war, dessen Herz sich leicht brechen ließ. Und nach der Kürze der Zeit war es objektiv gesehen auch unrealistisch. Wer sagte mir, dass wir nicht nur einen harmlosen, okay, vielleicht auch einen sehr aufregenden Urlaubsflirt hatten?

Welche Bedeutung maß Jane einem Kuss bei? Was zählte ein Kuss heutzutage noch? Wir waren nicht bei *Downton Abbey*. Und das gestern Abend war ganz sicherlich nicht die Anfangsszene von Romeo und Julia gewesen. Wenn Jane alles richtig verfolgt hatte, musste sie gesehen haben, dass nach diesem Kuss jeder — ganz sittsam — in sein eigenes Haus verschwunden war. Alleine für sich, aber voller Sehnsucht nach dem anderen hatten wir die Nacht verbracht.

Aber, auch wenn es über mehrere Küsse hinausginge, hieß das nichts. Und bis dahin? Vielleicht sollte ich den Ratschlägen meines Coaches folgen und spontan und wagemutig sein, obwohl es mir alles andere als leichtfiel. Leonard gäbe, daran hatte ich nicht den leisesten Zweifel, einen hervorragenden Liebhaber ab (mein Gott, jetzt klang *ich* nach *Downton Abbey*). Warum also nicht das Leben ohne Reue genießen, als gäbe es kein Morgen?

Ausprobieren. Wenigstens einmal im Leben. Ohne doppelten Boden, Fangleinen und Schutzweste. Was sollte passieren?

Das Gleiche, was dir damals mit Harry passiert ist, flüsterte mir wieder diese Stimme der Vernunft. Ein Fiasko. Und Reue, gedanklicher Ballast, den ich zwanzig Jahre lang durch mein Leben mitgeschleppt hatte. Denn um mich zu beweisen, in der Stimmung, nun könne alles in meinem Leben klappen, hatte ich mich auf diese dumme Wette eingelassen. Und was

208

noch dümmer war, ich hatte Harry mit hineingezogen, mit den Gefühlen eines anderen Menschen gespielt, auch wenn es *ihn* offenbar nicht allzu sehr mitgenommen hatte. Natürlich hatte ich mit dem geprahlt, was ich vermeintlich erreicht hatte (alle hatten uns in seinem Haus verschwinden sehen und ich war lange genug weg gewesen, um glaubhaft mein Vorhaben durchgeführt zu haben), den Wetteinsatz kassiert und mich elendig gefühlt.

Charly zuckte im Traum und gab leise mauzende Töne von sich. Ich langte nach ihm und streichelte über seine Seite.

Dieses Mal jedoch lagen die Dinge anders, sprach ich mir selbst Mut zu. Und ich war reifer, erwachsen, um einige Lebenserfahrung reicher. Außerdem war Leonard ein anderer Mensch. Einmal eine richtige Urlaubsaffäre haben. Eigentlich passte es nicht zu mir, aber warum nicht? Von heißen Flirts berichteten etliche Frauen, selbst verheiratete. Prüde, hatte Leonard mich genannt, um mich zu ärgern, aber damit eine meiner Schwachstellen getroffen. Ja, ich war prüde und was Sex anging eher zurückhaltend. Und was hatte ich davon? Ich schadete nur mir selbst. Alle um mich herum, so schien es, hatten Spaß mit Männern, manche mit Frauen. Und wenn auch nur die Hälfte von all dem Erzählten stimmte, war ich ausgesprochen bieder. Eine tolle Nacht genießen und sie als Erinnerung bewahren. Spicy und hot — Begriffe, die ich mit einer Speisekarte in Verbindung brachte, verstanden viele meiner Geschlechtsgenossinnen ganz anders. Und Hand aufs Herz, Leonard reizte mich ungemein. Probier es einfach aus, sagte selbst mein auf Rationalität und Analytik geprägter Verstand.

*Probier es einfach aus!*

Wie ein langer Nachhall eines wunderschönen Tages war dieser Abend. Die Wärme des Nachmittages verlor sich nur langsam, die Luft war erfüllt von üppigen Aromen des Spätsommers. Ich hatte vorher beschlossen, dem Headhunter abzusagen. Kurz und knapp. Eine Nachricht, in fünf Minuten getippt mit einer riesengroßen Wirkung für mich. Grenzenlose Erleichterung. Als hätte ich den Ballast einer Tonne abgeworfen. Gleich morgen früh würde ich die E-Mail abschicken.

Ich starrte auf mein Smartphone, das in Reichweite lag. Leider war es nicht ausschließlich Leonard gewesen, der versucht hatte, mich auf dem Handy zu erreichen, sondern auch mein Chef. Leonard hatte mir gestern eingebläut, ich solle nicht ständig springen, wenn ein Lutz Wernecke das wollte. Aber jetzt, nach zwei Stunden, konnte von Springen wohl nicht mehr die Rede sein. Ich griff nach meinem Telefon, rief die Anrufliste auf und drückte seine Nummer. Ausnahmsweise war er nicht zu erreichen. Gott sei Dank! Froh, meine Schuldigkeit getan zu haben, konnte ich den Schalter in meinem Gehirn wieder auf Leonard umlegen.

Als ich zwischendurch ins Haus verschwand, bemerkte ich die riesige rote Kugel, die auf der anderen Seite des Gebäudes wie ein Ballon am Himmel aufstieg. Der Mond. Ich googelte: Heute war Vollmond.

Kurzentschlossen packte ich meinen Stuhl, lief über die Wiese und suchte mir einen guten Platz, um das nächste Naturschauspiel zu bewundern. Charly folgte mir auf den Fuß und setzte sich neben mir ins Gras, in Erwartung, dass irgendetwas geschehen würde. Hechelnd saß er neben mir und schaute mich immer wieder an. Nach einer Weile legte er sich lang hin, ohne mich aus den Augen zu verlieren. Charly lauschte. Seine Ohren drehten sich mal in die eine, dann wieder in die andere Richtung.

Der Mond erinnerte an einen Halloween-Kürbis, ein breit grinsendes Gesicht. Langsam schwebte er höher und höher und veränderte dabei seine Farbe. Orange, Eierdottergelb, Blassgelb. Eine kleine Wolke schimmerte silbern daneben. Wie oft hatte ich einen Sonnenuntergang beobachtet? Unzählige Male. Auch das Auftauchen der Sonne am Horizont hatte ich schon gesehen. Aber den Aufgang des Mondes?

Ich ließ meine Gedanken schweifen, träumte in die friedliche Landschaft, träumte von Leonard. Ich war voller Vorfreude auf das Wiedersehen. Als der Mond hoch am Himmel stand, kehrte ich auf die Terrasse zurück. Am westlichen Horizont erinnerte nur noch ein anemonenroter Hauch an den Tag und ich deckte den Tisch, stellte das Essen bereit. Zwei Kerzen fand ich in meinem Küchenschrank, zündete sie an und löschte die Außenbeleuchtung. Mittlerweile fieberte ich Leonards Eintreffen regelrecht entgegen. Wie lange dauerte es noch? Warum dauerte es so lange? Bitte beeil dich, Leonard! Immer wieder sah ich auf mein Handy, vielleicht hatte ich eine Whatsapp-Nachricht übersehen.

Eine halbe Stunde später ging ich in mein Cottage, um mir etwas Wein nachzuschenken. Ich entdeckte einen unter der Tür durchgeschobenen großen Zettel. *Morgen oder übermorgen gibt es frischen Apfelkuchen. (Hängt von dem Fotografen ab.) Für Sie ist eine große Portion reserviert. Gruß Elenor.* Dazu ein dicker grinsender Smiley. Ich lächelte. Wie nett von meiner Vermieterin, an mich zu denken, auch wenn ich nicht wusste, von welchem Fotografen die Rede war. Sollte er Fotos von der Farm machen? Vielleicht für einen Werbeprospekt?

Ob Elenor ihre Gäste immer so zuvorkommend behandelte? Und dann noch die Einladung zum Afternoon Tea. Kein Wunder, dass sich Leonard hierher zurückzog, um zu schreiben. Wahrscheinlich verwöhnten die beiden Damen des Verwalterhauses ihn nach Strich und Faden. Als ich den Zettel auf den Tisch legte, entdeckte ich die zweite Nachricht von Elenor auf der Rückseite. *Tut mir leid für das, was meine Schwiegermutter Ihnen heute gesagt hat ... Dazu hatte sie kein Recht. Sie mag Leonard wie ihren eigenen Sohn. Und da mischt sie sich bisweilen auch in Dinge ein, die sie nichts angehen.* Noch ein Smiley.

Ich würde wiederkommen, entschied ich, nicht erst in zwanzig Jahren, sondern in absehbarer Zeit und dann am besten für zwei, drei Wochen. Wieder im September. Im nächsten Jahr. Spätestens.

Oder im Frühjahr?

Spielte Leonard bei meinen Überlegungen eine Rolle?

War er im Frühjahr auch hier? Dabei fiel mir abermals auf, wie wenig ich über sein Leben wusste.

Als ich nach der Weinflasche griff, passierte das Missgeschick: Die Flasche rutschte mir aus der Hand und kippte um. Reaktionsschnell fing ich diese zwar auf, konnte aber nicht verhindern, dass sich mehr als die Hälfte des Inhalts auf den Fußboden entleerte. Ausgerechnet Rotwein.

Ein Glück, dass hier alles gefliest war. Das war mein erster Gedanke, praktisch und rational, wie ich veranlagt war. Trotzdem war es schade um den guten Tropfen und ein ziemlicher Dreck, stellte ich fest, als ich das Deckenlicht anmachte, um den Schaden zu begutachten. Einige Spritzer des Weins waren auch auf meinem Kleid gelandet. Egal. Im Dunkel würde man es nicht sehen und Leonard mochte mich sicherlich auch mit zwei winzigen Weinflecken auf einem Seidenkleid. Leise vor mich hin fluchend wischte ich die rote Brühe vom Fußboden, putzte die Spritzer von den Schranktüren und wusch den Lappen hinterher gründlich aus. Dabei leistete mir der verständnisvolle Charly Gesellschaft. Zum Glück gehorchte er auf das Kommando *Stay* und blieb an der Terrassentür stehen, nicht ohne jeden einzelnen Schritt meiner Handlungen zu verfolgen.

Das zweite Glas Wein hatte ich fast ausgetrunken, als ich endlich ein Auto hörte.

*Sein* Auto.

Kurz darauf war Leonard bei mir auf der Terrasse. Freudig sprang ich auf. Ich zog ihn an mich, als hätten wir uns seit Ewigkeiten nicht gesehen und küsste ihn stürmisch. Vielleicht war es ein bisschen zu übertrieben für das Stadium, in dem wir uns befanden, aber mir war danach. Und ich hatte mir lange genug Gedanken über ihn gemacht. Gedanken, die er nicht kannte. Gedanken, die mir sagten, einmal alle Zurückhaltung fallen zu lassen.

„Ziemlich leidenschaftlich, heute Abend", raunte er und streichelte mein Gesicht, während er mir tief in die Augen blickte. „Hallo, du begehrenswerte, wunderschöne Frau!"

Ich sah die ehrliche Freude und Leidenschaft in seinen Augen und ich schmolz dahin vor Glück. Ja, ich war ihm wichtig, genauso wichtig, wie er es mir war.

Wie hatte er mir gefehlt.

„Ich habe dich vermisst!"

„Das freut mich zu hören." Er strich mir über das Haar, hielt mich dann in den Armen. „Du hast mir auch gefehlt! Ich hätte dich gerne an meiner Seite gehabt ... Aber die nächsten Tage gehören uns. Versprochen!"

Genau das war es, wonach ich mich gesehnt hatte. Viel Zeit, die ich ausschließlich mit ihm verbringen konnte.

„Meine Emotionen sind kurz unter der Oberfläche und schwappen auch mal über", entgegnete ich lächelnd. „Das passiert selten ... Daran bist du schuld!"

„Das ist wunderbar! Du bist mir heute keine Sekunde aus dem Kopf gegangen." Widerwillig löste er sich von mir. „Lass mich kurz duschen", sagte er, „bevor wir genau an dieser Stelle fortfahren!"

Mein Herz machte drei Hüpfer und einen Salto hintereinander.

Leonard bemerkte die Flasche Wein und etwas in seinen Gesichtszügen kippte. In seinen Blick mischte sich ein Hauch von Nachdenklichkeit und ich nahm den veränderten Gesichtsausdruck mit Überraschung wahr.

*Kennst du ihn? Was weißt du über ihn?*

Umgehend verbannte ich die nervenden Stimmen, die sich ungefragt wieder meldeten, aus meinem Kopf. Und egal, was er dachte, heute Abend wollte ich ihn!

„Ich bin gleich wieder bei dir!"

Bevor er verschwand, streichelte er mir noch einmal liebevoll über den Rücken. Seine Berührungen jagten wohlige Schauer durch meinen Körper. Ja, ich war mir sicher. Heute würde ich es wagen.

„Beeile dich!", rief ich ihm hinterher.


Er war tatsächlich schnell. Geduscht, nach seinem aromatischen Waldshampoo duftend und frisch rasiert stand er zehn Minuten später wieder vor mir. Er trug Jeans und ein dunkles Hemd und sah in meinen Augen einfach fantastisch aus. Sein Lächeln allerdings machte ihn unwiderstehlich.

„Ich habe eine Kleinigkeit zum Essen vorbereitet. Möchtest du etwas?", fragte ich, während ich geschäftig in meinem Cottage verschwand. Keine Minute später balancierte ich das marinierte Gemüse, den Korb mit Brot und ein Weinglas für ihn nach draußen, stellte alles auf den Tisch.

„Du hast gekocht?", erkundigte er sich und setzte sich.

„Ja, das habe ich!" Ich ließ mich ihm gegenüber in den Stuhl plumpsen, wippte mit den Füßen, um gleich wieder hochzuschnellen. Himmel, warum war ich so nervös? Ich hoffte, Leonard würde mir später die Nervosität nehmen, wie er es auch an den anderen Tagen getan hatte.

„Möchtest du erst einmal ein Glas Wasser?"

„Nein, danke. Ich habe eben eine ganze Flasche getrunken, weil ich komplett ausgedörrt war ... Du kannst tatsächlich kochen?", fragte er mit belustigter Miene.

„Ja, entgegen allen Klischees von Karrierezicken kann ich das. Zumindest ein paar einfache Gerichte. Und das hier ist ja auch kein richtiges Kochen. Warte ab, bis ich dir ein Boeuf Bourguignon zaubere."

Vielleicht zog ich gerade ein bisschen zu übertrieben die Hausfrauennummer ab. Hoffentlich interpretierte er es nicht als Klammergriff der Häuslichkeit und wurde von mir abgeschreckt. Ich war keineswegs jemand, der täglich kochte und putzte, dazu fehlte mir nicht nur die Zeit. Mein Blick streifte den kleinen Blumenstrauß, der vor uns auf dem Tisch stand. Heute Nachmittag hatte ich ihn gepflückt. Gelbe Goldraute, Hagebuttenzweige mit roten und schwarzen Früchten und blaue Wegwarte.

Ein niedlicher Strauß aus herbstlichem Schmuck und Wildblumen, deren Stängel ich zu Hause gekürzt und in einem Milchkännchen dekoriert hatte. Und während ich die einzelnen Blumen gepflückt hatte, hatte ich daran gedacht, dass ich das seit sehr, sehr langer Zeit wieder tat. Und auch vorher nicht das Verlangen gehabt hatte, etwas Dekoratives zusammenzustellen. Wozu gab es Blumenläden? Irgendwie verschob sich etwas in mir, das spürte ich. Waren daran die Hormone schuld, an deren spontanen Anstieg Leonard maßgeblichen Anteil hatte? Oder war es mehr? Ein Wink des Schicksals und des Lebens? Vielleicht sollte ich mich auch mal wieder auf andere Dinge als im aufgabenfokussierten Alltag konzentrieren?

Meine Wangen glühten, mein Magen war ein einziger nervöser Knoten. Und gleichzeitig war ich zappelig, eine anstrengende Kombination. Nervös war ich auch wegen Leonard, aber vor allem wegen dem, was ich mir vorgenommen hatte. Ich wusste kaum, wohin mit meinen überbordenden Gefühlen. Am liebsten hätte ich ihn gleich ins Bett gezerrt, um die *Sache* schnell hinter mich zu bringen. War es nicht immer so, dass der Sprung von der Klippe sehr viel Mut erforderte, aber man sich hinterher fragte, warum man sich im Vorfeld gesorgt hatte? Ich wollte springen, um danach ohne Spannung und voller Genuss weitermachen zu können. Aber ich musste mich zähmen, um nicht gleich mit der Tür ins Haus zu fallen. Das hätte selbst einen Mann wie Leonard befremden können. Und vielleicht hatte der Tag ihn auch angestrengt und er benötigte einen Moment, um wieder hier anzukommen nach all seinen Erlebnissen. Über fünfhundert Kilometer war er heute gefahren und hatte mehrere Orte besucht.

Mindestens für einen Moment musste er sich entspannen.

„Ich finde es toll, dass du kochen kannst!", beendete er meine Überlegungen und sah mir tief in die Augen.

Ach ja, seufzte ich innerlich, einen kleinen Moment musste ich mich noch gedulden.

Während wir aßen, erzählte er mir von seinem Tag, dem neuen Buchprojekt, der Gegend, die er dafür ins Auge gefasst hatte. *Nach dem Projekt ist vor dem Projekt* — er gönnte sich keine Pause. Nun ja, warum sollte es ihm anders gehen als der normal arbeitenden Bevölkerung, auch wenn das alles bei ihm sehr viel aufregender klang? In Leeds hatte er sich in einer der örtlichen Bibliotheken umgesehen und sich mit einem Archivar getroffen. Danach hatte er Kirkstall Abbey, die Ruinen einer Zisterzienser Abtei, zusammen mit seinem Verleger besucht und auf dem Rückweg in der Nähe von Nottingham Halt gemacht, um sich in Wollaton Hall, einem beeindruckenden Herrenhaus, umzutun. Wie auf einer Schnitzeljagd sammelte Leonard Schauplätze eines möglichen Geschehens, einen nach dem anderen. Und er sammelte Eindrücke, um sich inspirieren zu lassen und später in seinem Projekt, wie er die Vorstufe zu seinem Roman nannte, zu verwenden. Wie ein Patchwork war es. Akribisch stellte er die Be-
218

standteile eines neuen Romans zusammen, wie ein Gericht, das man mit verschiedenen Zutaten kochte. Hielt diese Zutaten nicht nur in seiner roten Kladde, sondern auch in Listen (aha!, also auch er) fest, fotografierte viel und betitelte seine Fotos sofort. Der Verleger hatte ihn zwar begleitet, hatte sich aber den größten Teil des Tages von ihm separiert, um Leonard nicht bei seiner Recherche zu stören. Offenbar ging der Schriftsteller mit sehr viel Disziplin an sein Werk. Leonard war also fleißig gewesen, während ich einen faulen, erlebnisarmen Tag eingelegt hatte.

Lebendige Bilder und Szenen entstanden vor meinem geistigen Auge, als er mir das Herrenhaus oder einen Straßenzug von Leeds oder eine Landschaft schilderte. Kleine Details, die er entdeckt hatte und treffend zu beschreiben wusste, die Standbilder zum Leben erweckten. Kein Wunder, dass er Erfolg hatte. Vielleicht hatte er einen seiner Romane im Cottage und ich könnte ihn mir leihen. Ich brannte mittlerweile darauf, etwas von ihm zu lesen.

Leonard griff nach meiner Hand. „Ich würde mit dir gerne die Garsington Opera besuchen. Das ist ein Open-Air-Opernfestival, nicht weit von uns entfernt. Ich sprach heute mit Robert darüber. Es würde dir bestimmt gefallen. Bedauerlicherweise finden die Veranstaltungen nur im Juni und Juli statt. Also erst im nächsten Jahr wieder."

Mein Herz reagierte auf seine Worte mit einem Trommelwirbel. Pure Freude durchfloss mich. Er dachte an die Zukunft. Mit mir.

„Und ich würde mit dir gerne Sternschnuppen anschauen. Die gibt es hier bestimmt super gut zu sehen!"

Er lachte auf. „Ja, im August sind sie häufig über den Himmel gezischt."

Ich erzählte ihm langatmig vom Aufsteigen des Mondes, weil ich noch immer ganz beseelt von dem Erlebnis war, und dann sehr knapp, da es nicht viel zu berichten gab, von meinem restlichen Tag und dem Besuch auf dem Markt. Ich eilte in die Küche und war in weniger als einer Minute wieder mit dem Schnaps zurück. „Den können wir nach dem Essen probieren."

„Du solltest nicht so viel trinken!", meinte Leonard nachdenklich.

Ich zog die Stirn kraus. „Zwei Gläschen Wein sind nicht allzu viel."

„Die Flasche ist fast leer!"

„Sie ist mir in der Küche umgekippt!"

Mir entging nicht, dass er mich prüfend ansah. Was dachte er? Dass ich Alkoholikerin war und log? Oder gehörte er zu der Sorte von Männern, die Frauen gerne bevormundete? Oder − suchte er nach einem Vorwand, um den Abend schnell zu beenden und sich mir zu entziehen?

Es war meinen dummen Gedanken in seiner Abwesenheit geschuldet, dass meine Laune auf einmal sank wie ein Barometer vor dem Gewitter.

„Was ist los?" Ich sah ihn prüfend an, während sich mein Magen krampfartig zusammenzog. „Warum bist du heute Abend so komisch? Hast du noch mal über alles nachgedacht und bereust den gestrigen Tag?"

„Nein, natürlich nicht!", sagte er schnell.

„Natürlich ist gar nichts!", hielt ich fest. Meine gute Laune war dahin, weggewischt im Handumdrehen. Der Zauber der vergangenen Stunden hatte einen hässlichen Riss bekommen und mit einem Mal spürte ich einen bitteren Nachgeschmack. Irgendein Vogel der Nacht gab hinten in der Wiese dumpfe Laute von sich, die mir wie ein böses Omen erschienen. Aufgeregt malträtierte ich meine Unterlippe.

Leonard nahm meine Hand, hielt sie fest und schien angestrengt nachzudenken, aber er sagte nichts. Dabei war er sonst nicht um Worte verlegen. Sagte er nichts, weil er sich von mir zurückzog? Und darüber nachdachte, welche Worte er wählen sollte? Aber warum hielt er meine Hand, streichelte sie? Offensichtlich hatte er Probleme, mir in die Augen zu schauen. Na gut, jetzt galt es, diese verkrampfte Situation zu überwinden und zu unserer Vertrautheit zurückzufinden. Gestern Abend wäre alles so einfach gewesen. Aus irgendeinem Grund tat Leonard sich heute schwer. Also musste ich jetzt die Initiative übernehmen. Etwas, was mir nicht leichtfiel, aber mein Coach ... er wäre stolz auf mich. Denk an gestern Abend, ermahnte ich mich. Glück, Verliebtheit. Verlangen. Auf beiden Seiten. Leonard hatte mich unmissverständlich gewollt. Dann eben gleich, auch wenn ich es anders geplant hatte.

Wie verhielt ich mich richtig? Wie sollte ich vorgehen? Mein Gott, ich war vollkommen außer Übung.

Ich atmete einmal tief durch, sammelte meinen Mut.

Dann stand ich auf, stolzierte zu ihm, setzte mich auf seinen Schoß. Ich begann ihn zu küssen. Sicherlich keine Glanzleistung, meine unbeholfenen Verführungskünste. Um ihm klar zu machen, dass ich heute für den nächsten Schritt bereit war, glitten meine Hände unter sein Hemd, streichelten seine warme Haut, spürten seinen Herzschlag. Mit zunehmendem Unbehagen merkte ich, dass er nicht mitzog, wie ich es mir vorgestellt hatte. Er erwiderte meinen Kuss, allerdings weniger leidenschaftlich als zuvor, verhielt sich entgegen seiner sonstigen Gewohnheit eher passiv und trotz aller Berührungen ungewöhnlich distanziert. Gestern Abend hatte er mir das Gefühl gegeben, als hätte er seine Finger kaum von mir lassen können.

Hatte ihn auf einmal die Schüchternheit überwältigt? Musste er sich erst daran gewöhnen, wenn eine Frau die Initiative übernahm? Oder wollte er hier draußen keinen Schritt weiter gehen, um den Dorfklatsch nicht erneut anzuheizen? Nur für den Bruchteil einer Sekunde streifte mich der hässliche Gedanke, er könnte mich ablehnen.

Positiv denken!

Einatmen. Ausatmen. Ich fasste mir ein Herz. Manchmal musste man den nächsten Schritt wagen, einfach springen. Hatte mein Coach das nicht gesagt? Jetzt war es so weit.

„Willst du ...“ Es kam mir nicht leicht über die Lippen, geradezu verwegen kam ich mir vor, aber ich musste mir beweisen, dass auch ich es konnte. Noch nie in meinem Leben hatte ich einen Mann das gefragt. „Wollen wir reingehen?“

Im Schein des Kerzenlichts blickte ich ihm in die Augen, die mir mit einem Mal unergründlich und dunkel wie zwei tiefe Brunnen erschienen.

Es verging ein langer Moment.

Warum sagte er nichts?

„Leonard?“, sagte ich, aber es kam kein Wort aus meinem Mund.

„Nein!“ Seine Antwort kam nach einer gefühlten Ewigkeit. Sie fühlte sich an wie eine Ohrfeige.

„Aber du hast recht, wir sollten bald zu Bett gehen!“ Und um die Schmach noch zu betonen, schob er nach: „Jeder in sein eigenes!“

## Kapitel 19

Sprachlos, um Fassung ringend, wandte ich mich von ihm ab, machte mich aus seinen Händen frei und stand auf. Ich fühlte mich, als könnte mich nur noch ein Tränenausbruch retten, aber diese Genugtuung wollte ich Leonard nicht bieten.

Gestürzt war ich, hingeschlagen wie ein Tollpatsch, ehe ich überhaupt gesprungen war.

„Carolin. Bitte sei vernünftig!"

*Sei vernünftig?* Das sagte er mir? Mir? Ich war die Vernunft in Person. Wilde Wut stieg in mir auf, das Gefühl der Demütigung brannte in mir wie Feuer. So fühlte es sich also an, wenn man aus der rosaroten Wolke auf den harten Boden der Wirklichkeit krachte.

Fluchtgedanken bedrängten mich. *Stellen Sie sich unangenehmen Situationen. Nur so kann man daran wachsen.* Die ungebetene Stimme meines Coaches.

Ich benötigte eine Körperlänge Abstand von Leonard, ehe ich mich umwandte und ihn anstarrte. Ich, die nicht begriffen hatte, dass er nichts von mir wollte, und darauf hoffte, dass es nur ein böser Spuk war, was ich gerade erlebte. Als hätte man in einem Schauspiel plötzlich einen Twist eingefügt. Jetzt rannte das Stück, in dem ich mitspielte, auf ein vollkommen anderes Ende hin, als ich bis eben im Rausch der glückseligen Empfindungen gedacht hatte.

Liebesschnulze Ade, willkommen zurück im realen Leben.

Der Schriftsteller schien sich unter meinem Blick zu winden, als hätte er ein schlechtes Gewissen. Es geschah ihm recht. Zeitgleich sprang Charly auf, der sonst so unerschütterlich wirkende Charly, und begann drohend zu knurren und gleich darauf zu bellen. Seine Nackenhaare stellten sich wie eine Bürste auf und er machte weiter. Der Hund bellte wie von Sinnen, als stünde eine Horde Wölfe direkt vor der Bluebell Hill Farm.

„Ruf den Hund zurück, Leo!"

Die Worte drangen gedämmt in mein Hirn, als hätte man mich unter Wasser gedrückt. Wie benebelt war ich.

„Kümmere dich um den Hund, Leo!"

Für den flüchtigen Moment glaubte ich, es könnte jemand aus dem Verwalterhaus sein, der sich uns näherte (vielleicht um das Drama, das sich hier gerade abspielte aus nächster Nähe zu erleben), bevor ich begriff, Charly würde sich niemals in dieser Weise aufführen, wenn er die Person kannte. Die Stimme, die aus der Dunkelheit tönte, gehörte einer weiblichen Person. Die akzentfreies Deutsch sprach. Einer deutschen weiblichen Person. Aber es war nicht Elenor.

Leonard erbleichte, das sah ich trotz der spärlichen Terrassenbeleuchtung. Er rief den Hund zu sich, packte ihn am Halsband. Charly stellte das Bellen ein, als Leonard ihn besänftigend tätschelte, gab aber weiterhin ein dunkles Grummeln von sich.

Ein in strahlendes Weiß gekleidetes Wesen trat wie eine überirdische Erscheinung aus der Schwärze hinter den Häusern hervor. Ein Gespenst, schoss es mir durch den Kopf.

Der Bewegungsmelder reagierte. Die Außenlampen an Leonards Haus flammten auf und warfen ihr Scheinwerferlicht auf das Wesen. Natürlich kein Gespenst, nein, höchst real, eine Frau mittleren Alters in einem raffiniert geschnittenen hellen Hosenanzug und Bling-Bling High-Heel-Sandaletten, mit denen sie über die Wiese zu schweben schien. Eine schöne Erscheinung: Mit feinen, madonnenhaften Gesichtszügen. Blond. Kein Härchen tanzte aus der perfekt sitzenden Frisur. Perfekt geschminkt. Wie vom Laufsteg herabgestiegen. Die Frau überragte mich um einige Zentimeter. Vollkommen wie ein Engel erschien sie mir. Lediglich der dunkle Nagellack auf ihren Finger- und Fußnägeln schmälerte den Eindruck eines Engels.

Die Frau kennt Leonard. *Mit Sicherheit* kennt Leonard sie auch, ging mir durch den Kopf. Und die beiden verband etwas Tieferes, das ahnte ich.

Die Frau war mir auf Anhieb unsympathisch. Man durfte sie nicht unterschätzen, spürte ich, mit einem Mal zutiefst beunruhigt. Sie strahlte eine selbstverständliche Überlegenheit aus. Und eine gewisse Arroganz, bemerkte ich, mit jedem Schritt, mit dem sie sich der Terrasse näherte.

Wer war sie?

Da es Leonard offensichtlich genauso wie mir die Sprache verschlagen hatte, war sie es, die redete. „Hier hast du dich also verkrochen, mein Lieber!"

Immer noch schwebend ging sie weiter auf Leonard zu, bevor sie sich mit klackernden Absätzen über die Steinfliesen der Terrasse bewegte. Vielleicht war es dem aus tiefster Kehle knurrenden Charly geschuldet, dass sie sich Leonard nicht weiter näherte und ihn aus sicherer Entfernung mit zwei hingehauchten Luftküssen begrüßte. Ihr schweres Parfüm waberte um meine Nase.

„Du hast mich wohl vergessen!", sagte die Frau.

Leonard schlug sich die flache Hand auf die Stirn. „Verdammt! Komplett vergessen … Ja! ... Aber was willst du jetzt?"

Der Hosenanzug lächelte. Triumphierend. Süffisant.

Falsch, in meinen Augen.

Obwohl ich vor etwa drei Minuten nichts dringlicher gewollt hatte, als von Leonard wegzukommen, konnte ich nicht verhindern, dass ich das Schauspiel, das sich gerade vor meinen Augen abspielte, gebannt verfolgte. Wobei klar war, wer die Darsteller dieses Stückes waren. Ich war nur die Zuschauerin. Oder eine Komparsin. Bestenfalls die Nebenrolle. Und ich spürte ein neues Gefühl, das mir bis eben vollkommen fremd gewesen war.

Eifersucht.

Warum? Weil mein Bauchgefühl, ein Instinkt, mir verriet, dass dieses weiße Wesen nichts Gutes für mich verhieß?

Wer war diese Frau?

„Das möchte ich mit dir unter vier Augen besprechen. Aber der guten Ordnung halber: Wer ist sie?"
Damit deuteten die dunklen spitzen Fingernägel auf
mich.

Wie gut sie damit kratzen oder krallen konnte,
stellte ich mir vor. Warum kam ich mir in diesem
Moment winzig klein wie eine Ameise und genauso
unbedeutend vor und hoffte, niemand sähe den
Rotwein auf meinem Kleid?

„Willst du uns nicht vorstellen, Leo?"

Spontan wie nie, mein Coach hätte es gefreut, ehe
Leonard auch nur Piep sagen konnte, antwortete ich
an seiner Stelle: „Ich bin Carolin Bäumler. Leonards
Freundin." Auch die Nebenrolle konnte einen Twist
zu diesem Schauspiel beisteuern. Keine Ahnung,
welcher Teufel mich gerade ritt. Ich hatte keine Zeit
gehabt, darüber nachzudenken, ob es schlau war,
das zu sagen oder was diese Worte über mich offenbarten. Aber ich war mir sicher, die Antwort würde
weder Leonard noch dieser Frau, die mich — warum
auch immer — mittlerweile an eine weiße Python
erinnerte, Freude und oder einen schönen Abend
bescheren. Aber das war egal, denn es geschah ihnen
recht. Und noch ein Gedanke jagte durch mein Hirn.
*Auch wenn mich das alles eine langjährige Beziehung
gekostet hat.* Leonards beiläufig eingestreuter Satz.
War das da seine langjährige Beziehung, der er nach-
trauerte?

Die Augen der Frau verengten sich, womit sie bei
mir den Eindruck einer Schlange verstärkte. Und

jetzt wurde mir klar, dass diese Augen nicht nur Arroganz, sondern auch Verkniffenheit und — noch schlimmer — eisige Kälte ausstrahlten. Ja, die Frau, die Leo in sicherem Abstand gegenüberstand, war ohne Wärme.

„Das ist ja höchst interessant, Leo! Dir ist der Ruhm wohl zu Kopf gestiegen. Zwei Frauen zur gleichen Zeit!"

Der Mund der Schlange dehnte sich zu einem Lächeln, das die Augen nicht erreichte. Eine Python mit freundlichem Gesichtsausdruck, die ihr Opfer genauso freundlich lächelnd wie diese Frau es jetzt tat, erwürgen würde, um es danach genüsslich verschlingen zu können.

Mir lief ein Schauer über den Rücken.

„Dann haben wir wohl ein kleines Problem", sagte sie an mich gewandt.

Warum ging ich nicht? Weil sie mich hypnotisierte und ich wie das sprichwörtliche Kaninchen vor der Schlange hockte? Gleichzeitig schien sie auf Leonard eine ebenso lähmende Wirkung auszuüben, denn er stand da wie eingefroren.

„Ich bin Viktoria Winter."

Es fühlte sich an, als könnte sich eine unsichtbare Falltür unter mir jederzeit öffnen. Ich ahnte, dass jedes weitere Wort dieser Frau nichts Gutes bedeuten würde.

„Ich bin Leonard Angermanns Verlobte!"

Die Falltür tat sich auf.

Ich stürzte in den Abgrund.

Es tat noch einmal weh, körperlich weh.

Aber immerhin verhalf mir dieser Satz aus meiner Schockstarre zu erwachen und ich rannte los.

„Carolin! Warte! Lass mich das erklären!" Leonards Stimme verhallte hinter mir, als ich die Terrassentür mit einem lauten Wumms verriegelte.

## Kapitel 20

Nachdem ich die halbe Nacht wach gelegen und gegrübelt hatte, ob ich meinem spontanen Bedürfnis, abzureisen nachkommen sollte, kroch im Morgengrauen die Erschöpfung in meinen Körper und brachte mir den lang ersehnten Schlaf. Wenige Stunden später, ein Vogel sang empörend laut und munter auf meinem Fensterbrett, wachte ich auf und fühlte mich wie gerädert. Vielleicht war auch der Alkohol ein bisschen schuld, mit Sicherheit aber Leonard, der mir diese Misere beschert hatte, und die feine Viktoria. Und ich selbst, dachte ich traurig, dass ich mich auf einen Menschen wie ihn eingelassen hatte. Hätte ich bloß auf meine feinen Antennen gehört, wäre mir selbst treu geblieben und hätte meinen Coach ausgeblendet. Ich hätte mir eine Menge Kummer ersparen können.

Leonard Angermann hatte sich kein bisschen geändert. Das, was er mir angetan hatte, war mit Sicherheit das Niederträchtigste, was mir jemals in Liebesdingen passiert war.

Wie konnte ich nur so naiv gewesen sein? Sollte man mit Ende dreißig nicht ein bisschen lebenserfahrener sein? Wie dumm war ich, bitte?

Leonard war die Personifizierung eines unaufrichtigen Menschen.

Ein Lügner. Ein Heuchler.

Der Meister der Täuschung.

Ein Dreckskerl.

Ich fühlte mich von ihm nach Strich und Faden verraten.

Hoffentlich machte diese Viktoria ihm die Hölle heiß. Und ja, da musste ich dieser Frau tatsächlich recht geben, er war größenwahnsinnig. Geradezu vermessen war es von ihm, sich gleichzeitig mit zwei Frauen zu treffen. Wer war er? Ganz sicher nicht Mick Jagger.

Viktoria, die Siegerin, wie passend ihr Name war, ging mir durch den Kopf. Eine Alpha-Frau, die sich einen Alpha-Mann suchte.

Ein Alpha-Gespann.

Sie beide spielten in einer anderen Liga als ich.

Dennoch fragte ich mich, welche unbedeutende Nebenrolle ich in dem Ganzen gehabt hatte. War ich ein netter Zeitvertreib für den erfolgsverwöhnten Herrn Schriftsteller gewesen? Oder eine ausgedehnte Charakterstudie für einen seiner Romane, pardon, für eines seiner Projekte? Hatte er nicht davon gesprochen, dass er sich intensiv mit menschlichem Verhalten beschäftigte? Er es interessant fand, wie unterschiedlich Menschen sich in ein und derselben Situation verhielten? Er sich seine Beobachtungen sogar akribisch notierte? Wahrscheinlich füllten meine Verhaltensweisen inzwischen eine fette Kladde. Das berühmte rote Notizbuch, in dem er spätestens jeden Abend seine Gedanken und Beobachtungen festhielt. Carolin — Prototyp für ... ja, was eigentlich? Wer war ich? Die verklemmte Karrierezicke, die ein Mann wie Leonard mit Raffinesse geknackt hatte? Äußerst geschickt hatte er es angestellt.

232

Interesse vorgeheuchelt. Einen Anzug für mich angezogen, weil er wusste, dass ich darauf stand. Mich um den Finger gewickelt. Für mich Orte gefunden, von denen er wusste, dass sie mir gefielen, um meinen Widerstand zu brechen.

Ich war eines seiner Versuchskaninchen.

Mehr war es nicht.

Wie abgrundtief schlecht er war. Wie gemein.

Er hatte es geschafft, mich bis in die Grundfesten meines Daseins zu erschüttern.

Und ich hatte ihn gewähren lassen. Meine Schuld. Ich bin auf ihn reingefallen, dachte ich nicht ohne Bitterkeit.

Ich wischte mir die Tränen mit dem Handballen aus den Augenwinkeln. Erst einmal musste ich einen klaren Kopf bekommen, um diesen Tag irgendwie zu überstehen und mit dem Quäntchen Restwürde, das mir geblieben war, den Menschen dort draußen — oh Gott — zu begegnen.

Nach meinem Abgang gestern Abend hatte ich zum ersten Mal während meines Aufenthaltes die Gardinen im Erdgeschoss vorgezogen. Um Leonard, diese Frau und die ganze Welt aus meinem Leben auszusperren, bevor ich mir endlich gestattet hatte, in den längst überfälligen Heulkrampf auszubrechen und vor mich hinzufluchen.

Warum hatte ich hierherkommen und gerade *ihm* über den Weg laufen müssen?

Aber nun wusste ich, woran ich war. Viktoria war die Erklärung, warum er am Abend zurückhaltend gewesen war, anders als den Tag zuvor. Und dann hatte er die Frechheit besessen und so getan, als hätte ihn der Auftritt seiner Verlobten gestern überrascht. Wie erbärmlich, wie gotterbärmlich. Wie armselig dieser Mann war. Und trotzdem, der Gedanke, dass er mit *dieser Frau* die Liebessuite im Malmaison in Oxford ausprobiert hatte, versetzte meinem Herz einen gewaltigen Stich. Kerzen, Champagner, Rosenblüten, die schöne weiße Bettwäsche ... Von wegen Recherche.

Aber so war er eben. Genau so tickte nämlich Leonard und nicht, wie ich es mir in meinen rosaroten Träumen ausgemalt hatte. Schluss damit, mit allen Gefühlen der Vergangenheit, befahl ich mir. Schluss mit imaginären Bildern von ihm und Viktoria im Malmaison, die sich in meine Netzhaut gebrannt hatten.

Vielleicht war Viktoria gerade noch im richtigen Moment aufgetaucht? Vielleicht musste ich ihr sogar dankbar sein?

Ich erhob mich mit steifen Bewegungen aus dem Bett. Jetzt spürte ich den fiesen Muskelkater in den Beinen, offenbar hatte ich es mit dem Training gestern übertrieben. In der Dusche stellte ich das Wasser auf kalt und fühlte mich danach wach genug, um in den Tag zu starten.

Energisch öffnete ich das Fenster im Schlafzimmer, nachdem ich mich angezogen hatte. Frische, samtene Luft strömte in meine Lungen. Auch dieser Tag versprach traumhaft zu werden. Als ein lautes, aufgeregtes Schnattern über meinem Kopf ertönte, hob ich den Blick. Wildgänse. Eine große Schar Vögel flog in schönster Keilformation über das Land, kündigte den nahenden Herbst an und erinnerte, dass auch diese warmen schönen Tage endlich waren. Wie immer, wenn ich an den nahenden Herbst und Winter dachte, packte mich das Gefühl der Wehmut. Bloß nicht trübsinnig werden, ermahnte ich mich. Jetzt war noch gefühlter Sommer. Ich hatte Urlaub. Ich wollte Orte besichtigen. Ich wollte trainieren.

Und ich musste meine Nachricht an den Headhunter loswerden ... Außerdem wollte ich Harry noch ein paar Worte sagen.

Es gab genug zu tun.

Auch ohne Leonard.

Ich hatte gar keine Zeit für Leonard.

Im Hof standen zwei Autos, die mir unbekannt waren. Eines davon, ich tippte auf den SUV, gehörte sicherlich Viktoria und bei dem Gedanken an diese Frau zog sich mein Magen automatisch zusammen, dabei gebührte all meine negative Energie einzig und allein Leonard. Das andere Gefährt war ein VW-Bus, aber wer auch immer dazugehörte, ließ sich nicht blicken. Umso besser, dachte ich und versuchte, die sich mir stattdessen aufdrängenden Bilder von Leonard mit Viktoria in seinem Cottage — reine Fantasiegespinste (oder auch nicht?), aber leider sehr lebendig — aus dem Kopf zu schlagen. Aber selbst, wenn das alles der Wahrheit entsprach, was meine kreative Ader in einer ungemein aktiven Phase der Produktivität ausspuckte ... Von mir aus. Mit Leonard war ich ein für alle Mal durch.

Ich atmete abermals tief ein, genoss den erbaulichen Anblick, als Charly sein Hinterbein am Vorderreifen des SUV hob, um sich zu erleichtern, schloss das Fenster und begann dann, meinen Tag zu planen. Ich würde sofort zu meinem Ausflug aufbrechen, ehe ich Leonard oder der kalten Schlange über den Weg lief oder — das absolute Horrorszenario — den beiden zusammen in trauter Zweisamkeit, ihr Glück in alle Welt ausstrahlend.

Während ich ein Glas Wasser im Stehen in der Küche trank, überlegte ich, wohin ich heute fahren könnte. Blenheim Palace? Stratford? Wo war mein Reiseführer? Wo war meine Liste, mit der ich die Reiseziele so sorgfältig geplant hatte? Was sagte die Uhrzeit? Verflixt, meine Uhr lag im Schlafzimmer.

Ich rannte wieder nach oben. Im Hof, sah ich im selben Moment, als ich nach meiner Armbanduhr griff, tat sich nun etwas: In gestreiftem T-Shirt und weißen Shorts schlenderte dort unten ein Mann umher, der eine große Kamera um den Hals und eine Fototasche über der Schulter trug. War das der Fotograf, den Elenor erwähnt hatte? Machte er Fotos vom Hof, von der Ferienanlage? Neben ihm spazierte eine Frau mit kurzem Haar, Latzhose und T-Shirt. In der Hand hielt sie ein Klemmbrett und war gerade dabei, etwas zu notieren. Ganz offensichtlich waren es keine Feriengäste, die beiden hielten sich hier auf, um zu arbeiten. Vom Verwalterhaus lief Elenor auf das Pärchen zu. Sie unterhielten sich und ich hörte ihr gemeinsames lautes Auflachen. Und dann gab es einen abrupten Szenenwechsel, als Viktoria von rechts ins Bild trat. Heute trug sie ein gelbes kaftan-ähnliches Kleid, in dem sie an einen Zitronenfalter erinnerte. Ihr langes Haar war auf Lockenwickler aufgedreht. Etwas bemüht stakste sie auf ihren High Heels durch den Kies. Die Nieten auf den Absätzen glänzten in der Sonne. Hoffentlich ruinierte sie sich die Schuhe, dachte ich. Und knickte am besten damit um. Aber natürlich tat sie es nicht. Heute Morgen wirkte sie nicht ganz so souverän wie gestern Abend. Das fröhliche Gespräch verstummte, als Viktoria die Gruppe erreichte und Elenor, die liebenswürdige, freundliche, zuvorkommende Elenor, drehte sich auf dem Absatz um, ohne ein Wort des Grußes an Leonards Verlobte. Interessant, ging mir durch den Kopf. Auch Elenor schien etwas gegen Viktoria zu haben, was mir meine Vermieterin schlagartig noch einmal sympathischer machte. Leonards Verlobten gönnte ich jede Ablehnung des Lebens, auch wenn Viktoria sich vermutlich keinen Deut um Elenors Verhalten scherte, falls sie das Signal denn überhaupt bemerkt hatte. Menschen wie sie waren Meister darin, die leisen Töne zu überhören oder zu ignorieren. Es war mir egal, dass meine Meinung vorgefestigt und nicht das kleinste bisschen objektiv war. Gedanken sind frei. Und sie verschafften mir in diesem Moment einfach ein herrliches Gefühl der Genugtuung.

Wie konnte sich Leonard nur mit einer solchen Frau abgeben und — viel unverständlicher — verlobt haben? Aber auch diese Tatsache vervollkommnete das Puzzle um Leonard Angermann weiter. Ein weiterer Mosaikstein zu seiner Person, der kein gutes Licht auf den Schriftsteller warf.

Ich überlegte, was ich hier oben gewollt hatte. Ach ja, richtig, meine Uhr hatte ich gesucht und meine Liste, die inzwischen vernachlässigt in der Schublade des Nachttisches ruhte. Es war an der Zeit, sich wieder ihr zu widmen. Meine Listen waren etwas im Leben, an dem ich mich festhalten konnte. Listen boten zuverlässige Strukturen und damit Sicherheit.

Auf dem Bett sitzend sah ich mir die Route auf der Landkarte an. Ungefähr eine Stunde benötigte ich bis Stratford. Jetzt war es elf Uhr. Ich überlegte und ließ dabei den Blick in den blauen Himmel schweifen, an dem eine Schar Vögel in der Morgensonne flimmernd wie silberne Fische segelten. Ich hätte genügend Zeit. Vielleicht könnte ich auch das Shakespeare-Theater besuchen. Mir eine Vorstellung ansehen, wie vor zwanzig Jahren. Am besten, ich kehrte erst spät abends im Schutz der Dunkelheit auf die Farm zurück. Dann würde ich wenigstens niemanden mehr über den Weg laufen. Von draußen hörte ich Stimmen. Stimmen verschiedener Personen, die ich nicht zuordnen konnte.

Bis auf eine.

Auch Leonard schien inzwischen da unten mitzumischen. Abermals ging ich zum Fenster, drückte mich hinter die Gardine, um nicht gesehen zu werden, und spähte hinunter. Ja, da war er. Einmal durch das Bild gehuscht. Und sofort durchzog eine freudige Erregung meinen Körper. Ich reagierte auf ihn. Noch immer. Wie ein konditionierter Hund auf

238

ein Stück Fleisch. Aber auch ein bestimmtes Organ meines Körpers würden bald kapieren, dass es sich nicht lohnte, in Vorfreude zu verfallen.

Sechs Leute liefen mittlerweile dort unten hin und her. Eine Kabelrolle nach der anderen wurde ausgerollt. Immer wieder eilte die Latzhosenfrau in die Scheune, um mit einem alten Blecheimer, einer Harke, einer Mistgabel, einer Milchkanne und einem Spaten in Folge wieder zu erscheinen. Viktoria stand im Schatten der Platane und gab Anweisungen, die ich nicht verstehen konnte. Aber es schien, als hielte sie bei diesem Geschehen das Zepter in der Hand. Ganz Alpha-Frau. Der Fotograf trat auf sie zu und sie schüttelte energisch den Kopf.

James transportierte eine Biergartengarnitur, erst den Tisch, dann die zwei Bänke, aus der Scheune hinüber zu Leonards Haus. Jane lief, aus dem Verwalterhaus kommend, wie ein Wiesel über den Kies und brachte eine rot-weiß-karierte Tischdecke und dazu passende Sitzauflagen. Viktoria verneinte, das sah ich an ihrer Kopfbewegung, und die alte Frau lief wieder los. Ein Mann, der mich an einen unlustigen Schuljungen erinnerte, baute zusammen mit dem Fotografen zwei große Lampen auf. Im Anschluss schleppten die beiden sie von links nach rechts, schoben sie weiter nach vorne, um sie gleich darauf wieder nach hinten zu ziehen. Was Leonard tat, entzog sich meinem Blick, wahrscheinlich war er wieder im Haus verschwunden. Viktoria kommandierte alle herum, das sah ich an ihren Gesten und hörte es an ihrer Stimme, die laut über den Hof schallte. Alle waren in Bewegung, während sie unter dem Baum im Schatten stand, auf ihr Handy starrte, darauf herumtippte, um kurz darauf wieder Anweisungen zu geben.

Schade, dass das Schauspiel keinen Ton hatte ... Aber das ließ sich ändern. Ich öffnete mein Fenster auf Kippe und begab mich dann wieder auf meinen Zuschauerplatz hinter der Gardine.

„Elenor, ich brauche Sie!" Viktorias Worte tönten in mein Ohr und sie klangen herrisch. Ich konnte nicht hören, was Elenor antwortete, aber es bewegte Viktoria dazu, ihren Schattenplatz zu verlassen und mit grimmiger Miene über den Hof zu stapfen.

Es machte *Ping* und überrascht tauchte ich aus meiner Versunkenheit des Beobachtens auf. Mein Handy auf dem Nachttisch. Hatte ich fast vergessen.

Das Erste, was ich sah, als ich es entsperrte, waren die fünf Nachrichten von Leonard. Vier von gestern Abend und die letzte, die fünfte Mitteilung, war gerade eben hereingerauscht. „Bitte. Ich muss mir dir reden!"

Ich tippte meine Antwort. „Aber ich nicht mit dir!"

Dann entdeckte ich die drei verpassten Anrufe von Leonard und die zwei vom Headhunter. Okay. Sie erinnerten mich daran, was noch zu tun war. Da ich nicht die geringste Lust verspürte, mich an diesem Morgen mit dem Personalberater telefonisch auseinanderzusetzen, schickte ich ihm die vorbereitete E-Mail. Nach vollbrachter Tat fühlte ich mich sofort erleichtert.

Eine Baustelle weniger.

*Ping!*

„Ich fürchte, das ist alles ein furchtbares Missverständnis ... Lass uns reden!"

„Du kannst mich mal!"

Hinter mir hörte ich die kreischende Stimme Viktorias. „Ich brauche mehr Blumen! Das habe ich Ihnen doch gesagt!" Dann die dunkle Stimme eines Mannes und wieder Viktorias: „Sie hat doch einen Garten voll davon!"

Es veranlasste mich, noch einmal zum Fenster zu treten. Inzwischen waren mir zwei Dinge klar: Erstens würde ich nicht zu meinem Ausflug starten können, ohne diesem Haufen von Leuten — mittlerweile hatten sich auch noch Harry und zwei andere Männer als Beobachter dazugesellt — über den Weg zu laufen. Worauf ich null Lust hatte. Und das Zweite, was langsam in mein Hirn gedrungen war: Die ganze Aufregung galt nicht dem Hof (keine Prospektfotos), sondern Leonard. Dem berühmten Schriftsteller. Wahrscheinlich Werbung für seine Romane. Alles groß aufgezogen. Bestimmt wurde von ihm eine Fotoserie gemacht à la *Der Bestseller-Star beim Schreiben seiner Romane am Ort des Geschehens* oder so ähnlich. Eine Homestory oder wie man das heutzutage auch immer nannte. Wieder schrillte Viktorias Stimme, dieses Mal galt sie einem Mann, der einen Schminkkoffer trug. Vielleicht ein Stylist? Abermals fragte ich mich, welche Rolle Viktoria spielte.

Die Antwort hätte mir Leonard geben können.

Nun gurrte Viktoria etwas und ich hörte Leonards dunkle Stimme als Antwort.

Elenor und ihre Schwiegermutter betrachteten das emsige Treiben aus ihrem Garten aus sicherer Entfernung. Und ich: Ich presste mir mittlerweile die Nase an der Fensterscheibe platt, metaphorisch gesprochen. Tatsächlich wagte ich nicht, meine Deckung hinter der Gardine aufzugeben. Und dann: Ja, da war er. Abermals. Mittendrin.

Leonard.

In Jeans und einem hellblauen Hemd, die Ärmel aufgekrempelt, was ihm einen dynamischen Eindruck verlieh. Er sah so lässig und souverän und umwerfend aus, dass mein Herz stolperte, bevor es einen Freudentanz aufführte. Leonard, dachte ich sehnsuchtsvoll, und verbat es mir umgehend. Wie dumm musste ich eigentlich sein, um mich von dieser Inszenierung blenden zu lassen? Das Ganze, das allein ihm galt, um ihn genau so in Szene zu setzen, dass Frauen reihenweise seinen Namen stöhnten und sich an seine Seite wünschten … Oder wenigstens seine Bücher kauften. Die Frau in der Latzhose fummelte an seinen Haaren herum, dann der Mann mit dem Schminkkoffer, ehe der Fotograf seine Kamera ansetzte und Fotos schoss. Klick. Klick. Klick.

Die Scheinwerfer flammten auf. Leonard lässig. Mit einer Hand in der Hosentasche. Mit dem angeknipsten Lächeln eines Gewinners. Rechter Fuß vor. Linker Fuß vor. Zur Seite gedreht. Über die Schulter schauend. Klick, klick, klick. Mit verschränkten Armen vor der Brust. Nachdenklich, eine Hand unter dem Kinn, in die Ferne schauend, wie ein Entdecker. Mit Sonnenbrille. Ohne Brille.

Leonard, das Model.

In dieser Rolle hatte ich ihn bisher nicht gesehen und ich musste mir eingestehen, er machte seine Sache gut. Sehr professionell aus meiner Sicht. Noch so ein Mosaiksteinchen, das die Persönlichkeit Leonards ergänzte.

Der gelbe Falter flatterte aufgeregt um Leonard herum, aber mir war nicht ersichtlich, was Viktoria genau tat. Gehörte sie zum Team? Gehörte sie zu Leonard? Oder wurde auch sie in Szene gesetzt, um *zusammen mit Leonard* das Ganze zu schmücken? *Leonard Angermann im Glück: Neuer Roman und alte Liebe — so schön kann das Leben eines Schriftstellers sein.* Ich sah die Schlagzeilen in einem Boulevardmagazin förmlich vor mir. *Nach kurzer Funkstille wieder im Glück vereint.*

Klick, klick, klick. Das Geräusch der Kamera tönte ununterbrochen. Gelächter gesellte sich dazu. Fröhliche Menschen da unten und ich hier oben als Trauerkloß. Meine Wut hatte sich inzwischen wie eine Nebelwolke in der Sommersonne verflüchtigt.

Selbst schuld.

Ich hatte eindeutig eine voyeuristische Ader, anders konnte ich es mir nicht erklären, was ich mir hier antat. Ich zog mir ein Schöne-Welt-Foto nach dem anderen rein, stierte ich in den Hof. Auch wenn ich nicht wusste, was inszeniert und was real war, war es schön und faszinierend zugleich, das alles zu betrachten, wie es auch andere Menschen taten. Irgendwelche Menschen aus dem Dorf — mittlerweile war die Gruppe auf über zwanzig Leute angewachsen — standen neben Elenor, Jane, James und Harry und schauten sich die Geschehnisse auf der Farm wie ein Theaterstück ein. Sicherlich gab es nicht allzu viel Abwechslung und Zerstreuung hier und Leonard und sein Team lieferten ihnen gerade die perfekte Ablenkung vom Alltag. Unbeeindruckt von dem Geschehen trottete Charly kreuz und quer durch die schwirrende Menge, beschnüffelte jede Tasche, jede Kabeltrommel, die auf seinem Weg lag. Die getigerte Katze hatte nun wieder ihren Stammplatz auf der Bank unter der Platane eingenommen.

Jetzt erschien der Schriftsteller in einem neuen Outfit: dunkles Hemd und helle Hose. Er wusste, was ihm stand (oder vielleicht wusste auch nur jemand aus dem Team, was ihm stand). Mein Herz schlug bis zum Hals, als er einmal den Kopf in den Nacken legte und in meine Richtung blickte. Eine Regieanweisung? Oder hielt er nach mir Ausschau? Hatte er mich gesehen? Vorsichtig bewegte ich mich noch ein paar Zentimeter zur Seite. Und beobachte weiter.

*Ping.*

„Komm runter!"

Er hatte mich gesehen.

Mit hochrotem Kopf las ich seine Nachricht.

„Niemals!", tippte ich und wusste im selben Augenblick, wie kindisch es klang. Vielleicht konnte ich die Nachricht noch bearbeiten oder löschen. Aber leider hatte Leonard meine Antwort schon gelesen.

244

Ja, er stand da unten, sein Handy in der Hand, und der Fotograf knipste weiter, um auch diese Facette des Schriftstellers abzubilden. Klick, klick, klick. Leonard, immer im Einsatz. Herr Angermann bearbeitete Fan-Post.

*Ping*.

Ein lachender Smiley.

Leonard, das Multitasking-Talent.

Was sollte der Smiley? Machte er sich über mich lustig?

Kurzentschlossen wechselte ich die Kleidung und zog mein rotes Seidenkleid an. Es würde mein Selbstbewusstsein aufpolieren. Hocherhobenen Hauptes würde ich an der Gruppe vorbei stolzieren. Inzwischen war mir klar, dass ich nicht den gesamten Tag hinter der Gardine hocken konnte. Es kam dem Bohren in einer offenen Wunde gleich. Nein, ich würde den Hof verlassen müssen.

Zum Selbstschutz.

Ich steckte meine Haare zu einem lockeren Knoten auf, mit losen Strähnen, die mir ins Gesicht fielen, und verwendete heute ein bisschen mehr Zeit als üblich für mein Make-up. Mein Spiegelbild zeigte mir: Ja, so konnte es gehen. Und während ich vor dem Spiegel stand, fiel mir ein, wie ich unbehelligt an der Gruppe vorbei, hinter den Häusern durch Elenors Garten hin zu meinem Auto gelangen konnte. Da sich alles auf Leonard im Hof konzentrierte, war der Plan genial. Ich würde niemanden über den Weg laufen.

## Kapitel 21

Autoschlüssel, Handtasche, Wasserflasche. Sonnenbrille. Ich hatte alles zusammen, was ich für den heutigen Tag benötigte.

Rückwärts trat ich durch die Terrassentür hinaus und besah mir genau, wie ich sie zuziehen musste, sodass sie sich selbst verschloss. Den Trick hatte Leonard mir neulich gezeigt. Er mache das häufiger, hatte er gesagt, wenn er zum Joggen ging und gleich über die Wiese loslaufen wollte. Allerdings gelangte man nur durch die Haustür wieder in das Cottage hinein.

Und er hatte recht, es klappte. Die Terrassentür hakte zu, wie er es mir beschrieben hatte. Sicherheitshalber rüttelte ich dreimal daran. Gut so, die Tür ließ sich nicht mehr öffnen.

Zu spät bemerkte ich die Stimmen. Zu spät bemerkte ich, die Scheinwerfer standen jetzt auf der Rückseite des Hauses, als ich meinen Kopf langsam nach links drehte. Zwei Männer waren dabei, das Equipment von der Hofseite hin auf Leonards Terrasse zu verlagern.

„Die Blumensträuße in den Eimern kommen rechts und links neben die Terrassentür! Der Dahlienstrauß im Glaskrug auf den Terrassentisch! Später kommt der Glaskrug, umdekoriert mit irgendwelchem Grünzeug, in das Haus." Es war die Stimme der Frau mit dem Klemmbrett. „Entfernt die braunen Efeublätter von der Terrasse! Und den Sandhaufen! Und danach muss der Besen aus dem Bild!"

„Macht erst einmal den Tisch und die Stühle richtig sauber, ehe wir uns hinsetzen! Die Vögel kacken hier immer alles voll." Viktoria. „Und wir benötigen Sitzpolster! In Beige oder Weiß! Und hatte ich ihr nicht gesagt, ich wollte gelbe und weiße Dahlien? Passend zu meinem Kleid. Lisa, kümmere dich darum! Und die hier ...", Viktoria, inzwischen mit ausgebürsteten Locken einer Diva, wühlte in den rosafarbenen Blüten und versprühte Desinfektionsspray um sich herum. „Igitt, sind das etwa Blattläuse? Dann können die Blumen gleich in den Müll."

„Lasst euch weiße und gelbe Dahlien von Elenor geben! Elenor ist die Dunkelhaarige neben der Alten", bellte Lisa und einer der jungen Männer trabte los.

Der Wein, den ich gestern verkippt hatte, hatte große dunkle Ränder auf dem Rock meines Kleides hinterlassen. Ich trug Batikoptik. Ich sah es jetzt und sicher würden es auch andere Menschen sehen. Vor allem Frauen. Ich schloss die Augen und wäre am liebsten im Boden versunken. Oder in dem Schutz meiner eigenen vier Wände. Leider war die Tür vor mir zugesperrt.

Das näherkommende Klick, Klick, Klick verriet, dass der Fotograf im Anmarsch war. Und damit war klar, dass sich eine andere Person ebenfalls der Terrasse näherte.

*Stellen Sie sich den Tatsachen!* Und atmen Sie bewusst tief ein und aus, wenn Sie eine neue Herausforderung angehen! ergänzte ich in Gedanken. Okay, ich hörte auf meinen Coach, welche andere Wahl hatte ich, und drehte mich langsam um, nicht ohne vorher einmal tief durchgeatmet zu haben.

In diesem Moment trat der Fotograf rückwärts laufend um die Ecke von Leonards Haus — klick, klick, klick — und zwei Sekunden später tauchte auch er auf. Der Star. Sein Gesicht hielt er auf die Kamera gerichtet. Und ein gutes Stück hinter ihm, ähnlich einer Prozession, folgte der restliche Tross, Charly inkludiert.

„Okay, dann machen wir das Porträt jetzt sofort! So lange meine Haare noch sitzen."

Viktoria lief zu Leonard und schlang den Arm um seine Hüfte, er legte automatisch, wie es bei langjährigen Paaren üblich war, seinen Arm um sie. Beide lächelten in die Kamera.

Das perfekte Paar.

Ein Dream-Team.

Das Alpha-Gespann.

Klick, klick, klick.

„Ich habe geile Fotos im Kasten!", sagte der Fotograf und betätigte trotzdem weiter nonstop den Auslöser der Kamera. Mit einer Energie, die mir trotz allem, was ich an dieser Frau nicht mochte, imponierte, warf sich Viktoria noch einmal in Pose.

Geile Fotos. Festgehalten für die Ewigkeit. Wahrscheinlich kursierten sie zeitnah im Internet. Und ich würde mich für alle Ewigkeiten an dieses Fiasko mit Leonard in den Cotswolds erinnern können. *Frau fällt auf Hochstapler herein* war die Schlagzeile, die mir zu dem Thema auf Anhieb einfiel.

„Please leave this place! Bitte entfernen Sie sich aus dem Bild." Lisa baute sich vor mir auf und scheuchte mich von der Terrasse.

*Bitte entfernen Sie sich, zusammen mit den Efeublättern und dem Sandhaufen aus der schönen Welt des Leonard Angermann.*

Ich kam der Aufforderung der Latzhosenfrau umgehend nach. Damit entging ich wenigstens dem Besen, der allen Schmutz wegkehrte.

Irgendwie hatte ich es geschafft, über die Wiese unter den Apfelbäumen entlang einen weiten Bogen um die Gesellschaft zu schlagen. Ich musste aufpassen, dass ich nicht auf die Äpfel am Boden trat. Viele der überreifen Früchte lagen bereits im Gras und die Wespen taten sich daran gütlich. Während ich mich aus den filmreifen Szenen ländlicher Harmonie davonstahl, rief Leonard, Arm in Arm zusammengeschweißt mit Viktoria, mir ein „Carolin, warte!" hinterher, wurde dann aber von Viktoria zum Tisch gezerrt, wo vermutlich die nächsten geilen Fotos gemacht wurden. Ich legte einen Schritt zu, Viktorias Gezeter über die Ameisen auf der Terrasse verebbte hinter mir.

Elenors zweitjüngster Sohn beobachtete mich mit argwöhnischer Miene, als ich mich zwischen den Büschen im Garten, wo er gerade seinen Bagger über das Gras schob, durchzwängte. Ich winkte dem Kleinen mit einem Lächeln und er hob seine Hand und bewegte sie ebenfalls. Ich verhielt mich so, als wäre es völlig normal, in einem roten Batik-Seidenkleid durch das Grün des Gartens zu krabbeln. *Erwachsene Menschen sind komisch,* hatte ich aus den kindlichen Augen lesen können, aber immerhin hatte der Kleine den Anstand besessen, Gott sei Dank, mich nicht zu fragen, was ich da Seltsames tat. Das war das Gute an Kindern. Wenigstens sie waren vorurteilsfrei. Ebenso wenig stellte er wahrscheinlich Mutmaßungen über Leonard und mich an.

Ich stieg über die Murmelbahn, die die Kinder in der sandigen Ecke angelegt hatten, um dann mit hocherhobenem Kopf durch das Gartentor hinaus auf die Einfahrt zu meinem Auto, das ich im Schatten einer großen Linde geparkt hatte, zu spazieren. Ich betätigte die Fernbedienung meines Wagens und riss die Fahrertür auf.

„Carolin!"

Ich atmete einmal tief durch. Es war nicht Leonards Stimme.

Immerhin.

Langsam drehte ich mich um.

Schnellen Schrittes kam Harry auf mich zugelaufen.

„Hi", grüßte er mich und kratzte sich am Kopf.

„Hi, Harry!"

„Ich habe noch einmal über unser Gespräch nachgedacht ..."

„Ein anderes Mal, Harry! Wir müssen das vertagen. Jetzt habe ich keine Zeit!"

„Ihr gehetzten Großstädter ... im Urlaub keine Zeit! Wie kann das sein? Lass die Listen Listen sein!"

Harry schüttelte den Kopf, was einem *Die spinnen, die Großstädter* gleichkam. Woher wusste er das mit den Listen? Hatte sein Busenfreund Leonard ihm das verraten?

„Wann kann ich denn einen Termin bei dir bekommen? Es ist wichtig und du bist nicht mehr lange da. Und außerdem ..." Erwartungsvoll blickte er mich aus seinen blauen Augen an. Freudig. Hoffnungsvoll?

„Morgen?"

„Morgen muss ich nach Oxford, etwas mit meiner Versicherung klären. Und ich glaube, du solltest möglichst schnell wissen, was ich dir zu sagen habe."

Er sprach in Rätseln, aber vielleicht wollte er damit nur meine Neugierde anstacheln. Was ihm auch gelang. Ich überlegte. Stratford war mir wichtig, auch der Erinnerung wegen. Außerdem wollte ich nicht den ganzen Tag im Cottage hocken, jetzt erst recht nicht, seitdem Viktoria hier war.

Aber Harry war mir auch wichtig. Warum hätte ich sonst dieses Gespräch mit ihm überhaupt angestoßen?

„Heute Abend?"

Harry nickte. „Das ist ein Wort. Komm in den Pub. Ich sage meiner Kollegin Bescheid, damit sie übernehmen kann, wenn du da bist." Er öffnete mir die Autotür und ließ mich einsteigen. „Fahr vorsichtig. Denk an das Linksfahrgebot bei uns!" Und dann entfernte er von meinem Auto die Lindenblätter, die zwischen Windschutzscheibe und Scheibenwischer geklemmt hatten, bevor er sich trollte. Ich ließ mich zurückfallen und wollte den Motor anlassen.

„Carolin!" Elenor, einen großen Strauß frisch geschnittener weißer und gelber Dahlien im Arm, eilte zu mir.

„Guten Morgen, Elenor!", grüßte ich meine Vermieterin.

„Es tut mir leid, dass Sie im Urlaub gestört werden. Das ganze Theater hier ..." Sie machte eine hilflose Geste. „Morgen ist es wieder ruhiger ..."

„Ja, bestimmt. Danke", sagte ich müde.

„Diese Frau bringt immer jede Menge Unruhe und Ärger in das Dorf. Aber das sollte Sie nicht stören. Bald hat Leonard wieder Zeit für Sie!"

„Oh, hat er das? Da bin ich aber froh!" Es klang unerwartet heftig und ironisch von mir.

„Mit *der* Frau nehmen Sie es locker auf! Machen Sie sich keine Sorgen!"

Ich wusste, Elenor meinte es nett, aber ich wollte es weder mit dieser Frau aufnehmen, noch wollte ich mich weiter mit Leonard abgeben. Das musste ihr doch aus nachvollziehbaren Gründen klar sein.

„Ich muss nach Stratford ... Ich habe dort eine Tour gebucht", log ich, um endlich vom Hof zu kommen.

„Lassen Sie sich bloß nicht von *dieser Frau* einschüchtern!" Elenor beharrte offenbar auf ihrem Thema. „Das wäre unter Ihrer Würde ... Ich stelle

Ihnen später den Apfelkuchen ins Haus, wenn Sie Kuchen mögen!"

„Liebend gern. Und Danke!" Ich strahlte sie an, auch um ihr zu zeigen, mit mir war alles okay, und startete den Motor. Im Rückspiegel sah ich, dass Lisa hinter Leonards Cottage auftauchte, wohl um *die zum Kleid passenden Blumen* zu holen.

Ich setzte vorsichtig zurück, kramte meine Sonnenbrille aus der Handtasche, warf dabei einen kurzen Blick auf das Handy und sah, dass der Headhunter bereits geantwortet hatte. Während ich noch überlegte, ob ich die Nachricht jetzt sofort lesen sollte, klopfte es an der Fensterscheibe.

Leonard.

Bevor ich Gas geben konnte, öffnete er die Fahrertür.

„Carolin. Wir müssen reden!"

„Sag, was du zu sagen hast und dann lass mich in Ruhe!", schnaubte ich.

„Nicht zwischen Tür und Angel ... Du willst los und ich muss leider zu diesem Fotoshooting zurück. Ich hatte es komplett vergessen ..." Er fuhr sich durch das dunkle Haar. „Heute Abend?"

Nein. Ich ließ mir von diesem selbstgefälligen, verlogenen Kerl nichts vorschreiben.

„Heute Abend habe ich keine Zeit. Ich habe eine Verabredung!"

Leonards Augen weiteten sich kurz, dann nickte er. „Morgen früh um acht?"

„Morgen um acht schlafe ich hoffentlich noch!"

„Ich muss morgen um neun los!"

Schön, dass er mir diese Information zukommen ließ. Ich würde ihm morgen also nicht über den Weg laufen. Und ganz sicher richtete ich mich nicht nach ihm. Nicht mehr.

„Tja, das ist dann dein Pech! Ich muss jetzt los!" Nicht jeder Mensch tanzte nach seiner Nase.

Ich griff nach der Fahrertür, riss sie dem Schriftsteller förmlich aus der Hand und schloss sie. Dann gab ich Gas, dass der Kies aufspritzte.

Manchmal gelang auch mir ein filmreifer Abgang.

## Kapitel 22

Das heisere Krächzen der Krähen klang durch die Luft, als hätten sich die schwarzen Vögel zu einem Kaffeeklatsch verabredet. Die Tiere mussten dort hinten in den mächtigen Kastanienbäumen am Fluss Avon hocken.

Das Gute an meiner Unterkunft war, überlegte ich, während ich die Schichten in meinem Latte macchiato mit dem langstieligen Löffel verquirlte, dass viele Sehenswürdigkeiten in unmittelbarer Nähe lagen. Wahrscheinlich hatten wir mit der Klasse auch deswegen damals auf der Farm gewohnt, um sternenförmig Ausflüge rund um das Dorf zu machen. Immer mit dem Bus. Ich erinnerte mich, wie wir irgendwo hatten umsteigen und für eine gefühlte Ewigkeit auf einem Busbahnhof ausharren müssen. Einen Schokoriegel nach dem anderen hatten wir eingeschoben, um mit irgendetwas die Wartezeit zu überbrücken. Dieses Detail der Erinnerung flammte plötzlich in mir auf und wie warm und sonnig der Asphalt auf dem Hof, wo die Busse ankamen und einer nach dem anderen wieder abfuhr, gewesen war.

Eben noch hatte ich mich zusammen mit anderen Touristen durch die Räume des Geburtshauses von Shakespeare in der Henley Street geschoben. Statt Audioguides erzählten kostümierte Museumsführer von dem Dichter und seiner Zeit, gaben Erläuterungen zu den Räumen und Möbelstücken. Ich sah Originalschriften von dem berühmten Sohn der Stadt.

Unter normalen Umständen hätte mein Herz gejubelt, diese historischen Kostbarkeiten zu erleben, aber heute ... Auch wenn ich jeden Raum des alten Fachwerkgebäudes abgeschritten war, hatte ich das Gefühl, nichts von dem Gesehenen aufgenommen zu haben. Meine Sinne waren von der Leonard-Katastrophe betäubt. Wahrscheinlich würde dieses Mal nicht viel von der Reise in meinem Gedächtnis hängen bleiben. Zumindest nicht die Sehenswürdigkeiten ...

Hör auf zu jammern, du hast es doch geahnt, wie Leonard ist, ermahnte ich mich. Vielmehr hatte ich es von Anfang an *gewusst*. Nur weil er einen Tag nett zu mir gewesen war, musste man sich nicht gleich verlieben. Oder war es vielleicht keine Verliebtheit und ich verwechselte das Gefühl mit etwas anderem? War ich so ausgemergelt nach Liebe, so lange auf der Suche nach einem Partner gewesen, dass ich auf den erstbesten Mann hereinfiel?

Leonard war nicht der Erstbeste, schließlich hätte ich — rein theoretisch — unzählige Möglichkeiten bei meinen diversen organisierten Dates gehabt, flüsterte mir die Stimme der Vernunft. Danke, Vernunft! Den Erstbesten hätte ich längst haben können, wenn ich gewollt hätte ... Ja, ich war verliebt, gestand ich mir ein. Bis über beide Ohren. Deswegen tat mir dieser Absturz umso mehr weh.

Die Krähen flogen jetzt Scheinangriffe auf einen Raubvogel. Ruhig und gelassen zog er an der Baumgruppe vorbei, auf der die Rabenartigen gesessen hatten. Unermüdlich schwärmten die schwarzen Vögel um den nur wenig größeren Vogel, begleiteten ihn krakeelend, bis sie ihn nach ein paar Sekunden vertrieben hatten.

„Darf es noch ein Kaffee sein?"

Ich nickte. Sah man mir an, dass mein Körper nach Koffein lechzte? Ich saß in einem Café nahe beim Fluss, an den sich die Altstadt schmiegte, und hatte mir ein sündhaft teures Frühstück gegönnt. Während ich an dem trockenen Croissant kaute, blinzelte ich in die Sonne. Vor mir strömten Menschen vorbei, Wortfetzen unterschiedlicher Sprachen aus der ganzen Welt hörte ich. Ein Jogger, der mir vorher schon am Shakespeare Haus aufgefallen war, weil er eine helle halbdurchsichtige Plastikjacke trug, in der er wie eine lebende chinesische Sommerrolle aussah, trabte an mir vorbei und lächelte mir zu. Ich lächelte zurück und genoss das kleine Geschenk der Menschlichkeit im Vorübergehen, das kurze Miteinander.

Ich legte den Kopf in den Nacken, sah Himmel, die Schwalben, die ihre Kreise im Blau zogen. Es war ein wunderschöner Tag, England gefiel mir, meine Reise war herrlich und es war gut, es war genau das Richtige gewesen, dass ich das Weite gesucht und nicht mit Leonard gesprochen hatte. Ich hatte keine Lust auf Lügen oder Märchen, die er mir erzählen würde. Sicherlich war er auch im echten Leben sehr kreativ darin, Geschichten zu erfinden. Und noch weniger Lust hatte ich darauf, gestand ich mir ein, die Wahrheit zu erfahren. So etwas in der Art wie *Ich wollte es dir noch sagen* oder *Das war doch klar, dass im Urlaub andere Regeln gelten* oder *Weit weg von zu Hause ... Viktoria und ich führen eine moderne offene Beziehung*, auch davon hielt ich rein gar nichts. Am meisten Angst hatte ich allerdings vor dem Satz *Hast du wirklich geglaubt, da wäre etwas zwischen uns?*

Ich trank einen Schluck Kaffee, den ich heute Morgen sehr vermisst hatte und der wie ein heilsamer Trunk meinen Körper durchflutete. Nachdem ich Koffein nebst Rührei und Croissant intus hatte, fühlte ich mich etwas besser. Obwohl ich nur fünfundfünfzig Minuten Auto gefahren war, war ich vollkommen erschöpft und mit verkrampfter Nackenmuskulatur in dem Parkhaus gelandet, das ich im Navi eingegeben hatte. Ich hatte höllisch aufpassen müssen, nach einem der zahlreichen Verteilerkreise nicht plötzlich auf die falsche Fahrspur zu gelangen. Von dem Beinahe-Crash vor ein paar Tagen hatte ich mich noch nicht erholt.

Später würde ich mir ein Ticket für eine Aufführung im Royal Shakespeare Theatre besorgen. Nur ein paar Schritte von hier lag das rote Backstein-Gebäude entfernt. Vielleicht lenkte mich der *Sommernachtstraum* ab und wenn nicht, konnte ich im Dunkel des Theaters meine Gedanken schweifen lassen. Oder gegebenenfalls ein Nickerchen halten, wonach mir gerade war, trotz der aufputschenden Wirkung des Kaffees.

Am Nachbartisch saß ein Pärchen und schlemmte zusammen einen Eisbecher mit bestimmt acht Kugeln und Sahne. Die Frau fütterte den Mann mit einem langstieligen Löffel und nach jedem Happs gab es eine Bekundung der Zuneigung. Einen Kuss, ein Streicheln über die Hand, einen tiefen Blick. Hach. Als die Amarena-Kirsche, bevor sie den Mund des Mannes erreichte, auf den Tisch fiel und von dort aus auf die Steine sprang, stürzte sich ein Schwall Spatzen auf die klebrige Frucht. Selbst das kleine Missgeschick konnte die Stimmung der beiden nicht trüben.

Ich beneidete das Pärchen um das Gefühl des Verliebtseins. Um die Leichtigkeit, die Freude, dieses Ich-könnte-die-Welt-umarmen-Gefühl, das damit einherging und das ich für eine kurzen Moment auch wieder geatmet hatte. Es war so schön gewesen. Sich einmal komplett fallen lassen zu können in eine Beziehung, wenn sie frisch und unverbraucht war. Diesen Kitzel der unzähligen ersten Male genießen. Ja, danach sehnte ich mich. Wie gerne hätte ich das erlebt. Mit Leonard in den wenigen mir noch verbleibenden Tagen. Du jammerst schon wieder, ermahnte mich eine Stimme.

Leonard, du fehlst mir, seufzte ich in mich hinein.

Er ist die Gedanken nicht wert. Vergiss ihn, redete mir eine mahnende Stimme ein.

Mein Chef hatte mich während der Fahrt nach Stratford angerufen, aber ich hatte bisher nicht den Mut gehabt, seine Nummer zu wählen. Nach meiner Stärkung, nach dem Café, hatte ich mir vorgenommen, würde ich es tun.

Mein Handy vibrierte.

Wieder mein Chef.

Ich ignorierte es.

Mein Handy meldete sich abermals, aber jetzt war es eine Whatsapp-Nachricht von Leonard. Ich rang mit mir, aber meine Neugier ließ sich leider nicht austricksen. Was schrieb er?

„Auch wenn es klischeehaft klingt, es ist nicht so, wie du denkst."

Ich tippte: „Woher weißt du, was ich denke?"

Ich trank meinen Kaffee aus und sah auf dem Display *Leonard schreibt* ... Hatte er gerade eine Shooting-Pause oder war Viktoria abgereist? Natürlich war Viktoria nicht abgereist, schaltete sich wieder die ungebetene Stimme in meinem Kopf dazu, das war reines Wunschdenken. Und selbst wenn es so wäre, änderte es nichts, denn es gab ja noch die andere Kleinigkeit. Die Verlobung. Die sich nicht mal so eben aus der Welt zaubern ließ.

„Ich kenne dich inzwischen ein bisschen ... Zieh keine voreiligen Schlüsse. Sieh zu, dass wir heute Abend reden können."

„Du bist anmaßend!", schrieb ich zurück und winkte nach der Bedienung, um zu zahlen. Glaubte er mir Zeit und Ort diktieren zu können? Und überhaupt, er kannte mich genauso wenig, wie ich ihn kannte. Vielleicht hatte ich ihm nur nicht meinen Ehemann und die drei Kinder präsentiert. Ha, ja, das sollte ich machen, mir irgendeine haarsträubende Geschichte ausdenken. Alleine um sein Gesicht zu sehen ...

Das Handy schwieg bis auf einen erneuten Anrufversuch meines Chefs, was mir ein saures Gefühl im Magen bescherte.

Nachdem ich gezahlt hatte, begab ich mich zum Wasser auf einem der Wege durch die Grünanlage, die Bancroft Gardens, wo fröhliche Menschen überall verteilt im platt getretenen Gras saßen, picknickten, lasen und eine Pause vom Tag einlegten. Auf der breiten Uferpromenade am Avon flanierten Touristen neben Einheimischen. Ich gesellte mich dazu und ging eine Weile neben dem Wasserlauf entlang. Enten und Schwäne dümpelten am Ufer des Flusses. In die Vögel kam jedes Mal eine plötzliche Bewegung, wenn ihnen ein Stück Brot zugeworfen wurde. Hin und wieder schipperte ein Ausflugsdampfer vorbei. Es duftete nach Laub, das die Kastanien bereits zu einem Großteil abgeworfen hatten, und etwas muffigen Wasser.

Laut, inbrünstig, irgendeiner Melodie seiner weißen Stöpsel im Ohr folgend, sang ein Mann mit rot gebändertem Strohhut und trat die Pedale seines mintgrünen Damenfahrrads im Takt, während er sich durch die Passanten schlängelte.

Die Welt war schön.

Und ich würde dieses Gespräch mit meinem Chef, verdammt noch mal, jetzt hinter mich bringen, um im Anschluss ein paar entspannte Stunden im Theater verbringen zu können.

Es fühlte sich an, als säße ich in einer Höhle: warm, gemütlich und geborgen. Aber sehr viel bequemer als in einer Höhle war es auf den roten Polstersitzen. Hinter mir die braune, warme Holztäfelung des Theaters und über mir weitere Ränge. Niemand saß auf den billigen Plätzen in meiner Nähe, was mir recht war.

In der Mitte des Theaterraumes lag die erleuchtete Bühne. Ein großes Podium, um das sich die Sitzreihen an drei Seiten herumzogen, sodass die Zuschauer näher am Geschehen waren als in jeder anderen Spielstätte, die ich kannte.

Dieser Rückzugsort tat mir gut. Das Gespräch mit meinem Chef hatte ich hinter mich gebracht. Lutz Wernecke hatte sich am Telefon wie ein Wilder auf Drogen aufgeführt. In erster Linie deswegen, weil ich mich erst zwei Tage später gemeldet hatte (dass ich es gestern bei ihm versucht hatte, hatte er offensichtlich vergessen). Es war gut, dass gut tausend Kilometer zwischen mir und dem Choleriker lagen und es war gut, dass ich mit ihm nur telefoniert hatte. Angesichts meines angeschlagenen Nervenkostüms wäre ich bei einer direkten Konfrontation mit ihm möglicherweise in Tränen ausgebrochen. Es hätte alles nur verschlimmert.

Zum Glück nahmen mich die Schauspieler an diesem Nachmittag mit in eine andere Welt und ich versuchte, mich in die Ära Shakespeares zu versetzen. Stratford im sechzehnten Jahrhundert war mit Sicherheit kein schöner Ort nach heutigen Maßstäben gewesen und dennoch hatte der Dichter in seiner Fantasie so viel Wunderbares hervorgebracht. Wie ein Zauberer.

Und je länger ich hier saß und meine Gedanken immer wieder zu dem Telefonat mit meinem Chef drifteten, desto mehr gelangte ich zu der Erkenntnis, dass ich initiativ werden und handeln musste. Es gab Alternativen. Es gab immer eine Alternative. Und der Headhunter hatte mir gerade vor wenigen Stunden eine aufgezeigt. Vielleicht war es der Wink des Schicksals. Länger würde ich mir das Verhalten meines Chefs nicht bieten lassen und vor allem nicht im Urlaub. Gegenhalten musste ich, obwohl mir Konfrontationen an sich ein Gräuel war und ich weder Zeit noch Nerven für solche Extra-Spielchen im Job hatte.

Und mir war gleichzeitig klar, dass ich auch Leonards Verhalten nicht länger hinnehmen würde. Schnipp, Carolin, komm! Schnipp, Carolin, geh! Ich musste mich von ihm lossagen. Komplett.

Und Harry? Ein weiteres gedankliches Paket ... Ich würde mir anhören, was er zu sagen hatte, um im Anschluss mein Statement dazu zu geben. Ich war kein Feigling. Und ja, gestand ich mir ein, in Gedanken, mit ein bisschen Abstand, war alles einfach lösbar. Die große Frage war, wie es sich von Angesicht zu Angesicht gestaltete. Aber: Meine zahlreichen Probleme alleine in Gedanken angegangen zu sein, reichte aus, um mich auf einmal unendlich erleichtert zu fühlen, als hätten sich meine Sorgen bereits in Wohlgefallen aufgelöst. Ich ließ diesen angenehmen Gedanken zu, warum auch nicht. *Alles konnte auch gut ausgehen.*

Ich lehnte mich nach vorne, lauschte den Schauspielern, auf deren Sprache ich mich konzentrieren musste, um das Shakespeare-Englisch zu verstehen, atmete die Luft des Theaters, diese dezente Mischung aus Bühnenstaub, Schminke und Holz.

Mit einem leisen Seufzer versank in dem Traum, der sich vor meinen Augen abspielte.

Als ich aus der Dunkelheit des Theaters wieder an die frische Luft gelangte, benötigte mein Körper einen Moment, bis er realisierte, dass der Tag noch nicht zu Ende war.

Ich gönnte mir einen Cocktail im Rooftop-Restaurant, das wie eine Krone auf dem Theatergebäude saß. Der Blick von hier oben über den Avon und in das Grün der Umgebung war wunderschön. Bestimmt kannte Leonard die Lokalität, dachte ich und fragte mich, mit wem er sie bereits aufgesucht hatte. Das ist doch egal, sagte mir die Stimme der Vernunft.

Die Bedienung hatte mir eine Spezialität des Hauses, ein Cherry On Top, empfohlen. Eine gute Empfehlung, der Cocktail schmeckte. Sehr gut sogar. Aber er war auch hochprozentig. Wie dumm von mir, dass ich das vorher nicht geprüft hatte. In diesem Zustand konnte ich unmöglich Autofahren.

Im Anschluss spazierte ich abermals durch Stratford, vorbei an den vielen Fachwerkgebäuden, lief und lief, um wieder einen klaren Kopf zu bekommen. Langsam wurde es etwas leerer in der Stadt, was sehr angenehm war. Und bevor ich auf die Farm zurückfuhr, würde ich noch etwas essen, obwohl ich keinen großen Hunger hatte. Aber ich musste den Alkohol bekämpfen und … ich zögerte die Rückkehr auf die Bluebell Hill Farm hinaus. Ganz klar. Dieses Mal wählte ich ein italienisches Restaurant, in dem es laut TripAdvisor die beste Pizza der Stadt geben sollte.

Wie lange arbeitete man bei solchen Shootings? Keine Ahnung. Aber angesichts der Tatsache, dass ein Team aus Deutschland angereist war, würde man die Zeit wohl nutzen. Vielleicht wollte man Leonard zu allen Tages- und Nachtzeiten präsentieren können. Leonard *und* Viktoria.

Verdammt.

Ich schloss die Augen, als könnte ich die in meiner Fantasie aufblitzenden Bilder dadurch verbannen. Es tat weh, sich die beiden vorzustellen. Es tat weh, an Leonard zu denken. Es tat weh, das Was-wäre-wenn-Szenario mit ihm gedanklich zu durchleben, mit der Gewissheit, dass mein Wunschdenken nun nicht mehr Wirklichkeit werden konnte.

Pech gehabt, so spielt das Leben, meine Vernunft meldete sich zu Wort. Akzeptiere es. Je früher, desto besser. Und vielleicht fiel Leonard in die Kategorie: Aufhören, wenn es am Schönsten ist. Ich sollte die Erfahrung wertschätzen.

„Signorina?"

Obwohl ich Jahre entfernt vom Alter einer Signorina war, munterte die Anrede mich ein wenig auf.

„Was darf es sein?" Die dunklen Augen des Italieners musterten mich und ich konnte die Gedankenblase über seinem Kopf förmlich sehen. Warum sitzt sie hier alleine, fragte er sich. Möchte sie alleine sein?

Ich bestellte eine kleine Pizza Quattro Stagioni. Der Kellner entfernte sich nach einer freundlichen Verbeugung und ich kramte in meiner Handtasche, bis ich ein Stück Papier und meinen Kugelschreiber fand. Ich begann eine Liste zu schreiben. Ich tat das, was ich am besten konnte, um Struktur und Ordnung in mein Dasein zu bringen. Schließlich hatte ich noch ein paar Tage hier und wollte einiges erledigen, besser, ich hielt es schriftlich fest. Auch meine Bewegungsringe wollte ich schließen. Viele. Ganz viele. Und nachdem ich meinen Salat gegessen hatte, zog ich den nächsten Bogen Papier hervor. *Warum Leonard kein Mann für mich ist und ich dankbar sein muss, dass es zwischen uns nicht geklappt hat*, schrieb ich als Überschrift. Im Laufe der nächsten Stunden würde ich dieses Blatt Papier mit Inhalt füllen. Meiner gebeutelten Seele würde es guttun.

## Kapitel 23

Vorsichtig, um mir die frisch lackierten Nägel nicht zu ruinieren, steckte ich den Nagellackpinsel in das Fläschchen zurück und drehte es zu. *Summerred* nannte sich die Farbe, das leuchtendste Rot, das ich in dem Drogeriemarkt hatte finden können. Ich streckte meine Hände und begutachtete das Ergebnis. Sehr gut. Schöner Nagellack half, um sich besser zu fühlen. Ein simpler Trick. Und mein angeknackstes Selbstwertgefühl konnte momentan jede Unterstützung gebrauchen.

In Stratford hatte ich nach meinem frühen Abendessen noch einem Drogeriemarkt einen Besuch abgestattet und inmitten kichernder, wie eine ganze Parfümerie duftender, weiblicher Teenager mit seidig glänzenden Haaren einen Stimmungsaufheller gesucht.

Die leichte Bräune auf meiner Haut verlieh dem roten Ton auf den Nägeln tatsächlich einen sommerlichen Touch. Wie ein leiser Nachhall des Sommers. Ja, so würde es gehen, wenn ich mich später wieder unter Leute wagte. Wagen musste.

Aber ich hatte es Harry versprochen.

Nach meiner soliden Verfassung am Nachmittag war meine Stimmung dem Tiefpunkt entgegengesunken, als ich mich Lower Millbury genähert hatte. Glücklicherweise war ich niemanden über den Weg gelaufen, als ich nach Hause kam. Wie eine Maus, die in ihr Schlupfloch strebte, war ich über den Hof gehuscht und hatte mich in mein rettendes Cottage begeben.

Ich saß auf dem Rand der Badewanne und warf einen Blick auf die Uhr. Um diese Zeit herrschte bestimmt noch Hochbetrieb im Pub. Wobei ich mir nicht vorstellen konnte, dass es zur Zeit überhaupt so etwas wie eine Rushhour im Pub gab. Oder hatte sich das Fotografen-Team bei Harry für ein Abendessen angekündigt? Es sprach für das Warten. Ja, ich suchte nach Ausreden, denn ich verspürte nicht die geringste Lust, noch einmal vor die Tür zu treten. Etwas später, sagte ich mir, wenn die positive Wirkung des Nagellacks mir Mut gemacht hatte und ich meine Liste, die Was-alles-gegen-Leonard-sprach-Liste, mit einer weiteren Anzahl an Punkten gefüttert hatte und ich innerlich gefestigt und gewappnet war, den nächsten Schritt zu tun. Immerhin war es möglich, dass ich *ihm* begegnete.

Weder er noch Viktoria oder jemand vom Fotografen-Team schien jetzt auf der Farm zu sein, auf der nach dem Tohuwabohu des Vormittages fast gespenstische Stille herrschte. Lediglich die Bierbänke und ein Strauß Blumen auf der Terrasse erinnerten an das Geschehen des Tages.

Wie versprochen hatte Elenor mir ein riesengroßes Stück Apfelkuchen in die Küche auf die Anrichte gestellt. Der Kuchen schmeckte so köstlich, wie er aussah. Ich hatte nur eine Ecke probiert, den Rest hob ich mir für das Frühstück auf, denn ich hatte noch immer nicht eingekauft. Den ersten Supermarkt, den ich auf dem Nachhauseweg hätte ansteu-
268

ern können, hatte ich verpasst, weil ich im Auto vor mich hin geträumt hatte und am nächsten hatte sich eine lange Schlange auf der Abbiegerspur wegen eines Unfalls gebildet, sodass ich weitergefahren war. Ich könnte mir morgen früh etwas Frisches besorgen, hatte ich mir eingeredet, das wäre vernünftiger. Aber eigentlich hatte ich keine Lust gehabt, mich in das Feierabendgewimmel zwischen gestresste Familien zu stürzen, um unter Neonröhren eine Viertelstunde durch den Markt zu irren, bis ich endlich das Gewünschte gefunden hätte.

Neben dem Kuchen hatte ich einen Zettel von Elenor vorgefunden. *Lassen Sie es sich schmecken!* stand darauf und *Wir sind jetzt auf Instagram, es sind wunderschöne Fotos!* Smiley.

Obwohl ich mich nicht in der Welt der sozialen Medien tummelte — ich hielt es für vergeudete Zeit —, hatte mich meine Schwester vor einiger Zeit dazu überredet, einen Account auf Instagram anzulegen, erinnerte ich mich jetzt.

„Wozu?", hatte ich damals gefragt, woraufhin sie nur genervt mit den Augen gerollt hatte.

„Warum lesen Leute irgendwelche Klatschmagazine?", hatte sie schließlich mit einer Gegenfrage geantwortet und hinzugefügt: „Heutzutage muss man informiert sein." Und als ich immer noch nicht überzeugt schien, hatte sie meine Neugier angestachelt: „Du weißt gar nicht, welche Geheimnisse sich damit manchmal hervorkramen lassen. Es gibt immer wieder Seiten an einem Menschen, die einen überraschen können."

Also gut. Ich stieg die Treppe in das Erdgeschoss hinunter, machte es mir auf dem Sofa gemütlich und zückte mein Smartphone. Ich tippte auf die Instagram-Kachel und das Tor zu der Parallelwelt tat sich auf. Als ich überlegte, wie ich die Information *Wir sind jetzt auf Instagram* verarbeiten sollte, fiel mir ein, dass es wahrscheinlich auch in dem sozialen Netzwerk eine Suchfunktion gab. Ich gab den Namen meiner Unterkunft ein. Nichts. Vielleicht mit einem Hashtag. Meine Schwester wäre stolz auf mich ... Und siehe da: Die Farm lag vor meinen Augen. Vielleicht fände ich auf Instagram nicht nur etwas über die Bluebell Hill Farm, sondern — warum war mir der Gedanke nicht schon früher gekommen? — über Leonard oder Viktoria. Wobei Leonard sein Privatleben unter Verschluss hielt ... Vermutlich würde er sich dann auch nicht in den sozialen Medien entblößen. Aber Viktoria ... So, wie sie aussah, stellte ich mir eine fleißige Instagram-Userin vor. Der Zweck heiligte die Mittel, redete ich mir ein und ignorierte das Gefühl in mir, das mir sagte, ich sollte nicht weiter in das Privatleben anderer Personen eindringen.

Eine halbe Stunde später legte ich das Handy beiseite und benötigte ein paar Sekunden, um in meinem eigenen Leben, in meiner eigenen Bescheidenheit, in der nackten Realität wieder anzukommen. Ja, ich hatte die Farm gesehen. Mit wunderschönen Fotos auf der Seite des Fotografen (marvin_c), der die *geilen* Fotos geschossen hatte. Dazu gab es einen ansprechenden Text und wer immer nach dem Hashtag Cotswolds oder Bluebellhillfarm suchte, wurde fündig. Der Fotograf musste neben dem Trubel, der sich um Leonard gedreht hatte, einige andere Fotos gemacht haben. Wunderschöne Fotos einer zauberhaften Jahreszeit. Das weiche Licht des Septembers. Rotverfärbter wilder Wein, das Gold der grobporigen Kalksteine aus den Cotswolds, Gräser im Sonnenglanz. Elenor beim Hühnerfüttern, Jane im Dahlienbeet. Der Pool und im Vordergrund die buschigen Lavendelsträucher, in denen die Bienen summten. Der hechelnde Charly, der es sich auf den Fliesen der Terrasse bequem gemacht hatte, der in die Kamera zu lächeln schien. Zwei Greifvögel am Himmel. Mit raffinierten Perspektiven hatte marvin_c ein kleines Paradies abgebildet und der Bluebell Hill Farm ein wunderschönes Denkmal gesetzt. Und es war ihm gelungen, den Charme dieser Jahreszeit auf bezaubernde Weise einzufangen. Genau so war es hier.

Mein Sehnsuchtsort.

Leonards Wohlfühloase.

Ich verließ meinen bequemen Sitzplatz und trank ein Glas Wasser, füllte eine Karaffe und nahm beides mit zum Sofa.

Nachdem ich einige Screenshots von den großartigen Fotos gemacht hatte (was für eine Gabe war es, die Umgebung auf Fotos dieser Art abzubilden, das war Kunst in meinen Augen und nicht nur simples Fotografieren), hätte ich das Handy weglegen sollen. Aber meine dumme Neugierde hatten mich weitergetrieben.

#leonardangermann. Es gab ihn, auch auf Instagram. Es existierten tatsächlich einige Fotos von ihm. Leonard bei Lesungen. Leonard beim Signieren. Hauptsächlich waren es Bilder, die sein Verlag gepostet hatte. Es gab einige weitere Schnappschüsse von irgendwelchen Fans, in der Regel von weiblichen, die glücklich neben ihrem Idol standen. Und, Fotos älteren Datums, von Leonard und Viktoria. Das, was ich nicht hatte sehen wollen. Ich suchte weiter ...

Viktoria Winter. Ich fand sie sofort. Wunderschön, perfekt gestylt, perfekt frisiert. Unterwegs an schönen Orten auf dieser Welt, sodass sich wahrscheinlich *jede* Normalbürgerin auf der Stelle neben ihr minderwertig fühlen musste. Typisch Instagram. Filter, irgendwelche Bildbearbeitungsprogramme, in ihrem Fall vielleicht sogar Stylisten und Berater oder Fotografen im Hintergrund, um ihre schöne Welt noch schöner wirken zu lassen. Und während ich mich wie ein Stalker durch ihre Bildergalerie der letzten Zeit scrollte, offenbar war sie ständig unterwegs, sackte mein eigenes Selbstwertgefühl immer weiter in sich zusammen. Als hätte man einen ohnehin schon schlappen Luftballon mit einer winzigen Nadel angestochen, damit auch das letzte Bisschen Luft aus der weichen Hülle entwich. Bis ein kleines schrumpeliges Häufchen übrig blieb. Das war ich.

Was war sie?

Influencerin? Reisebloggerin? Oder besaß sie ein großes Talent, um sich zu präsentieren? Alles nur Show?

Wer war sie?

Konnte man als Influencerin wirklich *so viel* Geld verdienen? Wer konnte sich so einen Lebensstil leisten? Oder war sie Alleinerbin eines riesigen Vermögens? Oder Verlobte von einem Millionär? Besaß Leonard ein Vermögen?

Neben ihren Bildern von exotischen Orten gab es die anderen ... Da waren Fotos von Viktoria beim Friseur, pardon Coiffeur, mit ihrem Personal Trainer im Park oder im Fitness Studio, Viktoria im Kosmetiksalon (bei diversen Behandlungen), auf Vernissagen, in Ausstellungen, beim Essen in wahrscheinlich angesagten Restaurants (deren Namen mir allesamt nichts sagten), bei einer Kochveranstaltung, in einer stylischen Bar, Rooftop ... Ich fragte mich, wie ihre Outfits alltagstauglich sein konnten, wenn man vielleicht nicht in einer Moderedaktion saß. Wer ging in langen, weiten, weißen Hosen *wandern*? Wer kochte rote Soße in einer hellen Seidenbluse mit Trompetenärmeln, in denen sich bei mir jeder Kochlöffel verheddert hätte? Wer lief in einem langen Chiffon-Kleid durch *einen Wald*? Wie nannte man das heutzutage? *Instagrammable*? Alles musste instagrammable sein.

Das war es bei ihr. Sie beherrschte ihr Metier.

Ich klickte auf ihr Profilbild, auf dem Viktoria frisch und fröhlich, ein paar Jahre jünger als im echten Leben aussah. Mit fluffigen Haaren, Beachwaves, wie gerade aus den Händen eines Starfriseurs entlassen. Knapp achtzigtausend Follower hatte sie ... Ich las ihre Beschreibung: *Persönlicher Blog. Content Crea-*

tor. *Entrepreneur. Journalist. Based in Munich.* Aha. *Fashion – Lifestyle - Food.* Okay. Aber dann kam das dicke Ende, was in Viktorias Fall wohl den dicken Anfang darstellte. Plakativ. *UPCOMING WIFEY.*

Ich schluckte. In meinem Kopf fühlte es sich an, als explodierte etwas und mir wurde klar, dort zersplitterte in diesem Moment das winzige Überbleibsel eines Resttraums. Ich wusste nicht warum, aber irgendeine Hoffnung wider besseres Wissen hatte in meinem Gehirn gelungert, dass Leonards Verlobte vielleicht doch nicht Leonards Verlobte war. Dass es vielleicht doch nicht so war, wie ich dachte.

Doch.

Es. War. So.

Wie sie gesagt hatte.

Eine bleierne Schwere floss durch meinen Körper, drückte mich nieder, zog mich weiter in die Tiefe. Und als ich auf das runde Profilfoto tippte, nichts ahnend, welches Sesam-öffne-dich-Türchen ich damit bediente, erschienen die nächsten Bilder. Die Story. Vor mir zogen Fotos wie in einem Film vorbei, das Glück der letzten vierundzwanzig Stunden im Schnellabspann. Glänzende Fotos. Glamour Fotos. Von schönen Menschen.

Ich tauchte in die wunderbare Welt von Viktoria und Leonard in den Cotswolds ein, wie in einen kitschigen Werbespot. Sie in ihrem gelben Kaftankleid und er im dunklen Hemd. Das Outfit, das die beiden heute Vormittag getragen hatten. Hochaktuell. Arm in Arm. Lächelnd. Glücklich. Ein Teil der geilen Fotos. *Happy days,* hatte Viktoria geschrieben.

Und mehrere rote Herzen hinzugefügt. Eine Makro-aufnahme eines Ringes am Finger mit einem großen Klunker. Darunter stand *no words needed*.

Die wenigen Anwesenden, fünf männliche Wesen, die um diese Stunde im Pub saßen, um ihren Tag bei einem Ale oder Lager ausklingen zu lassen, sahen erstaunt auf, als ich den Raum betrat. Was an meinem Erscheinungsbild lag, ich wusste es. Meine Augen waren geschwollen und gerötet wie bei einem Albino Kaninchen. Wahrscheinlich zeigte mein Gesicht nach wie vor fleckige Überbleibsel der Tränen, die geflossen waren. Das Wenigste, was ich heute Abend gewollt hatte, war noch einmal einen Schritt vor die Tür zu setzen. Am liebsten hätte ich mich in mein Schneckenhaus des Selbstmitleids zusammengerollt. Nach den Fotos, die eine Galerie des Glücks und der Anbahnung einer Hochzeit waren. Warum? hatte ich mich immer wieder gefragt. Selbst wenn ich nur sein Versuchskaninchen gewesen war, warum tat er das vor seiner Hochzeit? Warum tat er das Viktoria an? Warum war ich ihm über den Weg gelaufen? Warum ging ein Mensch für seinen Job so weit?

Warum? Warum? Warum?

Nachdem ich mich mit den Instagram-Fotos wie eine Masochistin gequält hatte, hatte ich plötzlich das tiefe Brummen von Leonards Autos vernommen. Wie der Blitz war ich nach oben auf meinen Beobachtungsposten hinter der Gardine im Schlafzimmer geschossen. Offenbar konnte ich es nicht lassen. Vor meinen Augen stiegen er und Viktoria aus dem Porsche und verschwanden — na klar — zusammen, aber wenigstens nicht Hand in Hand, in seinem Cottage, wo die Lichter im Erdgeschoss angingen.

Die aufsteigenden Tränen hatte ich irgendwann nicht mehr zurückdrängen können. Als es an meiner Tür geklopft hatte, war ich selbstverständlich nicht hingegangen. Wie hätte ich in meinem Zustand jemanden gegenübertreten sollen?

Als ich jetzt im Pub stand, kreisten nach wie vor Bilder von Leonard und Viktoria in meinem Kopf. Die von Instagram, die von heute Vormittag, sie beide, Arm in Arm, und zusätzlich jede Menge Schnappschüsse, die meine rege Fantasie ununterbrochen produzierte und mir unaufgefordert funkte. Ich hatte nicht mehr die Kraft, es mir zu verbieten und es zu verhindern.

Ich blieb in der Tür des Pubs stehen, checkte, was in meinem benebelten Zustand eine Weile dauerte, dass niemand von dem Fotografen-Team hier war und erst recht nicht Leonard oder Viktoria.

Harry wischte sich die Hände am grün-weiß-karierten Handtuch ab, warf der Frau — Alice, hieß sie — hinter dem Tresen ein paar Worte zu und kam zu mir an die Tür.

„Du siehst schlecht aus!", begrüßte er mich.

Danke, Harry!

„Ist alles okay bei dir?"

„Ich habe mit Heuschnupfen zu kämpfen", schwindelte ich und hoffte, er kaufte mir diese Notlüge ab. „Pilzsporen. Habe ich manchmal im Herbst."

Mit durchdringendem Blick starrte er mich an und nahm dann meine Hand, um mich durch eine in der Wand versteckte Tür (eine alte Geheimtür?) in ein Kabuff zu ziehen. Früher war das wahrscheinlich ein Lagerraum gewesen, der heute offenbar als Büro diente. Muffig roch es und ich hätte am liebsten das winzige Fenster aufgerissen. Vor mir nahm ein mit Papieren übersäter Tisch fast den gesamten Raum ein. Mannshohe, dunkle Regale zogen sich an den Wänden entlang, vollgestopft mit alten Aktenordnern. Eine präparierte Eule hockte dazwischen.

„Nicht, dass das Dorf gleich weiß, was wir zwei besprechen", sagte Harry und legte einen Stapel Papier nach dem anderen übereinander, um so einen winzigen Platz Freiraum auf dem Tisch zu schaffen.

„Hoffentlich heizen wir die Fantasie nicht umso mehr an, wenn wir hier im Séparée verschwinden." Wobei mir mittlerweile egal war, was das Dorf dachte. In ein paar Tagen war ich weg.

Harry lachte und sagte, dass ihm das gefiele. Er bot mir einen Platz auf dem Bürostuhl an, von dem er auch erst einen Aktenordner wegräumen musste und zog sich einen Hocker aus der Ecke. Er fragte, was ich trinken wollte.

„Ein Wasser, aber es muss nicht sein."

Ich wollte das alles nur möglichst schnell hinter mich bringen. Harry verschwand, während ich die ausgestopfte Eule, die mich direkt ins Visier zu nehmen schien, musterte. Ihr Gefieder sah aus, als steckte es in der Mauser und das eine orangegelbe Glasauge stand schief. Die Eule schielte.

Harry kehrte zurück und setzte sich neben mich mit einem Glas Wasser und einem Becher Cola in der Hand. Dieser große Mann hockte auf einem Melkschemel oder was das war, in einem knallroten Muscle Shirt, das die Aufschrift *BORN TO BE WILD* trug und ließ mich weiterhin nicht aus den Augen.

„Schieß los! Was hat sie dir angetan?"

Sie? Meinte er Viktoria mit sie? Aber diese Frau war das Letzte, über das ich jetzt reden wollte. Mir war sowieso nicht nach Reden zumute. Wenn überhaupt, konnte ich höchstens zuhören. Insgeheim hoffte ich, Harry würde mir nichts erzählen, was mir zusätzlichen Kummer aufbürdete.

„Bringen wir es hinter uns. Was wolltest du mir sagen?"

Ein Schatten huschte über das Blau seiner Augen.

„Bin ich so schlimm, dass du es nur *hinter dich bringen* willst?"

„Nein, überhaupt nicht, aber ich hatte einfach einen schlechten Tag und will am liebsten schlafen."

Harry trank einen Schluck Cola und nickte dann nachdenklich.

„Also machen wir es kurz: Erstens wollte ich dir sagen, dass das neulich kein Spaß war. Und je länger ich in meinem Gedächtnis gekramt und es noch einmal mit den Jungs rekapituliert habe ..."

„Mit den Jungs?"

„Nun ja, es gibt neben mir noch welche, die den Abflug aus unserem Dorf nicht geschafft haben und

278

die damals auch dabei waren, als du mit deinen Leuten hier warst."

Okay, unsere Klasse hatte hier offenbar doch einen bleibenden Eindruck hinterlassen. Ich schluckte den Klumpen, der sich in meinem Hals gebildet hatte, herunter und nickte tapfer.

„Auf jeden Fall ist mir klargeworden, dass wir damals tatsächlich eine schöne Zeit hatten. Ich habe das mit dir bestimmt nicht als Spaß gesehen. Mit Sicherheit nicht", setzte er nach. „Du bist schließlich etwas anderes! Auch wenn ich neulich einen Moment gebraucht habe, um das Vergangene noch einmal von meiner Festplatte abzurufen."

Da ich nichts sagte, was sollte ich dazu auch sagen, fuhr er fort, als müsste er sich verteidigen: „Als du neulich in den Pub kamst, dachte ich nur, wow, was für eine Frau ... Nie im Traum wäre mir eingefallen, dass ich mit so einer Frau mal etwas gehabt haben könnte ..."

Für den Bruchteil eines Moments musste ich mit der Wimper gezuckt haben. Oder mir war eine Augenbraue hochgerutscht oder der Mundwinkel nach unten gesackt.

„Eine erfolgreiche, fantastisch aussehende Frau wie du würde sich niemals mit einem Loser wie mir abgeben, habe ich gedacht."

Oh Harry! Ein Teil seiner Worte taten mir gut.

„Ich danke dir! Aber du bist kein Loser!", sagte ich und tätschelte unbeholfen seine Hand. „Loser würden sich nicht die Mühe machen und so ein Gespräch führen. Unter deinen wilden Hemden bist du ein feinfühliger, großartiger Mensch!" Das war ernst gemeint und eine kleine Wiedergutmachung zu dem, was ich ihm vor zwanzig Jahren angetan hatte. Außerdem wollte ich Harry aufbauen. Auch er schien mir heute Abend mehr als nur betrübt zu sein.

„Sag das mal meiner Ex!" Mit einem traurigen Lächeln schüttelte er den Kopf. „Oder Viktoria!"

„Welcher Viktoria?", fragte ich, obwohl mir die Antwort klar sein sollte. Aber was hatte Harry mit Viktoria zu schaffen?

„Auch wenn es dir unmöglich scheint — aber ja, ich war mit Viktoria, der Viktoria, die du inzwischen auch kennenlernen durftest, liiert!"

Auch wenn ich todmüde war, mich nach den kühlen duftigen Laken meines Bettes sehnte, schaffte es diese Neuigkeit, einen Energiestoß durch meinen Körper zu jagen. Oder übertrieb Harry maßlos und wollte sich mit Viktoria als Trophäe schmücken? Aber liiert klang nach eindeutig mehr.

„Liiert mit Leonards Viktoria?"

Harry trank einen großen Schluck von seiner Cola und musste ein Aufstoßen unterdrücken.

„Wenn du sie so nennen willst ... Aber ja, ich war mit ihr liiert, so habe ich das gesehen. Für sie war ich vermutlich nur ein Spaßfaktor oder Mittel zum Zweck. Na ja, wie auch immer, es hat mich meine Ehe gekostet. Endgültig. Wobei es auch schon vorher zwischen meiner Ex und mir gekriselt hat, aber das mit Viktoria war das Tüpfelchen auf dem i."

Ich konnte es seiner Ex-Frau nicht verdenken.

280

Harry vollführte eine zackige Handbewegung, die das Abschneiden seines Kopfes andeutete. „Scheidung. Das passiert eben, wenn einer der Partner das Wildern in fremden Gebieten nicht lassen kann. Du siehst es ja auch bei Leonard und Viktoria. Und ich habe es zu spät erkannt."

Aha. In meinem Kopf herrschte ein einziger Wirrwarr. Harry … Viktoria … Leonard … Neigte Leonard, wie auch Harry selbst, dazu zu wildern? Waren Leonard und Harry notorische Fremdgänger?

Hm, noch so ein Puzzlestück zu Leonard, was mich überforderte. Aber vielleicht eine Erklärung für sein Verhalten.

Leonard, der Casanova.

Harry bot jetzt das Bild des reuigen Sünders: Seine Schultern hingen schlaff herunter, seine Mundwinkel bogen sich nach unten, als schmerzte ihn sein Körper, und seine Augen verloren sich traurig in der Ferne. Als sähe er die vergangene Zeit nun wieder vor sich und bedauerte das alles, was geschehen war, umso mehr. Und ich hatte Fragen über Fragen … Aber die mussten warten.

Viktoria und Harry. Harry und Viktoria. Es gab Beziehungen, die überstiegen mein Vorstellungsvermögen.

„Das Schlimmste an der ganzen Sache ist, dass ich meinen Sohn nun nicht mehr um mich habe."

Harry stützte seine Ellenbogen auf den Tisch und legte seinen Kopf in die Hände, als könnte seine Wirbelsäule die Last nicht mehr tragen. Er rieb sich die Augen. Für einen Atemzug befürchtete ich, der Mann neben mir könnte in Tränen ausbrechen.

„Er fehlt mir so sehr! Nur alle zwei Wochenenden haben wir Zeit zusammen. Weißt du, wie traurig es ist, sein Kind nicht im täglichen Leben zu sehen? Wie es morgens fröhlich aufwacht? Oder an dein Bett kommt und dich weckt, Hunger auf Cornflakes hat ... Und später mit stolzgeschwellter Brust, aber dennoch an deiner Hand, in den Kindergarten geht?"

Mit waidwundem Blick schaute er mich an.

„Nein", sagte ich leise und schlug die Augen nieder, „aber ich kann es mir vorstellen."

„Es ist schlimmer!", sagte er mit brüchiger Stimme.

Wie konnte ich ihm mein Mitgefühl zeigen? Kurz entschlossen nahm ich Harry in die Arme, klopfte ihm beruhigend auf den Rücken, wie man es bei einem Kind tun würde und fühlte mich von der schielenden Eule beobachtet. Harry schloss mich in seine Arme, als hätte er nur auf diesen Schritt gewartet. Und ich merkte, wie gut es *mir* tat, festgehalten zu werden. Nach all dem, was mit Leonard passiert war. Die Macht einer menschlichen Berührung war etwas Großartiges.

Wir hielten uns fest. Für einen Moment, für eine kleine Ewigkeit. Trost zu spenden und Trost zu finden, das lag in dieser Umarmung. Wenig später legte Harry seine Stirn an meine und flüsterte: „Danke!"

Als wir uns lösten, sah ich, dass sich die Tür hinter ihm einen Spalt geöffnet hatte. Wahrscheinlich wurde er wieder im Pub gebraucht oder Alice wollte ihm signalisieren, dass es an der Zeit war, endlich Feierabend zu machen. Es war bestimmt schon nach zehn. Auch Harry hatte den Luftzug im Rücken gespürt und drehte sich jetzt um.

„Bin gleich bei dir, Alice!", rief er in Richtung des Gastraumes.

„Ich komme morgen noch einmal wieder!", hörte ich Leonards Stimme.

## Kapitel 24

Alice hielt in der Hand einen kleinen grünen Plastikeimer, der aussah, als hätte sie ihn aus einer Buddelkiste gemopst. Voller Energie stürzte sie sich auf einen Tisch, um ihn mit einem pinken Mikrofasertuch abzuwischen. Dabei schwappte das Schaumwasser im Eimer gefährlich wie ein Meer im Orkan.

„Leo hat dich gesucht!", sagte sie, hielt für einen Moment in ihrer Tätigkeit inne und deutete auf mich. „Es sei wichtig, hat er gesagt. Und da habe ich ihm verraten, wo ihr seid. Er hat bei euch angeklopft, aber ihr habt ihn wohl nicht gehört."

Alice klatschte den nassen Lappen auf den nächsten Tisch und fuchtelte mit den Armen herum. „Habe ich etwas falsch gemacht?"

Harry schüttelte den Kopf. „Du hast alles richtig gemacht. Keine Ahnung, warum Leonard wieder gegangen ist. Er hätte die eine Sekunde auf uns warten können."

Warum hat er mich hier gesucht? fragte ich mich.

„Er schien wütend zu sein. Na ja, mindestens grimmig." Alice sah Harry scharf an. „Was habt ihr da drinnen getrieben? Geknutscht?"

„Wir hatten wilden Sex!", sagte Harry und ging hinter den Tresen, um geschäftig an der Zapfanlage zu hantieren.

„Nun, dann kann ich verstehen, dass Leonard sauer war", erwiderte Alice trocken. „Wie geht das in der Kammer? Auf dem Tisch? Hoffentlich habt ihr mir meine Unterlagen nicht durcheinandergebracht!"

„Ich habe alles wieder ordentlich hingelegt", antwortete Harry.

„Das ist ja wohl das Mindeste nach dem Vergnügen", murmelte Alice mit schwärmerischem Blick und begann, ihren Lappen im Seifenwasser auszuwringen. „Auf so etwas hätte ich auch mal wieder Lust. Wie sieht es aus, Harry?"

Während ich das Geplänkel der beiden mit halbem Ohr verfolgte, überlegte ich, wie ich nach Hause gelangte, ohne Leonard über den Weg zu laufen. So langsam entwickelte sich mein Aufenthalt hier zu einem regelrechten Spießrutenlauf.

Harry, vermutete ich, hatte mir gesagt, was ihm wichtig gewesen war. Ein kurzes Statement zu unserer gemeinsamen Vergangenheit. Und dann Viktoria und er. Wie hatten die beiden zusammengefunden? Oder war es die Reaktion einer betrogenen Verlobten auf Leonards Verhalten gewesen? Leonard, der es offensichtlich mit der Treue in einer Beziehung nicht so genau nahm? Trotzdem konnte ich mir Harry und Viktoria beim besten Willen nicht als Paar vorstellen. Aber die Liebe war unergründlich. Du bist naiv, sagte mir die Stimme der Vernunft. Das, was zwischen den beiden war, würde man wohl kaum unter dem Begriff Liebe einordnen. Affäre nannte man es.

Oder nur Sex.

Sollten sie doch. Es ging mich absolut nichts an.

Harry hatte die Asche aus dem Kamin in eine Blechwanne gekehrt, dabei einen lauten Hustenanfall bekommen und eilte nun zwischen Gastraum und angrenzender Küche hin und her, um Gläser, Teller und Besteck mit lautem Klang in den Geschirrspüler zu räumen. So, wie es sich anhörte, schien er das Besteck in die vorgesehenen Körbe zu werfen.

Alice verschwand in der Küche und kehrte mit einem großen roten Eimer voll Wasser und einem Wischmopp in der Hand zurück. Sie stieß den Mopp mit viel Kraft in den Eimer und klatschte das tropfnasse Stück Stoff geräuschvoll auf den Eichenholzfußboden. Dann begann sie die große Pfütze vor ihren Füßen in kreisenden Bewegungen über den Boden zu wischen.

„Bis morgen!", sagte sie, als sie sich zu mir vorgearbeitet hatte.

Das Signal für mich zu gehen.


Ein Schwall frischer, feuchter Nachtluft empfing mich vor dem Pub. Fledermäuse umkreisten die Laterne auf der gegenüberliegenden Straßenseite wie ein Schwarm Möwen einen Fischkutter. Es waren bestimmt an die zwanzig Exemplare. Ich schaute nach rechts und links; kein Leonard in Sicht und auch sonst keine Menschenseele. Das Dorf hatte sich bereits zur Ruhe gelegt.

Ich zückte mein Handy, sah sofort die eine Nachricht von Leonard. „Ich wollte mir dir reden! Wann passt es dir?"

Unwichtig! Meine Finger verselbstständigten sich und tippten auf die nächsten Kacheln auf dem kleinen Bildschirm. Wetter: alles gut, Fitness: top, blau-weiße E-Mail-Kachel: oh nein.

„Ich erwarte eine Kommentierung folgender Zahlen", es folgte ein Screenshot mit Bilanzpositionen, von denen einige einen roten, krakeligen Kreis trugen, „bis heute Abend!" Keine Anrede, kein Gruß. Nichts. Wie immer.

Ich atmete einmal tief durch. Wie spät war es in Berlin? 22:07 zeigte mein Smartphone. Noch eine knappe Stunde bis Mitternacht in Deutschland. Ich könnte es noch schaffen, sagte mein auf Disziplin und Gehorsam getrimmtes Hirn, das zählte eventuell als heute Abend ... Nein, ich war im Urlaub und ich hatte mich hier schon viel zu viel mit meiner Arbeit beschäftigt. Ich nahm einen tiefen Atemzug in dieser herrlichen Nachtluft, um mir selbst Mut zu machen.

„Bin im Urlaub. Kommentierung muss bis nächste Woche warten", schrieb ich sehr mutig. Oder war das anmaßend? Nein! War es nicht. Ich wollte meinem Chef die Stirn bieten, hatte ich heute Nachmittag beschlossen. „Bitte Daniel fragen."

Während ich durch meine anderen Mails scrollte, fast ausschließlich Werbung, ploppte eine neue Nachricht auf. „Das wird Konsequenzen haben! Gravierende Konsequenzen!" Der Workaholic war auch jetzt noch bei der Arbeit. Während mein Blutdruck in ungeahnte Höhen kletterte, ich merkte, wie mein Herz in einem Gefühlscocktail aus Nervosität und Ärger wie eine Basstrommel schlug, wartete ich auf seinen Anruf.

„Carolin!"

Wie ein verschrecktes Reh sah ich mich um. Harry war aus dem Pub getreten, in der Hand eine Zigarette, die er mit einem Feuerzeug entzündete. Auch er sah müde aus, dachte ich, als das kleine Feuer sein Gesicht erhellte. Tief eingegrabene Falten auf der Stirn und um den Mund. Man sah ihm an, dass das Leben es nicht immer gut mit ihm gemeint hatte. Er nahm einen langen Atemzug aus der Zigarette.

„Danke!", sagte er schlicht und blies eine Wolke Rauch aus.

Ich nickte ihm zu und setzte mich in Bewegung, mit meinen Gedanken gerade nicht in den Cotswolds im Urlaub, sondern mitten auf meiner Arbeit bei den rot umkringelten Zahlen. Hätte sich mein Chef eine Sekunde mit der Materie beschäftigt, hätte er sehen können, dass die Bilanzpositionen deshalb abwichen, weil sie es auch im Vormonat getan hatten. Was sich in der Abweichung widerspiegelte, waren die gebuchten Korrekturposten zum Vormonat. Die Vorgänge hatte er selbst angeordnet. Die Unterlagen dazu hatte er selbst unterschrieben.

„Übrigens Carolin", rief Harry mir hinterher, „vergleich dich nicht mit Viktoria. Das musst du wirklich nicht, ihr spielt in ganz unterschiedlichen Ligen."

Danke, Harry, dachte ich und versuchte das aufkeimende Gefühl des Selbstmitleids zu unterdrücken. Das wusste ich selbst. Aber musste mir das Harry so deutlich unter die Nase reiben?

Es waren weniger als fünfhundert Meter bis zur Bluebell Hill Farm. Aber als ich den Hof betrat, fühlte ich mich ausgelaugt und schwer, als hätte ich eine kilometerlange Wanderung hinter mir. In Leonards Cottage brannte Licht im Erdgeschoss. In dem Moment, als ich vor meiner Haustür stand, erlosch es und ich konnte sehen, dass nun im oberen Bereich die Lichter angingen. Die sich mir aufdrängenden Bilder machten mich traurig. Meine Wut auf Leonard war verraucht. Vielleicht hatte mein Körper einfach keine Kraft mehr zu kämpfen und gab auf.

Ich betrat meine eigenen vier Wände, wollte das Handy aus der Hand legen. Wie ferngesteuert blickte ich ein letztes Mal für heute auf die Kacheln. Die blaue mit dem weißen Briefumschlag zeigte eine neu eingegangene Nachricht an. *Abmahnung.*

Neugier konnte einem die letzte Kraft rauben. Ich war zu erschöpft, um den Inhalt der Nachricht zu lesen und zu müde, mich dieser Ungeheuerlichkeit zu widersetzen. Hinter meinen Augen stiegen Tränen auf.

Müde schlich ich zur Spüle, griff nach einem abgestellten Glas und trank Wasser wie eine Verdurstende. Warum holte mich das alles im Urlaub ein, in der Zeit, die ich mir so hart erkämpft hatte und auf die ich den Sommer über hingearbeitet hatte? Hatte ich geglaubt, die Idylle der Landschaft färbte ab und legte einen Weichzeichner über mein gesamtes Leben? Ganz plötzlich und unvermittelt? Nein, so einfach war das Leben nicht. Bestimmten Dingen konnte man nicht entkommen. Auch nicht, wenn man lächelte ...

Ich spülte mein Glas, trocknete es ab und verstaute es im Schrank. Wenn die Welt um mich im Chaos versank, sollte wenigstens meine unmittelbare Umgebung Ordnung und Ruhe ausstrahlen. Ich polierte also auch noch die Spüle und ging zur Haustür, um mein Handy in der Handtasche, die ich auf dem Schränkchen abgestellt hatte, zu verstauen. Ich wollte die negativen Nachrichten, die darin gespeichert waren, nicht in meinem Schlafzimmer haben.

Jetzt erst sah ich das Papier, das auf dem Fußboden vor der Haustür lag, wahrscheinlich war es mir aus der Handtasche gerutscht. Oder war es ein Flyer, den man mir unter der Tür durchgeschoben hatte? Oder eine herzliche Nachricht von der freundlichen Elenor? So etwas könnte ich jetzt weiß Gott gebrauchen.

*Carolin,* las ich, als ich den Briefbogen entfaltete, *falls jemals etwas zwischen uns war, halte ich es für besser, wenn wir es beenden. Es war ein Fehler. Für die Zukunft reicht es nicht. Leonard*

Das hatte er mir also vorhin im Pub sagen wollen. Und offenbar war es ihm so wichtig, dass er es mir noch heute Abend hatte mitteilen wollen. Die Notiz, mehr war es nicht, war auf einem DIN-A4-großen Papier mit seinem Briefkopf, am Computer wie ein Geschäftsmemo getippt. Leonard hatte sich nicht einmal die Mühe gemacht, persönlich zu unterschreiben.

Nüchterner, distanzierter ging es nicht.

Herzloser, arroganter, kühler auch nicht.

Ich fühlte mich wie ein getretener Hund, den man ständig weiter trat.

Warum? fragte ich mich, während ich den Zettel im Wechsel zerknüllte und wieder glatt strich, um noch einmal das Unglaubliche zu lesen, als müsste ich mir das Messer immer tiefer in die offene Wunde treiben.

Charly, fuhr es mir durch den Kopf. Ich brauchte ihn. Ein warmes Wesen mit Herzschlag ... Sehr gerne dürfte das gute Tier heute Nacht bei mir schlafen. Von mir aus auch im Schlafzimmer. Oder ich zöge auf das Sofa im Erdgeschoss, um ihm nahe zu sein.

Ich öffnete die Haustür. Ich spitzte die Lippen, pfiff in die Dunkelheit. Charly, die treue Seele mit den dunklen Augen, die vor Freude glänzten, wenn er mich sah. Ich sehnte mich nach seiner Zuneigung. Charly. Sein warmer, kleiner Körper, in dem ein gutes Herz schlug.

Ich pfiff noch einmal.

Der Hof lag dunkel und verlassen.

## Kapitel 25

Ich keuchte den Berg hinauf. Jetzt zum dritten Mal, um dann wieder leichtfüßig wie eine Elfe hinab in die Senke zu schweben. Am Fuß des Hügels nahm ich die Wende. Noch einmal ging es joggend bergauf, weitaus schwerer fiel es mir jetzt schon, aber ich würde es noch weitere sechs Mal schaffen. Zehn Mal, eine Trainingseinheit, hatte ich mir vorgenommen. Nur nicht schlappmachen!

Ein hartes Training, durch das alle Sorgen wie Rauch, der durch einen Kamin abzog, verpuffen konnten. Ein Training, in dem sich alle meine Emotionen austoben konnten.

An dem Hang, den ich mir für das Training ausgesucht hatte, tummelten sich Schmetterlinge im Grün und Gelb der Wiese in einer Unbeschwertheit, die auch ich gerne in mir gespürt hätte.

Die Sonne fiel mir warm auf den Rücken und zog den Tau der Nacht von den Gräsern. Grashüpfer stoben bei jedem meiner Schritte aus der Wiese und ich sah ihre bläulichen Flügel. Ich entdeckte mysteriöse kleine Löcher im Erdboden und hoffte, dass darin nicht Erdwespen wohnten.

Als ich das zehnte Mal wieder in der Senke, meinem Startpunkt, stand, beschloss ich, mich noch einmal nach oben zu begeben. Aber dieses Mal tat ich es mit Genuss und Muße. Langsam stapfte ich auf den Hügel, meine bereits zittrigen Muskeln schonend, während ich meinen Blick in das Grün um mich herum lenkte. Die vielen kleinen schillernden Käfer, die auf Taubnesseln wie dicke Perlen saßen, fielen mir jetzt erst auf. Ich zog mein Handy aus dem Hüftgürtel und machte Fotos. Unglaublich schön, diese Insekten. Ich hatte sie noch nie zuvor gesehen. Dabei musste ich bereits an vielen Exemplaren dieser Art in meinem Leben vorbeigelaufen sein. Prächtiger Blattkäfer, *Chrysolina fastuosa*, laut Google. Ich beobachtete den federleichten Tanz der vielen weißen Schmetterlinge, sah ihnen zu, wenn sie auf einer der gelben Blüten landeten, um Nektar zu tanken.

Einer meiner Bewegungsringe schloss sich, ich spürte das Vibrieren. Es musste der dritte Ring sein, den ich heute zum Explodieren gebracht hatte.

Ja, und?

Oben auf dem Hügel waren viele der Gräser braun geworden; sie hatten ihren Sommer erlebt und warteten nun in ihrem Herbstkleid auf den Rest des Jahres.

Bevor ich mich vollends entspannen konnte, dehnte ich Beine, Hüfte, Oberkörper und rekelte mich einmal von oben bis unten durch. Ich ließ mich auf einem Baumstamm nieder, der neben mir einladend wie eine Bank lag, um die Aussicht zu genießen.

Ein heller Raubvogel, kleiner als die, die ich in den letzten Tagen gesehen hatte, stand mit breit gefächertem Schwanz in der Luft fast über mir und rüttelte. Er flog ein paar Meter weiter, um wieder mit kurzem schnellem Flügelschlag über einem Punkt auf dem Plateau zu verweilen. Kurz darauf ließ der Vogel sich senkrecht fallen, schoss hinab in die Wiese. Als er wieder aufstieg, hielt er irgendetwas in seinen Fängen. Vielleicht eine der zahlreichen Mäuse, die auch heute Morgen meinen Weg gekreuzt hatten.

Ich schloss die Augen, dankbar für den Augenblick, den ich hier oben in der Natur, weg von der Farm genießen konnte. Trotz all der Vorkommnisse der letzten vierundzwanzig Stunden hatte ich tief und fest geschlafen und nicht stundenlang, wie ich es für gewöhnlich in ähnlichen Situationen tat, Probleme gewälzt.

Noch gestern Abend hatte ich beschlossen, ich musste das Thema Job angehen. Vor zwei Jahren hatte ich die Abteilungsleitung übernommen, was ich sowohl als willkommene Herausforderung als auch Anerkennung für meine bisherige Leistung empfunden hatte. Mit Elan hatte ich mich in die neuen Aufgaben eingearbeitet, die Verantwortung für Menschen in der Gruppe zu übernehmen, gefiel mir ebenso. Leider ging meine damalige Chefin innerhalb weniger Monate und mit ihrem Nachfolger, Lutz Wernecke, hatten die Probleme begonnen. Ich hatte versucht, sein cholerisches Verhalten, das er häufig an den Tag legte, nicht persönlich zu nehmen. Er verhielt sich mir gegenüber nicht anders als gegenüber meinen Kollegen. Ein Choleriker blieb ein Choleriker. Aber ich hatte das Pech, besonders viel mit ihm kommunizieren zu müssen. Reibungspunkte gab es genügend, auch mit meiner Chefin hatte es diese gegeben, doch war sie damit niemals so unprofessionell umgegangen wie er. Wobei ich, auch das musste ich mir eingestehen, ihm zu wenig Kontra gegeben hatte. Und je weniger ich ihm die Stirn bot, desto mehr glaubte er, sein Wesen an mir auslassen zu können.

Heute früh hatte ich meinem Chef eine E-Mail geschrieben. Auf die Abmahnung, die juristisch sicherlich nicht haltbar war, war ich nicht eingegangen. Mit einem Satz hatte ich die Abweichung erläutert, die er sich nicht hatte erklären können. Ich hatte ihn darauf hingewiesen, dass ich nicht weiter gewillt wäre, an meinen freien Tagen zu arbeiten. Für das Erledigen von Routineaufgaben stünde ich in meinem Urlaub nicht zur Verfügung. Nach einer kurzen Korrespondenz mit Daniel hatte sich herausgestellt, Lutz Wernecke hatte meinen Stellvertreter gar nicht erst gefragt, der ihm hätte helfen können. Nein, mein Chef rief die Leute lieber im Urlaub an. Nein, so war es auch nicht. Lutz Wernecke rief nur mich im Urlaub an. Nicht seine anderen Mitarbeiter. Diese zusätzliche Erkenntnis bestärkte mein Vorhaben, etwas zu ändern. Wie blöd war ich über die letzten vierzehn Monate gewesen?

„Kündige doch!", hatte mir meine Schwester Tina, mit der ich heute Morgen ein längeres Telefonat geführt hatte (Gott sei Dank gehörte sie zu den Frühaufstehern), empfohlen und damit das ausgesprochen, was mir seit geraumer Zeit durch den Kopf spukte. Die Reißleine ziehen. Es wäre für mich die letzte Option, aber nach dem Verhalten der letzten Tage fühlte es sich richtig an. Glücklicherweise hatte ich eine Menge Überstunden und Resturlaubstage, sodass ich ab heute eine freie Frau war.

Rein theoretisch. Aber mit dieser Überlegung fühlte sich schlagartig aller Ballast, den ich mit mir herumschleppte, nur noch halb so schwer an. Gleich am Montag, einen Tag nach meiner Rückkehr, würde ich ihm das Schreiben überreichen.

„Bei der Arbeitsmarktlage findest du schnell wieder etwas Neues!", auch das hatte Tina gesagt und natürlich wusste ich, dass sie recht hatte. Trotzdem hatte ich bisher gezögert, diesen Schritt zu gehen. Aber hieß es nicht, neues Spiel, neues Glück? Warum sollte ich mein Glück nicht bei einem anderen Unternehmen finden? Die Wahrscheinlichkeit, abermals einen Chef wie Lutz Wernecke zu bekommen, war — rein statistisch gesehen — verschwindend gering.

Aber es hieß natürlich auch, dass ich mich umsehen musste. Neue Wege zu gehen, gehörte nicht zu meinen Lieblingsaufgaben. Aber manchmal war es eben unerlässlich. Es ging um mich und ich sollte mir diesen Schritt und Aufwand wert sein. Natürlich. Ich *war* es mir wert. Und außerdem gab es da noch den Headhunter. Vielleicht konnte er mir doch von Nutzen sein. Und während ich mich zu dem gedanklichen Schritt der Kündigung durchgerungen hatte, trat mir immer mehr vor Augen, wie sehr mich der tägliche Umgang mit Lutz Wernecke belastet hatte. Nicht umsonst war ich zu einem Coach gerannt, hatte sogar überlegt, mich in therapeutische Behandlung zu begeben. Aber hier, mit ein wenig

Abstand zu dem Geschehen, verstand ich, dass nicht ich, sondern Lutz Wernecke in Behandlung gehörte.

Ich betrachtete mein Schattenbild. Ich saß aufrecht da. Eine Frau, die ihren Weg geht. Es gefiel mir.

Die Luft war klar und frisch, samtig und weich. In einiger Entfernung hockte ein Hase neben einem schützenden Gehölz. Ein Feldhase. Seine langen Ohren lugten aus dem Grün hervor. Standen Feldhasen nicht auf der Roten Liste? Wie schön, dass es sie hier gab. Dankbarkeit perlte in mir hoch.

Die letzten Tage würde ich genießen, ganz egal, ob Leonard und Viktoria an meiner Seite wohnten. Kurz hatte ich überlegt, zu Anne zu ziehen. In eines ihrer frisch renovierten Gästezimmer. Aber mir gefiel es hier, ich wollte auf der Bluebell Hill Farm bleiben. Ich liebte die Geborgenheit meines kleinen Zuhauses, freute mich, wenn ich zur Tür hereintrat, die Sonne die Räume durchflutete und es anheimelnd nach frischer Wäsche und Holz duftete.

Es war schön hier.

Leonard, der Glückspilz, der in Lower Millbury immer einige Wochen, wenn nicht gar Monate des Jahres zubrachte. War Leonard glücklich, fragte ich mich. Ich wusste, er liebte die Farm und für ihn waren Elenor und Jane wie eine kleine Familie. Und Viktoria hatte er auch. Leider.

War er glücklich, wenn er sich von einem Projekt zum nächsten schreibend an den Laptop setzte? Sicherlich lastete inzwischen auch Druck auf ihm und er musste seine Bestseller liefern. Andererseits hatte er mir lang und breit erklärt, dass es für ihn die schönste Tätigkeit überhaupt sei. Das Hobby zum Beruf machen, ihm war es gelungen. Und angeblich genoss er Freiheiten bei seinem Verlag. Was aber auch zählte: Durch seine vorherige Tätigkeit bei seiner Investmentbank hatte er sich finanziellen Spielraum geschaffen. Es gab einem die Macht, Dinge in einem anderen Licht zu sehen.

Also kannst du dich doch auch entspannen, Carolin, redete ich mir zu. Auch wenn mein Polster auf der Bank mit Sicherheit nur einem mikrowinzigen Bruchteil von Leonards entsprach (nicht, dass wir darüber gesprochen hätten, das waren alles nur Vermutungen meinerseits), gab es mir die Freiheit, mir etwas Zeit zu verschaffen. Um wieder einen klaren Kopf zu bekommen, was ich wirklich wollte im Teil zwei meines Berufslebens.

Eine kleine Auszeit nehmen. Ich konnte mir gerade nichts Schöneres vorstellen.

Und den Coach konnte ich mir auch sparen, wenn ich wieder Zeit in meinem Leben hätte und aus dem momentanen Hamsterrad ausstieg. Ich traute mir durchaus zu, zu wissen, was das Beste für mich wäre. Auch das hatte mir Tina heute Morgen noch einmal in aller Deutlichkeit gesagt. „Spar dir das viele Geld und wir gehen einmal im Monat schön essen. Die Tipps für ein glücklicheres Leben kann auch ich dir geben." Im Kern hatte sie wohl recht.

Und Leonards Verlobung? Ich riss einen Grashalm ab und wickelte ihn um meinen Finger. Natürlich war ich enttäuscht. Ich war entsetzlich wütend und gleichzeitig fühlte ich Wehmut, denn meine

298

Gedanken waren dem Jetzt vorausgeeilt. Und diese Gedanken hatten mir eine Zukunft mit Leonard in hellen, leuchtenden Farben ausgemalt. Zumindest ein paar herrliche Tage in den Cotswolds. In die weitere Zukunft hatte sich selbst meine Fantasie nicht getraut, nur meine Träume.

Das Leben ließ sich nicht planen. Wie oft musste ich noch auf die Nase fallen, um das zu begreifen? Ich konnte mir so viele Ziele setzen, so viele Listen schreiben, die Punkte akribisch abarbeiten und mit Freude abhaken, diszipliniert wie Michelle Obama sein, das Ergebnis des Lebens hing nur in Teilen davon ab. Häufig genug fühlte ich mich im Leben auch wie ein Surfer, der das Gleichgewicht auf seinem Brett zu halten versuchte. Das gelang mal besser, mal schlechter. Und ab und an stürzte man. Dann musste man sich eben wieder bemühen, um auf das Brett zu gelangen. Untergehen war keine Option. Hinfallen, aufstehen, Krönchen richten und weitergehen.

Das Leben war manchmal einfach nur kompliziert.

Ich streifte die Schuhe von den Füßen und auch die Sportsocken, stellte mich auf das taunasse Gras. Es war wichtig, sich zu erden. Grounding. Ein Trend in der Wellnessbranche. Und alle Gesundheitsgurus, die es empfahlen, hatten recht: Es tat gut, die Natur unter den Füßen zu spüren. Die krümelige Erde und die kühle, feuchte Wiese, einzelne Halme oder Gräser, Moos als Kissen. Alles ließ sich mit den Zehen ertasten. Barfußgehen. Eines der schönsten Dinge für mich im Sommer. Luxus.

Das Wasser im Pool funkelte verlockend wie immer, aber es war nach wie vor in erster Linie eisig wie Gletscherwasser. Trotzdem — ich wollte diese Kälte, denn sie brachte mir Energie. Inzwischen genoss ich das Eintauchen. Diesen ersten Moment, wenn die Kälte mir die Luft zum Atmen nahm und mich aufkeuchen ließ. Wie immer drehte ich tapfer meine Runden. Nachdem ich gesehen hatte, dass Leonards Auto nicht in der Scheune stand und auch die anderen fremden Wagen verschwunden waren, konnte ich mich unbeschwert auf dem Hof bewegen. Zwanzig war mein Ziel. Zwanzig Runden war ich geschwommen, wobei ich mich vielleicht verzählt hatte — zwischendurch waren meine Gedanken immer wieder abgeschweift. Ich schwamm weiter. Einundzwanzig. Zweiundzwanzig. Geschafft.

Jetzt saß ich am Rand des Beckens auf den warmen Steinfliesen, meine Füße baumelten im Wasser. Ich ließ meinen Körper zur Ruhe kommen. Zwei Libellen zickzackten über dem Pool, der eine Insektenkörper grün, der der anderen Libelle blau schimmernd. Herrliche Farben, die die Natur hervorbrachte.

Ich blickte auf meine durch das Wasser verzerrten Füße, als wären sie fremde Wesen, machte kleine Wellen damit und bewegte die Zehen. Sollte ich heute nach Blenheim Palace fahren? Am liebsten wäre ich mit einem Lieblingsmenschen in ein Café gegangen, hätte die Septembersonne genossen, eine oder zwei Kaffeespezialitäten probiert und mich nach Herzenslust unterhalten. Unterhalten, ohne Stolpersteine der Vergangenheit, ohne jedes Wort auf die Goldwaage zu legen. Die Gedanken einfach fließen lassen. Mit meiner Schwester konnte ich das gut oder mit einer Freundin.

Sollte ich Elenor fragen? Sie war extrem nett. Aber sie machte immer einen so fleißigen und geschäftigen Eindruck; ich traute mich nicht, sie von ihren endlos scheinenden Aufgaben abzuhalten. Wenn sie einmal eine Sekunde Freizeit hatte, genoss sie diesen Moment wahrscheinlich am liebsten alleine. In Ruhe, ohne dass irgendjemand irgendetwas von ihr wollte.

Ich hörte seltsame Vogellaute, ein Trompeten, über mir. Ich musste meine Augen anstrengen, bis ich die kleinen schwarzen Punkte am Himmel entdeckte. Ganz weit oben waren sie. Kraniche, die über der Farm kreisten.

Die Vögel des Glücks. In mir schwappte das warme Gefühl der Dankbarkeit hoch. Jane hatte recht, jeder konnte Glück gebrauchen.

Als ich mein Cottage von der Terrasse betrat, fiel mein Blick sofort auf den Zettel, den man mir unter der Eingangstür durchgeschoben hatte. Automatisch schaltete mein Herz einen Gang hoch. Aber es war nichts von Leonard. Zum Glück nichts von Leonard! sagte ich mir. Es war eine Nachricht von Elenor.

Gab es gute Feen, die Gedanken lesen konnten? Sie lud mich für heute Nachmittag ab drei Uhr zu einem Afternoon Tea, wenn mir das passte. Wenn die Wespen nicht zu sehr stören würden, könnten wir draußen im Garten sitzen.

Und wie mir das passte. Am liebsten wäre ich im nassen Bikini zu ihr geflitzt und hätte sie voller Dankbarkeit umarmt.

## Kapitel 26

Es klopfte an der Terrassentür. Durch die zugezogenen Vorhänge konnte ich Leonards Silhouette erkennen, neben der ein gedrungener Schatten hockte. Charly. Lauerte der Schriftsteller mir auf? Ich hatte nicht gehört, dass er wieder nach Hause gekommen war. Auf ein Gespräch mit ihm legte ich nach wie vor keinen Wert. Überhaupt nicht. Ich ignorierte das Klopfen, ging stattdessen nach oben, um zu duschen. Fünf Minuten später klingelte es Sturm an der Haustür. Merkte der Mann nicht, dass er störte?

Durchatmen. Tief, lang, eine Wiederholung nach der anderen.

Es klingelte erneut.

„Lächle und das Leben ..." Nein, heute half dieser Spruch nicht. Es gab Geschehnisse, die man nicht weglächeln konnte. Und auch das Leben lachte nicht immer zurück, das hatten die jüngsten Ereignisse bewiesen. Manchmal verteilte das Leben schallende Ohrfeigen, obwohl man lächelte.

Ich ließ mir Zeit vor dem Spiegel. Seelenruhig bürstete ich mir die Haare, strich zwei Schichten Mascara auf die Wimpern, nachdem ich zuvor ein kühlendes Gel in die Augenpartien mit dem Ringfinger geklopft hatte. Ich setzte mich auf das Bett, um zu warten, bis das Klingeln endete. Da es das nicht tat, griff ich nach zwei schweren Büchern, die für ein kurzes Hanteltraining taugten. Ich legte mich auf die Matratze und widmete mich meinen Übungen, stemmte die Bücher. Hoch und langsam wieder ab. Zweimal. Dreimal. Ich begann, gedanklich und sehr professionell meine bereits verfasste To-do-Liste zu rekapitulieren: *1. Leonard vergessen. 2. Alle Begegnungen mit ihm vergessen. 3. Ihn aus meinem Leben verbannen. 4. Nie wieder an ihn ...* Wie von einem Katapult abgeschossen, sprang ich auf. Es klopfte. Jemand klopfte mit Nachdruck an die Haustür. Ich hatte keinen Zweifel, wer dieser Jemand war.

Jetzt reichte es.

Mit kochender Wut im Bauch sprang ich die Stufen hinunter. Leonard konnte sich warm anziehen. Dass er überhaupt den Nerv besaß, mir noch einmal unter die Augen zu treten. Ja, es mit einer unverschämten Unverfrorenheit einforderte. Gestern Abend hatte er mit seinem Brief den Schlussstrich unter alles, was gewesen war, gezogen.

Was wollte er jetzt noch?

Eine letzte Konfrontation mit ihm und im Anschluss konnte er mir den Buckel runterrutschen. Mit einem Ruck riss ich die Tür auf und verschränkte die Arme demonstrativ vor meinem grünen Shirt. „Was ist?“

Warum musste er heute Jeans und ein weißes Hemd mit hochgekrempelten Ärmeln zu einem strahlenden Lächeln tragen? Er sah besser aus denn je. Offenbar hatte *er* gute Stunden gehabt, schoss es mir durch den Kopf. Gute Stunden mit seiner Viktoria. Gute Stunden mit seinem Verleger. Gute Stunden mit dem Fotografen. Er strahlte das aus, wie man sich fühlte, wenn man auf der Welle des Erfolgs im Leben schwamm. Und Leonard surfte die Welle hervorragend. Anders als ich ... Sein Anblick und sein selbstgefälliges Lächeln waren mehr, als ich ertragen konnte. Augenblicklich hasste ich, ja, ich *hasste* ihn, und nicht nur Leonard, sondern auch Viktoria.

Warum konnte er mich nicht einfach in Ruhe lassen? Und dieses Lächeln — smarter ging's nicht —, das nicht die Spur von Mitgefühl in sich trug, sondern ein So-bin-ich-eben-Lächeln war, wirkte auf mich wie blanker Hohn. Aber darum, wie er *aussah*, ging es längst nicht mehr, rief ich mir ins Gedächtnis. Wie unwichtig war sein Aussehen. Nur der Charakter zählte. Leonard war wie ein blank glänzender Apfel, dessen Inneres verfault war. Sein Charakter war das Jämmerlichste, was mir bisher bei Vertretern des männlichen Geschlechts untergekommen war. Hatte er das nicht von unserer ersten Begegnung an ständig unter Beweis gestellt? Warum war ich unbelehrbar gewesen? Sehenden Auges war ich in die Katastrophe gestolpert, wobei, nein, ich war nicht gestolpert, ich war mit Anlauf zielgerichtet mitten hineingesprungen ... Mit aller Verachtung und Abscheu, die sich in den letzten Stunden in mir angesammelt hatten, blickte ich Leonard entgegen.

„Ich wollte mit dir frühstücken. Guten Morgen!"

Er trat einen Schritt näher, er wagte es ... Ja, und er wagte es auch *tatsächlich*, mir einen Kuss geben zu wollen. Ich fasste es nicht. Dieser Mann hatte wirklich Nerven, das musste ich ihm lassen. Mit beiden

Händen stieß ich ihn zurück, obwohl ich ihm liebend gern eine Ohrfeige verpasst hätte. Noch nie in meinem Leben hatte ich das getan, aber Leonard bot sich als Versuchsobjekt geradezu an. Wiederholt, fiel mir ein.

„Du bist verärgert!", stellte er fest. „Und okay — zurecht."

„Gut erkannt! Und deswegen gehst du am besten gleich wieder!" Ich untermalte den Satz mit einem knappen Handwedeln, als flöge mir ein besonders lästiges Ungeziefer vor dem Gesicht herum. Konnte man tatsächlich so abgebrüht wie Leonard sein?

„Ich möchte dir etwas erklären ..."

„Deine Erklärungen sind mir schnuppe. Und weißt du auch warum? Weil es Lügen sind. Nichts will ich davon hören."

„Ich habe alles für ein Frühstück eingekauft. English Breakfast. Ich dachte, ich biete dir mal etwas Neues ... In zehn Minuten kannst du rüberkommen. Wir müssen reden." Erneut versuchte er es mit einem Lächeln. Die Daumen lässig in die Hosentaschen gehakt, stand er dort und hatte nicht einmal den Anstand, zerknirscht auszusehen.

Auch wenn er Mr Supersmart spielte — wenn er glaubte, dass ich abermals auf ihn reinfiele, hatte er sich gewaltig geirrt. Die Frühstücksmasche zog nicht mehr. Und ich war sogar bereit, auf meinen heiß geliebten Kaffee zu verzichten, um keine Sekunde länger als nötig mit ihm zu verbringen.

„Nein, ich komme nicht rüber. Dein Frühstück kannst du dir sonst wohin stecken oder es mit Viktoria oder Charly teilen. Letzterer ist bestimmt ein sehr dankbarer Abnehmer!"

Er schnalzte missbilligend. Pah! Wenn hier jemand das Recht hatte, etwas zu missbilligen, dann ich. Wollte er, dass ich ihn auf der Stelle erwürgte? Wie festgewachsen stand Leonard in der Tür und ließ mich nicht aus den Augen.

„Viktoria ist weg!", sagte er ruhig.

Wie weg? Warum sagte er mir das? Und war es nicht egal? Änderte es irgendetwas? Verlobt ist verlobt, ob nah, ob fern ... Zumindest in meiner Welt.

Glaubte er, ich gesellte mich zu den beiden? Einmal mit dem Finger schnippen und die dumme Carolin sprang? Spielte im Dramadreieck mit? So, wie das mein letzter Freund auch favorisiert hätte? Oder brauchte der schreibende Mann noch Input für eines seiner Projekte?

Auf was wartete Leonard? Warum blieben seine durchdringenden Schriftstelleraugen auf mir haften? Warum, verdammt noch mal, ging er nicht? Ich brauchte ihn nicht. Ich wollte ihn nicht.

Ich musste weg von ihm, weg aus seinem Einflussbereich. Er durfte mich nicht mehr vereinnahmen.

Ohne ihn weiter zu beachten, riss ich meine Handtasche vom Schränkchen, wühlte nach meinem Autoschlüssel. Mehrmals verdammte ich in Gedanken meine große Tasche, die zwar geeignet war, um einen Tagesvorrat an Verpflegung und Unterlagen zu transportieren, aber in der man auf die Schnelle nichts fand. Wo war der Schlüssel? Ich war or-

dentlich und organisiert. Warum fand ich den ver-
flixten Schlüssel gerade in diesem Moment nicht?

Meine Wut auf Leonard war groß wie ein riesiges
Ungetüm. Jetzt in diesem Moment. Und trotzdem
befürchtete ich, ich würde den Mann nicht ewig
abwehren können. Nicht, wenn er dort stand und
mich in dieser Weise *anblickte*. Aufmerksam, forschend, mit einem regelrechten Scan-Blick. Und so
ausgeglichen wirkte, als könne ihn noch nicht einmal
die Detonation einer Handgranate in unmittelbarer
Nähe aus der Ruhe bringen.

„Wir müssen reden!", sagte er abermals. „Ich erzähle dir alles, was du wissen willst, und noch ein
bisschen mehr und du sagst, was das mit Harry ist."

Was scherte ihn Harry? Demonstrativ drehte ich
Leonard den Rücken zu, suchte weiter, ging ein paar
Schritte und kippte schließlich meine Tasche über
dem Esstisch aus. Der Inhalt verteilte sich auf der
Holzfläche: Taschentuchpackungen, mein Porte-
monnaie, mein Handy, Kaugummis, zerknüllte Pa-
piere, drei zusammengefaltete To-do-Listen, zwei
Notizbüchlein, ein kleiner Block, Concealer, Puder,
Rouge, Pflaster, Münzen, drei Tampons (oh nein),
zwei Packen neonpinke Post-its in unterschiedlichen
Formaten, vier Kugelschreiber, ein gelber Marker
und eine Bürste. Ein Lippenstift rollte über den
Tisch, fiel auf den Fußboden, kullerte dort weiter, bis
er schließlich vor dem Sofa liegen blieb.

Leonard hatte die Szene schweigend beobachtet.
Jetzt ging er einen Schritt auf mich zu.

„Was ist denn mit dir los?"

Ich wünschte, er würde nicht mit dieser seidensanften Stimme sprechen. Nicht diesen aufgeschlossenen, interessierten, mitfühlenden Ausdruck in seinem Gesicht tragen. Ich wünschte, es käme aus seinem Herzen.

Nein! Er war nicht nur ein talentierter Schriftsteller, sondern auch ein brillanter Schauspieler.

„Ich suche meinen Autoschlüssel!"

Leonard fischte den Schlüssel von dem Schränkchen neben der Eingangstür und ließ ihn an seinem Zeigefinger wie einen Köder baumeln. „Hier ist er."

Warum hatte ich den Schlüssel nicht vor ihm entdeckt? Sogleich begann ich, mit fahrigen Bewegungen meine Handtasche wieder einzuräumen. Als es nicht schnell genug ging, schob ich den Rest mit der Hand wie ein Schneeschieber über den Tisch und in die Tasche hinein. Den Lippenstift ließ ich am Fußboden liegen. Um Ordnung würde ich mich ein anderes Mal kümmern, dafür war jetzt keine Zeit. Ich wollte los, raus aus den Schwingungen, die Leonard um sich herum wie ein bebender Vulkan verbreitete. Raus aus seiner Aura.

Nun gut, ich musste mutig sein, anders würde es nicht gehen. Mit ausgestrecktem Arm und nach oben geöffneter Handfläche trat ich auf Leonard zu. Eine unmissverständliche Geste.

Doch er händigte mir den Schlüssel nicht aus.

„Gib mir den Schlüssel!" Es war ein klarer Befehl.

„Erst wenn du mir sagst, was mit dir los ist!" Abschätzend sah er mich an. „Ist es wegen vorgestern Abend oder ist es Viktoria?"

„Wie kommst du darauf?", fuhr ich ihn an. Für wen hielt er sich? Dass er es wagte, diesen unsäglichen Abend, das alles wieder zu erwähnen. „Sicher ist es wegen vorgestern Abend! *Und* Viktoria. Aber vor allem wegen dir! Und überhaupt wegen aller Dummheiten zwischen uns. Und ich ärgere mich in erster Linie über mich selbst!", schnaubte ich. „Aber gut, dass Viktoria aufgekreuzt ist. Wenigstens hat sie damit eine Reihe von Sachen klargestellt!"

„Nämlich?"

„Dass du mit jemanden liiert bist und du zweigleisig fährst. Widerlich! Absolut mies! Und du hattest noch nicht einmal den Mumm, es mir zu sagen. Stattdessen schwafelst du irgendetwas von Alkohol." Es tat mir gut, die Sachen auszusprechen, die mir seit mehr als dreißig Stunden wie wild gewordene Bienen im Kopf umherschwirrten. „Ich war für dich nichts anderes als eine Spielerei, eine Zugabe, die du aus der Burg deiner sicheren Beziehung genießen konntest. Weil du anmaßend bist und den Hals nicht voll genug bekommen kannst."

Ungläubig (ehrlich oder geheuchelt?) starrte Leonard mich an und kreuzte die Arme vor der Brust.

„Bei all dem, was du gesagt hast, hast du nur in einer Sache recht. Ja, ich habe die Zeit mit dir genossen. Und das möchte ich auch weiterhin tun!"

Er vergrub seine Hände in den Hosentaschen und begann im Zimmer herumzulaufen. In meinem Zimmer, in meinem Cottage ... Ich musste ihn rauswerfen. Wie idiotisch war ich, ihm die Tür geöffnet zu haben?

„Was machst du mit Harry?", fragte er und blieb stehen.

„Ich sage es dir einmal final, damit du nicht ein weiteres Mal fragen musst, weil mich das langweilt: Nichts! Und das alles geht dich nichts an. Du hast kein Recht, es zu wissen!"

Leonard hob die Hände, drückte die Fingerspitzen an die Stirn, als müsste er angestrengt nachdenken. „Ich schlage vor, du beruhigst dich jetzt."

„Ich bin ruhig!" Ich schrie es fast und es kostete mich ungemeine Selbstbeherrschung, nicht wie eine Furie zu brüllen.

„Beruhige dich. Und dann kommst du rüber zu mir und wir reden wie zwei vernünftige Menschen. Ich schrieb dir gestern, es ist nicht so, wie du es dir vorstellst. Und mir ist es wichtig, alle deine Fehleinschätzungen so schnell wie möglich zu korrigieren. Und leider Gottes muss ich um drei Uhr in ein Zoom-Meeting, das für zwei Stunden angesetzt ist. Lass uns jetzt reden und ich räume alle Probleme und Missverständnisse aus dem Weg. Es dauert zehn Minuten, wenn du mir *einmal* zuhören würdest."

„Du sagst das und verhältst dich anders. Du redest das Eine und schreibst das Andere. Es sind keine Missverständnisse!"

„In meinem Leben kenne ich mich besser aus als du. Und ich will es dir erklären. Und geschrieben habe ich ..."

„Leo!"

Die Stimme, die sich wie eine Schranke abrupt zwischen uns schob, gehörte einem Kind. Einem kleinen Jungen. Elenors kleinem Jungen, der gestern im Garten beobachtet hatte, wie ich mich durch die Büsche geschlagen hatte. Unbemerkt war er zusammen mit Charly und dem Labrador in mein Haus gelangt, die Hand voll von etwas, das ich auf den ersten Blick für einen Haufen Plastikmüll hielt, reif für die gelbe Tonne. Auf den zweiten Blick sah ich Flügel aus Plastik, einen langen Rumpf. Räder.

„Willy, ist dein Flugzeug wieder kaputt?", fragte Leonard, legte meinen Autoschlüssel auf das Schränkchen und ging vor dem Kind in die Hocke. Sogleich bedrängten ihn der Labrador und Charly. Waren selbst die Hunde eifersüchtig und buhlten um Leonards Gunst? Gab es auch hier das Dramadreieck? huschte mir durch den Kopf.

Willy nickte. Entweder hatte der Kleine vor Kurzem Kakao oder so etwas wie Kirschsaft getrunken, denn er trug einen dunklen Rand wie einen Schnurrbart über der Lippe. Ich tippte auf Kirschsaft. Leonard nahm die Einzelteile des Flugzeugs in seine Hände, besah sich das Ganze kurz und murmelte: „Kann das Mama nicht richten?"

Der Kleine wackelte mit dem Kopf. „Sie ist am Telefon! Außerdem weißt du doch, wie es geht. Du hast es beim letzten Mal auch repariert."

Leonard entwich ein abgrundtiefer Seufzer. „Komm mit, wir gehen rüber in mein Haus." Er richtete sich auf und nahm den Kleinen an die Hand. „Ich habe dort die passenden Gummibänder." Und an mich gewandt, sagte er: „Bitte warte hier auf mich! Wir müssen das klären."

Die beiden zogen ab. Willy sprang aufgeregt wie ein Flummi neben Leonard und redete wie ein Wasserfall auf ihn ein. Die Hunde folgten im Schlepptau. Immerhin besaß Charly den Anstand, sich noch einmal zu mir umzudrehen, bevor er mein Häuschen verließ.

Von wegen warten. Ich schnappte meinen Schlüssel und die Handtasche und stand im Nu neben meinem Auto. Diese Gelegenheit ließ ich mir nicht entgehen.

„Passt Ihnen das heute mit dem Afternoon Tea?"

Elenor schüttelte am geöffneten Fenster im Erdgeschoss ihres Hauses ein Staubtuch aus, als ich im Begriff war, in mein Auto zu steigen. „Leonard hat leider keine Zeit, aber dann machen wir zwei Frauen uns das gemütlich. Ist ja auch mal schön."

Puh, das hatte ich fast vergessen, dabei hatte ich mich so gefreut. „Es ist mir ein riesengroßes Vergnügen", sagte ich und fühlte mich aus irgendeinem Grund ertappt. „Vielen lieben Dank!"

„Sagen wir um kurz nach drei?"

Ich sah auf die Uhr. Zwei war bereits durch. Musste Leonard nicht um drei Uhr in sein virtuelles Meeting?

Perfekt! Es passte bestens. Ich bedankte mich abermals bei Elenor und sagte ihr, dass ich mich auf den Nachmittag mit ihr freute.

## Kapitel 27

„Ich hatte dich gebeten zu warten!"

Ja, das hatte Leonard, aber ich ließ mir von ihm nichts sagen. Nicht mehr. Kurz überlegte ich, ob ich ihm eine schnippische Antwort auf seine Whatsapp-Nachricht tippen sollte, unterließ es dann aber.

Ich war wenige Kilometer ziellos durch das Land gefahren und hatte mir letztendlich eine Bank gesucht, von der ich in die friedliche, von der Sonne gesättigte Landschaft schauen konnte. Die Schönheit der Natur — sie streichelte meine Seele, immer wieder. Blauer Himmel strahlte über mir, heute mit leichtem Dunstschleier. Es war immer noch sommerlich und warm. Ich sah den Schwalben beim Fliegen zu, ich beobachtete einen dicken schwarzen Käfer, der an einem Grashalm hinauf zu krabbeln versuchte und auf der Hälfte seiner Strecke mit dem Halm in die Wiese zurück knickte. Ich lauschte den Vogelstimmen, den Insekten, die um mich herum schwirrten.

„Mach es uns bitte nicht so schwer!" Wieder Leonard. Heute warf er den Turbo an.

Mir egal.

„Fass dir an die eigene Nase!", tippte ich.

Ich nahm es als gutes Zeichen, dass mein Chef mich weder angerufen noch mir eine Mail geschrieben hatte. Entweder braute sich gerade ein finsteres Unwetter der ganz schweren Art zusammen oder er ließ mich in Ruhe, weil er Einsicht zeigte. Wenn auch

Letzteres eher aus dem Reich der Unmöglichkeit stammte, zog ich mich an dem Gedanken hoch, es könnte so sein. Und wenn nicht ... Meine Kündigung war bereits in den Notizen meines Smartphones formuliert und abgespeichert.

Der Headhunter hatte mir in einer weiteren Nachricht mitgeteilt, dass er eventuell noch einen anderen Job für mich in petto hätte. Na bitte. Vielleicht löste sich alles in Wohlgefallen auf. Also fast alles.

Ich streckte mich. Eine leichte Brise wehte Düfte hinüber, den von einer feuchten Wiese und — nur ganz unterschwellig — den von Wildschweinen? Der Mais, der hinter mir im Feld übermannshoch wuchs, knisterte trocken. Die Kolben standen kurz vor der Ernte. Eine landwirtschaftliche Maschine brummte in der Ferne.

Manche, viele Dinge regelten sich durch Loslassen. Und ab und an musste man sich auch rabiat von etwas lösen. Häufig entfaltete es eine wohltuende Wirkung. Bei meinem Job war es tatsächlich so. Bei Leonard hingegen ... Nein, das ließ sich nicht wegdiskutieren oder schönreden, nicht mit Vernunft, nicht mit Gewalt. Ich war weit davon entfernt, ihn loszulassen. Er bedeutete mir noch immer etwas. Punkt. Ganz gleich, ob er per undankbarer Nachricht einen Schlussstrich unter die Stunden mit mir gezogen hatte oder mit dieser Viktoria zusammen war und mit ihr eine gemeinsame Zukunft plante. Upcoming wifey. Ich schüttelte mich.

Leonard auszublenden gelang mir einfach nicht. Dafür war unsere Zeit zuvor zu intensiv und schön gewesen. Ja, die Stunden, viele Stunden mit ihm waren zauberhaft und aufregend gewesen. Mein Herz legte eine schnellere Gangart ein, wenn ich ihn sah (oder auch nur an ihn dachte, wie jetzt), in meinem Bauch tummelte sich etwas, mein ganzer Körper reagierte auf ihn.

Und mein Verstand? Er hielt dagegen. Mühsam. Er war unentschieden. Warum ich den Schriftsteller und notorischen Fremdgänger nicht komplett ablehnte, war mir unbegreiflich, nach allem, was passiert war. Mein Verstand sagte nicht nur unentschieden, sondern auch unbelehrbar.

Die Porzellan-Etagere, die Elenor aus dem Haus über den Rasen trug, blitzte in der Sonne. In den einzelnen Ebenen türmten sich rote Küchlein, Sandwiches (unterschiedliche Sorten), kleine Quiches und Scones. Dazwischen steckten essbare Blüten. Gelbe und orangefarbene Blüten der Kapuzinerkresse, niedliche Gänseblümchen zu einer Girlande geflochten und was war das? Winzige Sonnenblumen? Alles war so hübsch anzusehen, war so liebevoll angerichtet, dass ich mich gerührt und auch ein wenig überwältigt fühlte.

„Ich habe gehört, dass Sie sehr auf Ihre Ernährung achten, deshalb habe ich uns noch eine Schüssel mit Radieschen und Himbeeren, natürlich eigene Ernte, hingestellt."

Ich floss dahin vor Rührung und Glück. Elenor war ein Schatz. Wie gut, dass ich nicht gefrühstückt hatte, ging mir mit der Nüchternheit einer Pragmati-
316

kerin zusätzlich durch den Sinn. Ich hätte dringend eine Kleinigkeit für meine Vermieterin besorgen müssen. Warum war mir das nicht vorher eingefallen? Normalerweise war ich die Erste, die an Mitmenschen und Mitbringsel dachte, aber im Chaos mit Leonard und meiner Arbeit vergaß ich offenbar die banalsten Dinge und leider auch sämtliche gesellschaftliche Konventionen.

„Das sieht köstlich aus!", sagte ich. „Leider habe ich nicht früher daran gedacht, Ihnen eine Aufmerksamkeit mitzubringen. Ich hole es nach."

Elenor winkte ab und lachte. „Einen Afternoon Tea zelebriere ich liebend gerne und es gehört bei netten Gästen wie Ihnen einfach dazu. Leonard ist schon öfter in den Genuss gekommen und er liebt das. Schade, dass er heute keine Zeit hatte ... Wollen wir nicht Du sagen", fuhr Elenor fort und stellte die Etagere auf dem Tisch ab, der für zwei Personen gedeckt war. Auch hier lagen Blumen verteilt auf der hellen Tischdecke. Der große Familienesstisch im Garten wurde am Nachmittag durch die lang gezogenen Kronen der Pappeln, die an der Dorfstraße standen, von der Sonne abgeschirmt. Bei den Temperaturen war es angenehm.

„Sehr gerne", erwiderte ich und fühlte mich noch einmal ein gutes Stück heimischer auf der Bluebell Hill Farm, wenn das überhaupt noch möglich war.

„Dann begießen wir das! Hast du Lust auf ein Gläschen Crémant? Den habe ich im Kühlschrank."

Ich nickte. Elenor befahl mir, ja, sie sagte, das sei ein Befehl, mich hinzusetzen und einfach zu entspannen. Sie benötige keine Hilfe und sie sei gleich wieder da.

Also ließ ich mich auf den Stuhl gleiten und fragte mich gleichzeitig, wann sich jemand so zuvorkommend um mich gekümmert hatte. Jemand, der für mich sorgte, der mich umsorgte. Leonard? Offensichtlich färbte das Sich-Kümmern auf der Farm auf andere Menschen ab. Wobei das bei Leonard nicht lange angehalten hatte, ging mir weiter durch den Kopf, außerdem hatte er sich lediglich berechnend verhalten.

In der Vogeltränke am Rand der Mauer plätscherte es. Eine Amsel, die ein Bad nahm. Sie spreizte ihre schwarz gefiederten Flügel und tauchte immer wieder in das Nass und sah aus, als hätte sie dabei viel Spaß. Wahrscheinlich war das Wasser in der flachen Schüssel angenehm temperiert, weitaus wärmer als das Wasser im Pool.

„Haben Sie und Leonard gestritten?"

Jane hatte die Angewohnheit und die Gabe, sich wie ein Geist heranzuschleichen. Und ebenso hatte sie die Angewohnheit, ohne Umschweife etwas sehr direkt zu fragen. Hoffentlich ist sie beim Tee nicht dabei, war der erste Gedanke, der durch meinen Kopf flitzte. Der zweite war, was ging es Jane an, und der dritte, ich musste eine banale Antwort geben, alles andere wäre ohnehin zu kompliziert. Ich war mir selbst mittlerweile nicht einmal sicher, wer die ganze Angelegenheit verstand. Selbst meine Schwester hatte heute früh Probleme damit gehabt, meinen Gedankengängen zu folgen. Und sie kannte

318

mich nun wirklich gut. Mein Gehirn war, was Leonard anging, inzwischen nur noch ein einziger Knoten und ich wusste nicht, wie ich ihn auflösen konnte.

„Ein wenig."

Jane nickte und unter ihrem durchdringenden Blick fühlte ich mich wie eine Grundschülerin, die bei der Rektorin wegen einer Dummheit vorstellig werden musste.

„Ist es wegen Viktoria?"

Bequem war es, alles auf diese Frau zu schieben und es machte mir die Antwort leicht.

„Vielleicht."

Jane warf die Arme zum Himmel, eine Geste, die sie offenbar liebte. „Ganz sicher! Das kann ich mir vorstellen. Diese Frau verursacht Katastrophen. Jedes Mal, wenn sie hierherkommt, ist es eine neue ... Bringen Sie das mit Leonard ins Reine! Er hat es nicht verdient zu leiden!"

Wieder einmal klammerte Jane meine Person für mein Empfinden viel zu sehr aus. Warum drehte sich immer alles um *ihn*? Aber was wusste Jane schon von mir? Sie kannte Leonard besser und er verstand es, die Damen hier zu bezirzen. Insbesondere Jane, daher schlug sie sich automatisch auf seine Seite. Oder, wie Elenor es mir erklärt hatte, Leonard war ihr Liebling.

„Jane, sei so gut und lass Carolin und mich ein wenig in Ruhe den Tee genießen."

Elenor stellte ein Tablett auf den Tisch, mit zwei Sektgläsern und einer Flasche, die mit Wassertröpfchen beschlagen war.

„Ich werde die Dahlien ausputzen und danach die Wicken und dem Unkraut muss sich auch jemand widmen", brummelte die alte Dame und griff nach dem Zinkeimer, der zwischen den Hortensien stand. „Einer muss ja schließlich auch arbeiten," sagte sie und trollte sich.

Mit einem lauten Plopp löste Elenor den Korken aus der Flasche und goss das perlende Getränk in die zwei geschliffenen Gläser, die nach Erbstücken aussahen. So vieles atmete hier Familie, Tradition. Beständigkeit. Geborgenheit.

„Cheers!", sagte sie und wir stießen an. Der Crémant perlte in meiner Kehle und es schien, als stiege mir der Alkohol direkt in den Kopf. Gleichzeitig verlieh er mir ein Gefühl der Entspannung. Nach dem zweiten Schluck sogar eine Haltung, die alles, was in meinem Leben gerade an Schwere da war, angenehm in den Hintergrund treten ließ. Elenor verteilte Sandwiches und Quiches auf unsere Teller, nachdem sie mir geraten hatte, mit dem Herzhaften zu starten. Noch nie zuvor hatte ich Gurkensandwiches gegessen (normalerweise aß ich auch kein Weißbrot), aber Elenor hatte für die Brote irgendeinen Aufstrich gewählt, der die Kombination Weißbrot mit Gurke äußerst schmackhaft machte.

„Ging es bei Jane wieder um ihren Liebling Leonard?", fragte sie mich zwischen zwei Bissen.

Ich wusste nicht, woher ich die Gewissheit nahm, aber ich hatte das Gefühl, Elenor vertrauen zu können. Sie würde das, was ich ihr sagte, nicht gegen mich verwenden. Und ich hatte die Hoffnung, dass sie es auch für sich behalten würde.

„Sie hat mich gefragt, ob wir uns gestritten hätten. Und ob Viktoria der Grund gewesen sei."

Elenor seufzte, legte ihr Lachssandwich, das sie im Begriff war, zu essen, auf den Teller zurück und goss uns Crémant nach.

„Vielleicht ist es an der Zeit, dir ein paar Informationen zu geben. Sicherlich hatte Leonard keine Zeit dazu, nachdem es hier gestern wie im Taubenschlag zuging. Ich nehme mal an, ihr seid nicht dazu gekommen, in der kurzen Zeit eures Beisammenseins euer gesamtes Leben durchzugehen."

Beisammensein. Ja. Elenor hatte das richtige, neutrale Wort für unsere Beziehung gewählt. Beisammensein, genau das war es gewesen.

„Ich hoffe, du empfindest das nicht als Einmischung. Ich bin kein Mensch, der sich normalerweise über andere Menschen auslässt, erst recht nicht über Gäste, aber es gibt solche und solche Gäste ..."

Ich vollführte eine nickende Kopfbewegung, meine Neugier war geschürt.

„Leonard und du — ihr gehört zu den angenehmen Gästen, zu den sehr angenehmen Gästen. Cheers, das muss jetzt auch mal gesagt werden!"

Wir prosteten uns zu und mich durchfloss nach Elenors Worten das wohlige, warme Gefühl der Freude.

„Viktoria hingegen", Elenor stellte ihr Glas so abrupt ab, dass es überschwappte, „gehört zu den unangenehmen Gästen. Sie schafft es, innerhalb kürzester Zeit ihr Gift zu versprühen ... Deswegen wohnt sie dieses Mal auch im Dorf. Ich wollte ihr keine Unterkunft geben. Es reicht, wenn ich sie hier während ihrer Arbeit ertragen muss."

Ich horchte auf. Drastische Worte. Es klang danach, als gehörte auch Elenor nicht zu den Fans von Viktoria und ich war begierig zu wissen, warum.

„Seitdem ich Leonard kenne, taucht sie hier hin und wieder auf. Jedes Mal hinterlässt sie eine Spur der Zerstörung. Sie ist auf Herzen spezialisiert." Elenor verzog ihren Mund zu einem grimmigen Lächeln und schnipste eine Fliege von den Scones. „Gut, dass sich Leonard von ihr losgesagt hat."

Das Stück, das ich gerade von meinem Sandwich abgebissen hatte, plumpste auf den Teller vor mir. Man konnte schlecht gleichzeitig essen und den Mund vor Erstaunen aufreißen.

„Sie sind kein Paar?"

Elenor schüttelte den Kopf. „Also wenn in den letzten Stunden nicht irgendetwas Gravierendes passiert ist."

Nicht genau die Antwort, die ich hören wollte.

„Aber wie auch immer. Sie waren einmal ein Paar. Und ihre Leben sind verwoben oder anders gesagt, Viktoria findet immer wieder einen Weg, sich in Leonards Leben zu schmuggeln. Rein beruflich gesehen, denn sie hat es — frag mich nicht wie — geschafft, irgendwie immer mit dabei zu sein, wenn

322

sich beruflich etwas Großes bei Leonard tut. Wenn etwas Neues von ihm kurz vor dem Erscheinen ist, wird die Werbetrommel mächtig gerührt. Mit Anlauf, das wird alles von langer Hand geplant, um auch dem neuen Roman zum Erfolg zu verhelfen. Das passiert gerade … Ja, wir erleben einen neuen Anfang. Und sie ist wieder dabei …

Elenor nahm einen großen Schluck aus ihrem Glas, als müsste sie sich mit dem Schaumwein Mut antrinken, um weiter zu reden.

Das alles interessierte mich brennend, aber ich musste zuerst eine meiner wichtigsten Frage loswerden. „Sind Viktoria und Leonard verlobt?"

Elenor lachte mit verzerrtem Gesicht. „Ich glaube nicht."

*Glauben heißt nicht wissen.*

„Während sie hier ist, passiert jedes Mal etwas Unschönes. Sie bringt so viel Unruhe in unser Dorf. Einmal musste sogar Harry daran glauben und … Na ja, lassen wir die Vergangenheit ruhen."

Vielleicht übertrieb Elenor da gerade ein wenig. Harry war auf seine Kosten gekommen, da war ich mir sicher, aber es hatte seiner Ehe nicht gutgetan. Das hatte er mir gestern ja selbst erzählt. Und trotzdem schien er sich von Viktoria noch nicht gelöst zu haben. Irgendetwas musste die Frau an sich haben, dass sie Männer wie ein Magnet anzog. Zweifelsohne sah sie toll aus. Hatte Leonard das auch wieder entdeckt? Kam auch er deswegen nicht von Viktoria los? Und hatte er sich mit mir nur vergnügt, bis ihm wieder seine Vielleicht-Verlobte über dem Weg lief?

Möglicherweise lebten sie eine On-off-Beziehung? Heutzutage war das nichts Ungewöhnliches.

Ich schob meinen Bissen, der auf dem Teller gelandet war, wieder in den Mund, während mein Blick ein Eichhörnchen erfasste, das lustig wie ein kleiner Kobold über den Rasen sprang. Immer, wenn es durch einen Sonnenfleck inmitten der länger werdenden Schatten huschte, leuchtete sein Fell glutrot auf. An einer Stelle im Beet begann es zu graben. Und jetzt bemerkte ich, dass es etwas im Mäulchen trug. Eine Walnuss. Das Tier legte Vorräte für den Winter an, ging mir durch den Kopf. Für einen Atemzug sank meine Stimmung, als ich an die kalte Jahreszeit dachte.

„Ich gebe dir einen guten Ratschlag: Pass auf dich auf! Nimm dich vor ihr in Acht! Sie nimmt auf Beziehungen keine Rücksicht. Weder auf Freundschaften noch auf Ehen. Und erst recht nicht auf Frauen."

Elenor, die liebe, freundliche, immer gut gelaunte Elenor, wurde auf einmal sehr ernst und ihr Mund bekam einen harten Zug.

Ich nahm einen Schluck Kaffee. Elenor hatte für alles gesorgt: Tee, Kaffee, Crémant. Und auch Wasser mit Zitronenscheiben stand in einer Karaffe bereit. Die Pappeln säuselten besänftigend hinter der Mauer und ihre silbrigen Blätter flirrten bei jeder seichten Brise wie ein sonnenbeschienenes Meer.

„Ich hoffe, du sprichst nicht aus eigener Erfahrung", sagte ich leichthin.

Elenor räusperte sich und schien sich einen Ruck zu geben.

„Doch, das tue ich."

Eine halbe Stunde später hatten wir die Sandwiches restlos vertilgt, ebenso die Quiches und ich war pappsatt. Trotzdem wollte ich natürlich noch die Scones und wenigstens ein kleines Stück vom Kuchen probieren. In den vergangenen Minuten hatte ich gehört, welche Schneise der Verletzungen Viktoria hier in den letzten Jahren hinterlassen hatte. Nun gut, zwar rechtfertigte Leonards Verhalten nicht unbedingt das ihre, aber wenn der eine Partner fremdflirtete oder sogar fremdging, warum nicht auch der andere?

Dass es Harry in einer kriselnden Ehe getroffen hatte, war eine Sache. Viel schlimmer aber war, dass auch Elenors James sich in einem unbedachten Moment und mit sehr viel Alkohol auf diese Frau eingelassen hatte. Elenors Wunden waren längst nicht geheilt, das war klar, als sie es mir erzählte. Arme Elenor. Und trotzdem verstand ich vieles nicht. Die Puzzlestückchen von dem Menschen Leonard, die ich in meinem Kopf zu einem neuen Bild von ihm zusammengesetzt hatte, lösten sich und waberten unruhig umher, als könnten sie nicht stimmig zusammenfinden. Daneben gab es weitere neue Details, die meiner Vernunft nicht zugänglich waren. Irgendwie fehlte mir der rote Faden. Und ganz gleich, wie mein Verstand das alles zusammenfügte, gab es immer wieder einen neuen Stolperstein, der nicht in die angenommene Logik passte. Viktorias Instagram-Fotos (*no words needed, upcoming wifey*) sprachen doch Bände. Oder nicht? Wahrscheinlich war Elenor nicht richtig informiert. Und Leonards Brief, der — ganz egal, wie ich es drehte und wendete — jeden guten Glauben an ihn sprengte. Mit Logik kam ich an dieser Stelle nicht weiter. Aber warum sollte sich Leonard logischer verhalten als die Tage zuvor? Auch da hatte es einen Bruch nach dem anderen, jeden Tag eine neue Überraschung in seiner Biografie gegeben. Wenn ich etwas sicher wusste, war es die Tatsache, dass Leonard zu den unberechenbaren Menschen gehörte.

„Erst die Sahne und dann die Marmelade oder erst das Süße und darauf die Sahne?"

Elenor riss mich aus meinen Überlegungen. Sie deutete auf das Gebäck. Sie sprach von den Scones und den Varianten, in welcher Reihenfolge man sie bestreichen konnte. Bislang hatte ich die Clotted Cream auf das aufgeschnittene Scone gestrichen, um darauf wie bei einem Brötchen die Marmelade zu geben. Elenor machte es andersherum und ich tat es ihr nach, probierte diese Variante aus, um festzustellen, am Geschmack änderte es natürlich rein gar nichts.

„Leonard favorisiert Marmelade auf Clotted Cream", informierte sie mich zwischen den Bissen. Immer wieder Leonard. Wir kamen von dem Thema nicht los.

Plötzlich sprang Elenor auf, um eine kleine Feldmaus zu verscheuchen, die sich dem Käfig der Meerschweinchen genähert hatte.

„Sprich mit Leonard!", sagte Elenor, als sie sich wieder in den Stuhl sinken ließ. „Das ist wichtig."

„Er hat mir geschrieben, dass es mit uns aus ist." Nun hatte ich es ausgesprochen. Die Tatsache in Worte zu fassen, tat noch einmal weh.

Elenor schüttelte den Kopf. „Das glaube ich nicht. So, wie er dich ansieht. Er verschlingt dich doch mit seinen Blicken, entschuldige, dass ich das so direkt sage. Er rennt die ganze Zeit hinter dir her, sucht deine Nähe ... Seine beruflichen Termine hat er meines Wissens vorher auch nicht vergessen ... Du bist in seinem Kopf ... Das kann nur ein Missverständnis sein. Sprich mit ihm! Nicht, dass ihr euch verliert!" Sie verlieh ihrer Stimme eine gewisse Eindringlichkeit.

Wie konnte ein Brief ein Missverständnis sein? Er hatte ihn wohl kaum unter Drogeneinfluss getippt. Oder weil Viktoria mit geladener Waffe neben ihm gestanden hatte. Und von Verlieren konnte zwischen Leonard und mir keine Rede sein, wir hatten uns ja noch nicht einmal gefunden.

Aber Elenors Worte bewirkten etwas in mir. Okay. Ich würde später mit Leonard sprechen ... Ich würde mich vernünftig und erwachsen verhalten.

Aus den Augenwinkeln sah ich Harry in einem neonorangefarbenen Shirt. Harry, der zum Küchenfenster des Verwalterhauses hineinschaute. Nachdem er offenbar nicht diejenige Person entdeckte, die er suchte, schlenderte er über den Rasen in unsere Richtung. Wie ein Textmarker strahlte er in der Natur.

„Hallo, schöne Frauen!", sagte er galant und umarmte Elenor und mich in Folge. Die Farbe des Shirts mit der Aufschrift *NO TIME FOR DRAMA* bildete einen scharfen Kontrast zu seinen schwarzen Tattoos. Er sagte, er sei auf der Suche nach James.

Mit Blick auf die Uhr erwiderte Elenor, dass sie erst in zwei Stunden mit ihm rechne.

„Wo ist Leonard, der Glückspilz?", fragte Harry weiter und schob sich ungeniert eines der kleinen Küchlein in den Mund.

„Du siehst auch nur, was du sehen willst, Harry!" Elenors Ton klang tadelnd. „Leonard, der Glückspilz — meinst *du* ... Jeder hat sein Päckchen zu tragen. Und du weißt genau, dass es Leonard nun wirklich nicht immer leicht hatte!"

Harry hob die Hände entwaffnend. „Okay, okay. Leonard ist der Gute. Und er hatte nicht immer nur Glück." Er wandte sich mir zu. „Hast du mit ihm alles geklärt?"

Ich brummte etwas, was Harry ganz richtig als „nicht geklärt" verstand.

„Sprich mit ihm!", mahnte er mich mit strenger Stimme. „Das bist du ihm schuldig!"

„Vielleicht ... Aber ich werde ihm ganz sicher nicht dazwischenfunken, wenn er mit Viktoria zusammen sein will. Ich stehe nämlich nicht auf Dreier oder offene Beziehungen."

In Harrys Gesicht zuckte etwas und entfaltete sich zu einem breiten Grinsen.

„Das passt. Er auch nicht. Dann ist doch alles geklärt."

328

Moment, hatte mir Harry gestern nicht etwas ganz anderes erzählt?

„Hast du nicht gestern Abend noch gesagt, er wildere gerne herum?"

„Doch nicht Leonard." Harrys Hand klatschte an seine Stirn. „Ich sprach von Viktoria, nicht von Leonard. Leonard ist da eher altmodisch."

Ich verstand die Welt nicht mehr. „Ich denke, Viktoria geht fremd — entschuldigt, dass ich das so auf den Punkt bringen muss —, weil auch Leonard es mit der Treue nicht so genau nimmt ..."

„Nein. So ist es nicht", sagte Harry.

„Viktoria hat Leonard während ihrer Beziehung mit anderen Männern betrogen", schaltete sich Elenor ein. „Immer wieder. Ich gebe Harry recht, Leonard scheint in Sachen Beziehung konservativ zu sein. Und er schätzte es ganz und gar nicht, was Viktoria tat. Aber trotzdem brauchte er eine Weile, bis er kapiert hatte, dass Viktoria nichts auf die Dauer für ihn war. Viktoria ist gut darin, andere Menschen zu manipulieren."

„Leonard ist der Gute!", sagte Harry und nahm meine Hand und sank vor mir auf die Knie, als wollte er mir einen Heiratsantrag machen. „Verstehe das doch endlich! Vergib ihm, rauft euch zusammen und dann lebt ihr glücklich bis ans Lebensende! Und ich fühle mich geehrt, dass wir zwei mal etwas miteinander hatten. Du bist eine klasse Frau. Erste Liga. Ganz anders als Viktoria. Sie ist das Bad Girl, auch wenn man es ihr nicht ansieht."

Ich riss die Augen auf. Ich begann an meiner Unterlippe zu nagen. Wenn das Gesagte stimmte ... War es anders, als ich es mir zusammengereimt hatte. Leonard war anders, als ich dachte. Das ganze Gefüge hier war anders, als ich es mir ausgemalt hatte.

Sie alle hatten recht, ich musste dringend mit Leonard sprechen. Das tun, was auch er wollte. Ich musste klären, was sich hier wirklich abspielte. Viktoria, die Manipulatorin — vielleicht. Aber der Brief, schob sich eine Stimme in mein Gehirn, wie passte der Brief in dieses entsetzliche Durcheinander?

Jane kam mit ihrem Eimer in der Hand aus dem anderen Teil des Gartens, in dem sie gearbeitet hatte. Hinter ihr her hüpfte ein zahmes Rotkehlchen wie ein Küken, das seiner Mutter folgte. Ich hoffte, Jane ginge direkt ins Haus. Aber leider tat sie mir nicht den Gefallen, denn sie stellte den Eimer, in dem das Grün des Unkrauts bereits zu welken begann, mit einem lauten Scheppern neben dem Tisch ab. Jeder musste mitbekommen, dass sie da war.

„Haben Sie eine Sekunde Zeit?", fragte sie mich. „Ich würde Ihnen gerne etwas zeigen."

Elenor stöhnte genervt auf. „Aber nicht jede einzelne Blume, die du im Garten betreust!"

„Ich will ihr etwas auf dem Dachboden zeigen", erwiderte Jane leicht beleidigt. „Du weißt die Aussicht ..."

Elenor machte ein Gesicht, als müsste sie die Worte erst mal decodieren, aber zuckte mit den Schultern. „Die Aussicht von dort oben ist fantastisch", gab sie zu. „Ja, geht ins Haus. Ich räume inzwischen den Tisch ab und widme mich dann der Wäsche."

„Kann ich euch auf den Dachboden begleiten?", fragte Harry und stopfte sich ein weiteres Küchlein in den Mund.

„Nein!", entschied Jane.

Das Rotkehlchen flatterte auf meinen Stuhl, als ich aufstand.

## Kapitel 28

Der warme, dumpfe Geruch, der mich beim Betreten des Dachbodens umwehte, hatte eine merkwürdige Wirkung auf mein Gemüt. Kindheit, dachte ich, und musste einem Moment innehalten, um dem vertrauten Gefühl nachzuspüren. Es roch wie auf dem Dachboden meiner Großmutter. Niemals hätte ich den Geruch beschreiben können, aber hier fand der Duft eine Schublade in meinem Gehirn, öffnete sie und transportierte mich im Handumdrehen in ein anderes Jahrzehnt meines Lebens. Bücher, Kisten, Staub, Spinnweben ... Erkunden. Entdecken. Spielen.

Kindheit. Behütetheit.

Und jetzt war bei der Erinnerung an alles ein wenig Herzschmerz dabei.

Staubpartikel tanzten in dem Licht, das durch kleine Fenster einfiel. Hier oben stand das, was man im Haus nur selten oder gar nicht mehr brauchte: Kisten, Koffer, alte Schränke, gefüllt mit Büchern und Geschirr. Einmachgläser. Ein Kinderwagen war neben ausrangierten Blumenkästen abgestellt, ein Aquarium neben einer großen weiß-blauen Bodenvase, in der dick verstaubte Pfauenfedern steckten. Eine Staffelei.

Im Eiltempo war Jane vor mir die Treppe hinaufgeschnauft und öffnete nun eines der kleinen Fenster im Giebel. Sofort strömte die frische, warme Luft, vollgepackt mit ländlichen Gerüchen, in den Raum herein und vertrieb meine Erinnerungsfetzen. Die alte Dame deutete zum Fenster und ich ging hinüber, schaute hinaus.

Die Cotswolds lagen vor mir. Grün. Weit. Bis zum Horizont. In aller Herrlichkeit. In der Ferne blitzte ein kleines Gewässer und ich nahm an, dass die Enten, die ich neulich im Tiefflug gesehen hatte, dort ihren Lebensraum hatten. Natur, großartige Natur. Heiterkeit ausstrahlend, als hätte sie den Sommer verinnerlicht. Es erinnerte mich an Gemälde von Monet, der die Atmosphäre einer Jahreszeit in aller Schönheit auf der Leinwand zu verewigen gewusst hatte. Als ich mich über die Brüstung lehnte, sah ich Harry, die Leuchtboje, und Elenor im Garten unter mir. Die farbenfrohen, dahingetupften Blumenbeete. Die Welt von hier oben betrachtet wirkte schön und übersichtlich.

Einen flüchtigen Moment lang.

Jane trat neben mich. „Dieser Ausblick relativiert alles im Leben. Finden Sie nicht auch? Es ist ähnlich, wie wenn man auf einem Berg steht. Angesichts der majestätischen Natur ist man selbst nur ein klitzekleines Individuum. Und die Sorgen schrumpfen zusammen wie eine Nacktschnecke in der gleißenden Sonne. Da ich nicht mehr auf Berge klettern kann, betrachte ich die Welt gelegentlich von hier oben."

Was wollte mir Elenors Schwiegermutter damit sagen? Hatte sie Sorgen? Aber natürlich hatte sie Sorgen, Ängste und Gefühle wie jeder Mensch.

„Ich komme gerne hierher. Das ist mein persönlicher, kleiner Rückzugsort. Fünf Minuten am Fenster stehen und das alles auf mich wirken lassen. Tut manchmal sehr gut." Sie lächelte mich an. Milde und mit Mitgefühl, zum ersten Mal schien es aus dem Herzen zu kommen. Unversehens war sie mir sehr nahe.

„Und noch etwas anderes möchte ich Ihnen zeigen!" Ihr Lächeln wurde breiter, wärmer. Sie ging ein paar Schritte zur Seite und öffnete eine große hölzerne Kiste, auf der *Christmas* stand.

Sie zog eine Pappschachtel heraus und wickelte deren Inhalt aus dem dunkelgrünen Seidenpapier. Eine rote Glaskugel.

„Diese Kugel hat uns Leonard aus Venedig mitgebracht. Muranoglas."

Ich nickte brav, während ich mich abermals fragte, auf was das alles hier hinauslief.

Elenor verpackte den zerbrechlichen Schmuck wieder sorgfältig und legte ihn in die Kiste zurück. Sie griff nach einem goldenen Knäuel, das sich als selbst gebastelte Girlande entwirrte. Danach zog sie eine fein säuberlich verpackte Lichterkette heraus. Wickelte einen kleinen hölzernen Esel, dessen eines Bein abgebrochen war, aus dem Zeitungspapier. Wollte sie mir den kompletten Weihnachtsschmuck des Hauses zeigen? Mitten im September, an diesen immer noch sommerlichen Tag?

„Das ist unsere Weihnachtsdekoration."

Mir fiel nichts Besseres ein, als abermals zu nicken.

334

Janes blaugraue Augen wurden feucht. Wahrscheinlich hatten die Stücke sie ein langes Leben begleitet, sodass die ganze Kiste mehr aus Erinnerungen als aus Glaskugeln, Lichterketten und Holztierchen bestand. Ich atmete tief durch, denn ich kam mir mit einem Mal erschreckend hilflos vor. Wer wusste, was Jane mir als Nächstes offenbaren würde. Eine schreckliche Krankheit? War etwas mit ihrer Familie? Sorgen. Mühsam trat ich auf die gedankliche Bremse, um die wildwuchernden Negativszenarien in meinem Kopf zu stoppen.

„Ich zeige Ihnen das, weil Leonard inzwischen zu unserer Familie gehört. So wie unser Weihnachtsschmuck. Leonard kennt unsere Geschichte, unsere Traditionen. Seit vier Jahren feiert er Weihnachten mit uns. Inzwischen könnte er Ihnen zu den meisten Stücken, die wir Jahr um Jahr an den Baum hängen, die Geschichte erzählen. Auch zu dem abgebrochenen Bein des Esels."

Jane warf mir ein weiteres Puzzlestück vor, das mich zusätzlich überforderte. Ich hatte mit Leonard nie über unsere Familien gesprochen. Und dass er die Weihnachtstage hier mitfeierte, konnte viele Gründe haben. Unter anderem, dass er englische Traditionen liebte und für seine Romane miterlebte. Oder dass er große Familien mit Kindern mochte. Oder …

„Er hat nur entfernte Verwandte", erklärte Jane und beendete meine Spekulationen. „Leonard hat einen weichen Kern. Die Verpackung drumherum, ganz egal, wie sie aussieht —manchmal ziemlich wild —, tut nichts zur Sache. Er ist ein Mensch, der mit dem Herzen dabei ist. Immer. Auch bei Ihnen. Gerade bei Ihnen. Tun Sie ihm nicht weh. Sprechen Sie mit ihm! Geben Sie sich und ihm eine zweite Chance! Er hat es verdient und Sie, denke ich, auch!"

Und während sie die Weihnachtsdekoration wieder, eine nach der anderen, in die Kiste räumte, sprach sie weiter. „Sie sind nicht so wie Viktoria. Zum Glück. *Sie* tun ihm gut. Das merke ich." Ärgerlich wischte sie sich eine Träne aus dem Augenwinkel. „Entschuldigen Sie, ich werde gefühlsduselig. Aber Leonard liegt mir sehr am Herzen."

Leonard.

Ich musste mit ihm reden.

Sofort.


Fünf Uhr war bereits durch. Bestens, dachte ich. Leonard musste seine Videokonferenz beendet haben. Schnurstracks war ich vom Dachboden über den Hof zu Leonards Cottage geeilt. Für einen Moment hatte ich überlegt, ob ich meinem Naturell entsprechend, mich auf unser Gespräch mit einer Liste vorbereiten sollte. Punkte aufschreiben, die ich mit ihm abhaken konnte. Punkte, die mir helfen konnten, nicht den roten Faden zu verlieren, wenn ich ihm gegenüberstand. Ich hatte viele Fragen. Ich wollte nicht, dass er mir mit irgendwelchen fadenscheinigen Antworten entwischte. Und ich hatte Leonard einiges zu sagen. Aber dann war mir klar geworden, ich musste das ohne meine Listen schaffen. Er war ... Was war er für mich? Eine Person, die
336

mir etwas bedeutete. Eine Person, die mir viel bedeutete, korrigierte ich mich sofort. Kein Mensch, dem ich mit meinen Listen kommen sollte.

Leonard war etwas Besonderes für mich.

Ich klingelte und wartete. Ich klingelte erneut. Nachdem sich nichts tat, trat ich einen Schritt zurück, um zu sehen, ob ich Leonards Silhouette irgendwo hinter den Gardinen erkennen konnte. Nichts. Vielleicht hielt er sich auf der Terrasse auf und hatte die Klingel nicht gehört? Ich lief um sein Cottage herum und hörte mit einem Mal Charlys Keuchen hinter mir. Mein Herz sackte ab. Leonard würde nicht auf der Terrasse sein, wenn Charly aus der Scheune kam.

Ich lag auf der Bettdecke, das Fenster weit geöffnet, weil es warm im Zimmer war. Das Mondlicht fiel in einem langen Streifen in das Schlafzimmer und teilte den Raum in Licht und Dunkelheit. Ab und an rauschte es draußen und mit etwas zeitlichem Versatz wehte die frische Nachtluft dann in mein Zimmer. Sie bauschte die Gardine, streichelte meine Füße und schob sich an meinen Beinen entlang zu meinem Oberkörper hoch. Wenn ich Glück hatte, erreichte die Brise mein Gesicht und ich konnte einen tiefen Atemzug unverbrauchter Luft nehmen.

Ich schloss die Augen. Draußen knackste, säuselte, raschelte es, als ob die Nacht atmete. Die Blätter der Pappeln murmelten leise und anheimelnd im Hintergrund und gesellten sich zu dem Flüstern der anderen nächtlichen Geräusche. Eine besänftigende Melodie. All die Töne hüllten mich wohlig ein und ich hätte gerne dem Gefühl der Müdigkeit, das sich in mir immer weiter ausdehnte, nachgegeben. Aber mein Kopf ließ das nicht zu. Unentwegt drehten sich meine Gedanken um den Schriftsteller.

Wo bist du, Leonard?

Er war am Nachmittag nicht zu Hause gewesen und er war auch bisher nicht nach Hause gekommen. Ich hatte ihm vorhin eine Whatsapp-Nachricht geschickt, aber er hatte nicht geantwortet. Vor einer Stunde hatte ich ihm die nächste Nachricht zukommen lassen. Sein Auto stand in der Scheune geparkt. Weit weg konnte er nicht sein und doch schien er wie vom Erdboden verschluckt. Zu meinen Gedanken gesellten sich die Sätze, die ich heute gehört hatte, meine Fantasie mischte weiterhin kräftig mit und alles zusammen ergab überhaupt keinen Sinn. In meinem Hirn schwirrten so viele Teile, als wäre eine Konfettikanone explodiert.

Ich tagträumte mich zurück, erlebte die Stunden mit Leonard noch einmal. Die erste Begegnung, unser Beinahe-Zusammenstoß, die vielen Momenten, die wir zusammen verbracht hatten, als ich noch nicht wusste, dass sich daraus etwas entwickeln würde. *Gespürt* hatte ich es ziemlich schnell, auch wenn ich es mir nicht hatte eingestehen wollen. Wie dumm von mir. Wie viel schöne Zeit war mir entgangen. Bis zu Viktorias Auftauchen hätten wir alles haben können.

Elenor hatte mir gesagt, dass Leonard den Termin mit dem Fotografen verschwitzt hatte. Und er hatte ihr gestanden, wie sehr ihm Viktorias Erscheinen gegen den Strich ging, er aber gute Miene zum bösen Spiel gemacht hatte. Er sei eben Profi durch und durch, hatte Elenor geseufzt.

Kurz hatte ich überlegt, Elenor oder Jane zu fragen, ob sie eine Idee hätten, wohin ihr Lieblingsgast entschwunden sein könnte, aber dann entschieden, dass ich mir diese Blöße nicht geben wollte.

Ich hatte angefangen, meine tägliche Positiv-Negativ-Liste zu erstellen. Zwei Punkte hatte ich formuliert und aufgegeben. Es erschien mir unwichtig.

Ich horchte auf. Mein Herz schlug schneller. Wie lange kratzte es schon an der Hauswand? War das Charly? Oder war es ein Zweig, der an der Wand schabte? Als ich mich aus dem Bett erhob, um nachzusehen, traf mich am bloßen Bein ein kleines Steinchen. Leonard, war mein erster Gedanke. Aber während ich zum Fenster schlich, hörte ich die Stimme, die nicht Leonards war.

„Caaarolin!"

Als ich mich aus dem Fenster lehnte, hatte ich Gewissheit. Harry. Harry, der sich mühsam am Tisch auf meiner Terrasse festklammerte. Ging es ihm nicht gut?

„Caaaroliiin!"

In der Hand schwenkte er eine Flasche Bier und das war mit Sicherheit nicht die erste Flasche, die er heute getrunken hatte. So, wie er da unten wankte.

„Du bissst eine tolle Frau", lallte er mir entgegen.

Ach herrje. Ein betrunkener Harry hatte mir gerade noch gefehlt. Sollte ich zu ihm runtergehen? Ihn nach Hause bringen?

„Wir sprechen morgen, Harry! Ich bin schon im Bett. Geh nach Hause!"

„Ich liebe dich, Caaaroliiin!"

Er nahm einen tiefen Schluck aus der Bierflasche, während ein Schatten hinter ihm über die Wiese huschte. Vielleicht ein Fuchs auf Mäusejagd.

„Dasisn schönes Gefühl. Ich lie… liebe schöne Gefühle." Er machte sich nicht die Mühe, sein Rülpsen zu unterdrücken. „Ich liebe dich, Caaaroliiin!"

„Geh nach Hause, Harry!"

„Alle schicken mich nach Hause. Ich will nicht nach Hause! Ich will zu dir, Caaaroliiin!"

Als ich überlegte, einfach das Fenster zu schließen, in der Hoffnung, Harry würde dann verschwinden, entdeckte ich eine Gestalt, die forsch auf ihn zuschritt.

„Harry!"

Im strengsten Kommandoton durchschnitt das Wort die Nacht. Und tatsächlich ging ein Ruck durch Harry, als erinnerte ihn die Stimme an etwas.

Nie zuvor war ich für Janes Erscheinen so dankbar gewesen. Festen Schrittes marschierte sie über den Rasen. Die alte Dame hielt eine Taschenlampe in der Hand und leuchtete damit Harry ins Gesicht, der den Lichtstrahl mit einer Hand vergeblich abzuwehren versuchte.

„Du wolltest weniger trinken, hast du mir vor zwei Jahren am Grab deiner Mutter versprochen. Halte dich daran! Und jetzt kommst du erst einmal mit mir mit. Ich mache dir einen Kaffee."

„Ich will zu Caaaroliiin."

„Nein, du kommst jetzt mit mir! Carolin ist unser Gast und möchte einen ruhigen Abend haben."

Harry warf mir einen letzten Blick und eine Kusshand zu.

„Juhuhuuuu, Caaaroliiin!" Er winkte mir mit der Flasche. Dann ließ er sich von Jane wie ein kleines Kind an die Hand nehmen. Zusammen mit ihr trottete er in Richtung des Verwalterhauses. Ich hörte, dass sie auf ihn einredete, konnte aber nicht verstehen, was sie sagte.

Ich war Jane zutiefst dankbar für die Rettung.

Irgendwo schlug ein Fenster mit einem lauten Krachen zu. Ich hätte schwören können, das Geräusch kam aus Leonards Cottage.

## Kapitel 29

Die Spinne seilte sich Zentimeter um Zentimeter von der Zimmerdecke ab, um dann vor mir auf Augenhöhe wie ein Jo-Jo auf und ab zu wippen.

„Harry, der wie ein liebeskranker Kater unter deinem Fenster sitzt. Klasse, wenn sich zwei Männer um dich reißen! Dann musst du dich nur entscheiden."

Für meinen Geschmack war da eindeutig zu viel Euphorie in der Stimme meiner Schwester. Ich hatte Tina die jüngsten Ereignisse geschildert, nachdem sie mich angerufen hatte. Allein heute Morgen war bereits einiges geschehen, was mich aufgewühlt hatte.

Wie ein aufgescheuchtes Huhn war ich ab acht Uhr in der Frühe zu Leonards Cottage im Abstand von wenigen Minuten gelaufen, nur um festzustellen, dass er ausgerechnet heute länger schlief. Keine Bewegung war im Haus hinter den Gardinen zu erkennen. Zu klingeln wagte ich nicht. Gerade als ich das letzte Mal zu ihm geeilt war, öffnete sich die Haustür und — ich traute meinen Augen nicht — Viktoria trat in den Morgen hinaus.

*Viktoria ist weg.*

Viktoria perfekt gestylt. Elegant gekleidet in einem pinken Anzug mit Weste, die ihre perfekt definierten Oberarme zur Geltung brachte. Lächelnd. Viktoria betrat ihre Instagram-Welt und in diesem Fall vermischte sich das Paralleluniversum eins zu eins mit der Realität

342

Ein Faustschlag in den Magen hätte keine andere Wirkung haben können. In meinen Mund breitete sich ein säuerlicher Geschmack aus. Umgehend hatte ich kehrtgemacht, meine Haustür zugeknallt und mich im Schlafzimmer verkrochen.

Als ich das nächste Mal zaghaft nach draußen gespäht hatte, hatte da ein riesiger Strauß aus Wildblumen in einer Milchkanne neben einem hechelnden Charly auf mich gewartet. In den Blumen verbarg sich ein DIN-A4-großer Umschlag. Mein Herz setzte zu einem Sprung an, um mit einem Bauchklatscher unsanft zu landen, als ich erkannte, dass dies Harrys Werk war. Harry musste eine halbe Wiese abgepflückt haben, ging mir durch den Sinn, als ich den überdimensionierten Zettel entfaltete, der in dem Umschlag steckte. SORRY, stand darauf in Großbuchstaben. Unterzeichnet war das Blatt Papier mit einem Herzchen, das wie eine Brezel aussah, und seinem Namen.

„Es gibt nichts zu entscheiden", sagte ich jetzt zu meiner Schwester.

„Oh, schlecht geschlafen ..."

Nein, ich hatte nicht schlecht geschlafen ... Aber Leonards Verhalten ... Alles, was er tat, sagte, wie er sich verhielt, erschien mir ein einziger großer Widerspruch zu sein. Und nein, ich würde ihm nicht abkaufen, dass es irgendetwas mit dem Helden seines Romans zu tun hatte, dass er womöglich immer noch nicht aus seinem Schreibfluss in die Realität zurückgefunden hatte.

„Gib Leonard etwas Zeit. Ihr lebt doch beide eure Vergangenheit ... Wer weiß, welche Wunden sich da gerade auch bei ihm auftun. Ich sage es noch einmal: SPRICH MIT IHM!"

Wie oft hatte ich diesen Satz inzwischen gehört?

„Da ist einfach nur zu viel Verwirrung zwischen euch."

Verwirrung war stark untertrieben und das Wort einfach hatte hier auch keine Daseinsberechtigung. Die Situation ähnelte einem Super-GAU. Einem super Chaos, das eine eigene Dynamik besaß und sich immer weiter hochzuschaukeln schien. Und da waren die anderen Probleme in meinem Leben noch nicht einmal minimal berücksichtigt. Aber ich versprach auch meiner Schwester, bevor ich das Telefonat abschloss, mit dem Schriftsteller zu reden. Um das mit ihm zu einem Ende zu bringen, welcher Art dieses Ende auch immer sein mochte. Um meinen Seelenfrieden zu finden.

Allerdings hatte mir Viktorias Auftritt heute Morgen mein Vorhaben gewaltig verhagelt.

*Viktoria ist weg.*

Von wegen.

Wie könnte unser Ende aussehen?

Carolin. Und Leonard.

Oder Carolin und Leonard?

Meine Gedanken waren fleißig gewesen. Wäre ich eine Schriftstellerin, hatte ich gerade drei Möglichkeiten zu bieten, wie diese, unsere, Geschichte enden könnte.

Erstens: Happy End für Leonard und Viktoria. Die beiden Erfolgsmenschen fanden nach Irrungen und Wirrungen wieder zueinander. Ich, als unbedeutende Nebenakteurin, verließe die Bühne. Ende.

Zweitens: Leonard oder ich (in dem Fall war ich auch Protagonistin in dieser Geschichte, schließlich konnte sich nicht immer alles um den Schriftsteller drehen) stellte fest, tatsächlich war alles zwischen uns nur ein Fehler oder reines Wunschdenken gewesen und keiner räumte dem anderen irgendein weiteres Interesse ein. Alles davor war weniger als eine Romanze gewesen. Ende.

Drittens: Durch eine Reihe (inzwischen war es ein ganzer Sack voll) von Missverständnissen, Misstrauen und Missständen hatten wir uns schneller, als wir aufeinander zugegangen waren, wieder entfernt. ABER: Wir überwanden alle Hindernisse und fanden wieder zusammen. Ende. HAPPY End. Mein ganz persönlicher Favorit, denn ich glaubte in meinem tiefsten Inneren an die Liebe und den glücklichen Ausgang im Leben.

Noch immer schaukelte die Spinne in meinem Gesichtsfeld, als wollte sich mich necken. Pech gehabt, Freundchen. Kurzentschlossen griff ich mit einem Taschentuch nach dem Tier, öffnete die Terrassentür, trat in den Morgen hinaus und schüttelte es aus dem Tuch. In dem Beet auf der schwarzen Erde angekommen, entfernte es sich voller Eile unter den Lavendel.

Als ich mich wieder aufrichtete, stand Leonard mit einer nicht zu deutenden Miene vor mir.

„Ich habe eine Spinne gerettet", sagte ich, weil mir gerade nichts Besseres einfiel.

Auf jedem einzelnen Grashalm glänzte der Tau wie funkelnde Kristalle. Spinnweben überall. Milchiges Licht bis zum Horizont. Weichzeichner-Licht. Ein Licht, das nur noch sanfte Schatten malte. Heute sah ich es deutlich. Jeden Tag rückte der Herbst näher.

*Eines Morgens riechst du den Herbst. Es ist noch nicht kalt, es ist nicht windig; es hat sich eigentlich gar nichts geändert – und doch alles.* Die fünfte Jahreszeit, das Gedicht von Kurt Tucholsky, ging mir durch den Sinn. Ob Leonard es kannte?

Leonard, dem die Unsicherheit am Lavendelbeet ins Gesicht geschrieben gestanden hatte, als er mir einen Kaffee anbot, war jetzt neben mir. Charly stromerte durch das Gras und steckte seine Nase laut schnüffelnd in irgendwelche Löcher im Erdboden.

Leonard hatte mich gefragt, ob ich zu einem Spaziergang bereit wäre. Und wie ich bereit war. Ich wollte das alles schnell hinter mich bringen und erfahren, mit welchem der drei Enden sich unsere Geschichte schließen ließe.

Wir waren über die Streuobstwiese zu einem Feldweg gelaufen und dann immer weiter einen kleinen Berg hinauf. Jetzt klebte der Staub des Sandweges wie Puderzucker auf meinen nass gewordenen Turnschuhen.

Bisher hatten wir Belanglosigkeiten ausgetauscht, über das Wetter, die Bluebell Hill Farm gesprochen. Leonard hatte mir die Jahreszeiten auf der Farm in den schönsten Farben geschildert. Wie es hier bald im Winter aussah. Und wenn im Frühjahr die Bluebells (*Hyacinthoides non-scripta*, er hatte extra den lateinischen Namen für mich gegoogelt) die Wiese mit ihren kleinen blauen Glöckchen schmückten.

Auf einem Rennrad entdeckte ich eine Frau, die sich ungewöhnlich langsam für ein solches Gefährt auf der Landstraße fortbewegte und dabei ab und an etwas in die Luft warf. Von Weitem sah es aus, als fütterte sie Vögel.

Ein feuerroter Schopf. Es war Anne. Anne, die ihre Blumensamen verstreute und die Welt ein kleines bisschen bunter machte.

Als wir auf dem runden Gipfel der Anhöhe standen, fragte Leonard: „Wer soll zuerst seine Geschichte erzählen?"

Ich war ihm dankbar dafür, dass er diesen Teil unseres Gesprächs freiwillig eröffnete.

„Ich habe keine Geschichte zu erzählen."

„Was ist mit Harry?", hakte Leonard nach und in seinen Augen flackerte etwas auf, was Neugier oder Eifersucht hätte sein können.

Auch wenn mir nicht klar war, was Harry in unserem Zweier-Gefüge zu suchen hatte, umriss ich Leonard in wenigen Worten die Chronologie unserer Zusammentreffen in den letzten Tagen. Leonard nickte zwischendurch, stellte kurze Fragen und ich schloss aus seinen Reaktionen, dass er nahezu jede

347

Begegnung miterlebt hatte, wobei ihn die letzten beunruhigt hätten, wie er sagte. Besonders die im Pub im Hinterzimmer, als wir uns in den Armen gelegen hatten (ich erklärte Leonard warum). Der vermeintliche Antrag, bei dem Harry vor mir gekniet hatte (es war Spaß gewesen). Der Auftritt am Abend vor meinem Fenster (oh Gott). Und der aus Leonards Sicht für eine Entschuldigung viel zu große Blumenstrauß. Leonard hatte alles mitbekommen. Jede einzelne doppeldeutige Szene.

„Es gibt also kein Liebescomeback?"

Wieso Comeback? „Da war niemals etwas mit Harry!", sagte ich mit Nachdruck. Und von Liebe konnte nun wirklich keine Rede sein. Auch damals nicht. Aber sollte ich Leonard das alles auch noch erklären? Ich musste die Vergangenheit mit Harry für Leonard nicht komplizierter machen als sie war. Was vor zwanzig Jahren passiert war, konnte selbst ich heute nicht mehr nachvollziehen und ich schämte mich abgrundtief für mein Verhalten.

Und es war längst abgeschlossen.

„Ich glaube, Harry hat sich da andere Hoffnungen gemacht ... Er hat mir erzählt, dass ihr euch seit zwanzig Jahren kennt und dass ihr mal etwas miteinander hattet."

Ich stöhnte innerlich auf. Danke, Harry, du Plaudertasche. Also würde auch dieser Kelch nicht an mir vorbeigehen. Wenn ich schon dabei war, reinen Tisch zu machen, dann richtig. Ich musste also weiter ausholen. Ich begann von den Tagen in Lower Millbury vor zwanzig Jahren zu erzählen, von den

Teenager-Launen jenes Spätsommers, dem Schwärmen — mehr war es nicht gewesen — für James (ja, jetzt ließ ich gar nichts mehr aus und Leonards Augen weiteten sich merklich) und der Wette, unter der Harry hatte leiden müssen. Ich beschönigte nichts. Nach meinem Seelenstriptease fühlte ich mich erschöpft, leer, als hätte man einen Stöpsel aus der Badewanne gezogen. Wie eine einzige offene Wunde.

Um uns wogen die Gräser im seichten Wind, zirpten die Grashüpfer wie im Hochsommer und Charly ließ sich nun mit einem lauten Schnaufen in die Wiese plumpsen, nachdem er die Hoffnung aufgegeben hatte, dass wir weiterlaufen würden.

Leonard starrte in die Ferne, als suchte sein Blick etwas, an dem er sich festhalten konnte.

„Danke, dass du mir das alles erzählt hast! Ich glaube dir."

Hm. War das alles, was er dazu sagte? Ein bisschen dürftig in meinen Augen. Wie wäre es mit einem weiteren Satz gewesen? So etwas wie *Wenn man jung ist, sieht die Welt noch anders aus*. Oder wenigstens *Das waren wilde Zeiten bei dir*.

*Ich glaube dir*. Als müsste ich mich erklären. In meinen Ohren klang Leonard distanziert und herablassend. So ohne Gefühl. Howgh, der große Meister hatte gesprochen.

Ich nahm einen tiefen Atemzug. Jetzt musste Leonard sich ziemlich anstrengen, um den Gefühlstsunami, für den *er* durch *sein* Verhalten bei mir gesorgt hatte, für mich verständlich zu machen.

„Jetzt bist du an der Reihe. Und ich hoffe, du hast ein paar gute Erklärungen parat für dein Verhalten in den letzten Tagen."

„Viktoria ist nicht meine Verlobte und sie ist auch nicht meine Freundin."

„Okay. Und du hast nicht zufällig vergessen, dass es anders ist?"

Leonard starrte mich an, als hätte ich ihn gefragt, ob er noch immer an den Weihnachtsmann glaubte.

„Auf Instagram postet Viktoria anderes. Zeigt dich und sie, euch, als glückliches Paar, Arm in Arm auf der Farm. Zeigt sich als upcoming wifey und hält dicke Klunker in die Kamera, mutmaßlich einen Verlobungsring."

Leonard stieß die Luft aus, es klang nach einem unwirschen Schnauben.

„Was Viktoria auf Instagram postet, ist ihr Ding. Ich bin überhaupt kein Fan von sozialen Medien ... Ich habe keine Social-Media-Accounts."

„Du dementierst es nicht?"

„Was soll ich dementieren? Es gibt nichts zu dementieren. Arm in Arm haben wir für den Fotografen posiert, weil er uns darum gebeten hat. Viktoria hat mich interviewt. Und für das Magazin ist es üblich, dass sie zeigen, wie sich die Redakteurin mit dem Befragten trifft. Das Foto wird eine Randnotiz in dem Artikel sein. Vollkommen unwichtig. Hat Viktoria geschrieben, dass sie Leonard Angermann heiratet? Bestimmt nicht. Was weiß ich, wen sie heiratet. Wenn sie jemanden gefunden hat, umso besser. Es wird sie glücklich machen."

„Aber es klingt danach, als ob ihr ...“

„Schau dir diesen Instagram-Schrott, der irgendetwas suggeriert, nicht an, wenn du nicht zwischen Realität und Inszenierung unterscheiden kannst.“

Ich schluckte. Unser Gespräch lief überhaupt nicht in die Richtung, die ich mir erhofft hatte. Leonard sah müde aus, fiel mir auf, er hatte dunkle Ringe unter den Augen und einen Bartschatten auf den Wangen.

Zwanzig Zentimeter. Kaum mehr als die Länge einer Hand trennte uns und ich hätte zu ihm rüber greifen, ihn berühren, ihn umarmen können, vielleicht das Gespräch in eine andere Richtung lenken können.

Warum tat ich es nicht? War meine Angst vor einer erneuten Zurückweisung so groß?

„Ich habe heute Nacht nicht gut geschlafen, überhaupt die letzten Nächte nicht. Und ich würde mich gerne noch einmal für einen Moment aufs Ohr legen, da mir der Schädel fast platzt ... Ich habe nicht das Gefühl, dass unser Gespräch irgendetwas bringt.“

Zwanzig Zentimeter und es fühlte sich an, als wären es Welten, die zwischen uns lagen.

Warum er schlecht geschlafen hatte, erzählte er mir natürlich nicht. Und da war ich wieder alleine mit meinen Gedanken. Wahrscheinlich hatte er wegen Viktoria schlecht geschlafen. Irgendetwas sagte mir, dass sie daran schuld war. Schuld sein wusste.

Unverbesserlich war ich.

Warum hatte er diesen Brief geschrieben? Aber war das nicht klar, passte es nicht haargenau zu unserem Gespräch hier? Version zwei meiner Varianten zum Ende unserer Geschichte: Was zwischen uns war, war ein Fehler gewesen und insofern gab es auch nichts mehr zu klären.

Und trotzdem ... Ich wollte es aus seinem Mund hören. Das, was er geschrieben hatte, sollte er mir ins Gesicht sagen. Auch wenn ich mir damit noch einmal wehtun würde.

„Warum hast du mir diesen Brief geschrieben?"

Leonard kniff die Augen zusammen. „Welchen Brief? Ich ..."

„Den Brief, in dem du erklärt hast, dass alles zwischen uns ein Fehler war." Ich zog das zusammengefaltete Papier, das ich seit heute Morgen bei mir trug, aus meiner Hosentasche und entfaltete es zum wiederholten Male. „Ich zitiere: ..."

Bevor ich weiterreden konnte, hatte Leonard mir den Brief aus der Hand entwendet, überflog den Inhalt und sein Gesicht verzog sich, als hätte er Schmerzen. Und dann stürmte er davon, ohne ein weiteres Wort zu verlieren.

Charly rannte ihm laut bellend hinterher.

## Kapitel 30

Ich griff nach meinem Handy und las die Nachricht nun zum dritten Mal. Noch immer konnte ich es nicht glauben, was da stand. Wie konnte mein Chef so etwas schreiben? Wer hatte ihm das diktiert? Hatte man ihm irgendetwas eingeflößt?

Ich hatte Charly, der vor Kurzem vor meiner Haustür einmal gewufft hatte, um Einlass zu begehren, den Inhalt bereits vorgelesen. Der Hund hatte mich verständig angesehen, als ich mit ihm gesprochen hatte, mit dem Stummelschwanz gewedelt und war sich mit der Zunge über die schwarz glänzende Nase gefahren. Signale seiner Zustimmung auf ganzer Linie.

Dieses neue Ereignis hatte sich mit voller Wucht in mein Leben geworfen, sodass für eine kurze Weile das Geschehen um Leonard in den Hintergrund gerückt war.

Im Haus nebenan war es bis eben mucksmäuschenstill gewesen und ich hatte nicht feststellen können, ob Leonard überhaupt nach Hause gelaufen oder irgendwo anders hin entschwunden war.

Nach dem Fiasko von vorhin war ich langsam in Richtung des Hofes getrottet. Ich hatte Jane, die sich zwischen den Himbeerruten abmühte, meine Hilfe beim Pflücken der Früchte angeboten. Sie wolle Marmelade daraus kochen, hatte sie fröhlich verkündet und gleich darauf gefragt, wie es mit Leonard gelaufen sei.

Ich hatte ihr gesagt, wir hätten eigentlich nichts klären können, Status unverändert also, und ausnahmsweise hatte Jane dies nickend und schweigend zur Kenntnis genommen. Und während ich eine Himbeere nach der anderen von den Sträuchern gezupft hatte, bis sechs der bereitgestellten Plastikschüsseln gefüllt waren, war Jane zurückhaltend gewesen. Obwohl wir nebeneinander arbeiteten, hatte sie das Wort Leonard nicht mehr in den Mund genommen, mir stattdessen von Marmeladen- und Geleerezepten vorgeschwärmt.

Mir war es recht und ich hörte mir lieber an, auf welche Arten sich Himbeeren verarbeiten ließen, als dass ich weiter über meinen unergründlichen Nachbarn grübelte. Es brachte ohnehin nichts.

Jetzt sah ich Jane über den Hof laufen, in der Hand eine Schüssel voller Himbeeren. Schnurstracks marschierte sie zu Leonards Cottage.

Als mein Handy klingelte, nahm ich den Anruf an, ohne auf das Display zu schauen. Ich hörte ein Rauschen, leise Musik im Hintergrund, fragte mich, ob sich jemand verwählt hatte, bis die Musik lauter wurde.

*Loving on the Dance Floor.* Ein alter Disco-Kracher, der mich umgehend in die Vergangenheit zurückkatapultierte. Schlagartig war ich einige Jahre jünger ... Meine Freundinnen und ich hatten das Lied damals unzählige Male gehört, getanzt. Wir hatten mitgesungen, natürlich kannten wir jedes Wort des Textes auswendig. Wir hatten es auf der CD abgespielt, stundenlang. Immer wieder die Repeat-Taste gedrückt. Es war unser Lied kurz vor dem Abitur gewesen und wir hatten es den ganzen Sommer über gehört.

Auch hier, wurde mir auf einmal bewusst, während Bilder vor meinem geistigen Auge vorbeizogen. Wir lümmelten am Pool der Bluebell Hill Farm in der Sonne, aßen Chips, futterten Erdnüsse aus dem Supermarkt, weil wir das Geld für das Abendessen im Pub sparen wollten. Ich saß neben Emma im Bus, wir beide mit Perlmuttlippenstift und pinken Nägeln. Zusammen hörten wir das Lied, zwei Kopfhörer in einen Discman eingestöpselt. Jungen, die sich mokierten, dass wir immer wieder den gleichen Mist abspielten. Lehrer, die sich kopfschüttelnd zurückzogen.

„Ich habe es gerade im Radio gehört", kreischte meine Freundin Emma durch das Telefon. „Ich wollte dir nur sagen, dass ich an dich denke, auch wenn ich mich ewig nicht gemeldet habe."

Emma. Sie war begeistert, als sie mitbekam, dass ich mich gerade — Gedankenübertragung — in den Cotswolds befand. Auf der Farm meinen Urlaub verbrachte, wo wir zwei zusammen vor einer Ewigkeit gewesen waren. Sofort fragte sie nach Harry und James. Sie brach in Begeisterungsstürme aus, als ich ihr in aller Kürze berichtete, dass die beiden noch immer hier waren, sogar in meiner unmittelbaren Umgebung. Sie wollte wissen, wie Harry jetzt aussah. Damals hatte sie ihn für den süßesten Jungen überhaupt gehalten und war sauer auf mich gewesen, dass ich mir Harry geschnappt hatte. Auch

355

Emma erzählte ich jetzt die Wahrheit und sie schrie noch lauter, dass ihr damals dadurch viel Spaß entgangen sei. Wie raffiniert ich gewesen sei. *Raffiniert.* Dieses Attribut hatte mir noch niemand in meinem Leben zugeschrieben. Wir müssten uns dringend mal wieder treffen. Wir sprachen nicht einmal fünf Minuten, weil Emma auf dem Weg zum Kinderarzt war und ihr Baby zu weinen begann.

*Loving on the Dance Floor.* Ich suchte das Lied auf YouTube und regelte die Lautstärke hoch. Vor den erstaunten Augen von Charly begann ich zu tanzen. Der Hund tapste von einer Vorderpfote auf die andere. Wahrscheinlich konnte er mein plötzliches Gezappel nicht einordnen oder musste mitzappeln. Ich schloss die Augen und ließ mich ganz auf die Musik ein, mit einem Gefühl, dass auch ich wieder im Abi-Jahr war. Jung. Unbeschwert. Beschwingt. Alles war möglich.

Als Charly zu bellen begann, registrierte ich die Klingel. Ach Jane, bitte unterbrich mich nicht ... Trotzdem begab ich mich in tänzelnden Schritten zu meiner Haustür und riss sie auf.

Leonard stand vor mir.

Nachdem ich die Musik gestoppt hatte, war es mit einem Schlag totenstill im Haus. Leonard hatte mich gebeten (!), hereinkommen zu dürfen und stand nun mit verschränkten Armen vor mir.

Ich wartete auf seinen Auftakt und musterte ihn. Er sah nicht mehr so zerknittert wie heute früh aus, hatte sich frisch rasiert und trug ein hellblaues

Hemd und Jeans. Zugegeben sah er trotz seiner schlaflosen Nächte bemerkenswert gut aus und mein Herz begann in einem anderen Takt zu schlagen. Es gab Menschen, die in nahezu jeder Situation noch in der Lage waren, einen Auftritt hinzulegen. Leonard gehörte dazu.

„Wolltest du mir noch etwas sagen?", fragte ich ihn.

Seine Arme entfalteten sich und er legte seine Hände zusammen, formte die Merkel-Raute. „Ich wollte dir sogar noch ganz viel sagen ..."

„Ich hoffe, deine Kopfschmerzen sind weg ..."

Leonard nickte. „Manchmal helfen Tabletten ... Und Jane meinte, ich könne mir keine weitere Verzögerung mehr erlauben."

„Brauchst du Jane, um so etwas zu erkennen?"

„Nein, aber sie wollte, dass wir zwei uns sofort vertragen." Er wagte ein Grinsen. „Sie hat mich einen Esel genannt. Und mir damit gedroht, dass sie mir nie mehr meinen Lieblingskuchen backt."

Deswegen war Jane also zu ihm gelaufen. Um ihm die Leviten zu lesen. Gut so, Jane, dachte ich.

„Als Erstes ist mir wichtig, dass du weißt, dass ich unsere Beziehung oder wie auch immer man das in unserem Stadium nennt, weiterführen, vertiefen, intensivieren möchte."

Den Satz hatte er wahrscheinlich auswendig gelernt. Ich nahm einen tiefen Luftzug und sah ihn erwartungsvoll an.

„Ich will dich nicht verlieren!"

Leonard gehörte tatsächlich zu den Menschen, die einen immer aufs Neue überraschen konnten. Mein Körper reagierte mit einem inneren, freudigen Juchzer. Moment, grätschte mein Verstand sofort dazwischen. Es fehlten einige Erklärungen. Sogar entscheidende Erklärungen. Und außerdem ging es nicht darum, was Leonard wollte, sondern ebenso um mich.

„Ich hoffe, du siehst es ähnlich!", sagte er und sah mich mit einem forschenden, unsicheren Blick an. Ich nahm ihm ab, dass er tatsächlich verunsichert war. Vielleicht sollte ich ihn ein bisschen zappeln lassen? Aber so war ich nicht. Und ich wollte die Klärung ja auch vorantreiben.

„Ich weiß nicht, was ich dir glauben kann oder soll. Da sind so viele Widersprüche in deinem Verhalten. Auf der einen Seite gibst du den Macho, dann bist du plötzlich ein unglaublich sensibler und empathischer Mensch. Einen Abend willst du mich am liebsten ins Bett kriegen und den Abend darauf, als ich es will, ziehst du dich komplett zurück. Viktoria taucht auf, mutmaßlich deine langjährige Beziehung, der du nachtrauerst, sie stellt sich als deine Verlobte vor und ihr hängt ständig zusammen ..." Ich nahm einen tiefen Atemzug, bevor ich weiterreden konnte. „Und ich werde zur selben Zeit aufs Abstellgleis befördert. Und dann schreibst du mir, dass du einen Schlussstrich ziehst." Ich schloss die Augen, um mich zu konzentrieren. „Falls jemals etwas zwischen uns war, halte ich es für besser, wenn wir es beenden. Es war ein Fehler. Für die
358

Zukunft reicht es nicht." Ich riss die Augen wieder auf und stach mit dem Finger nach dem Schriftsteller. „Ich zitierte deinen Brief, Leonard! Deine Worte! Du musst dich schon entscheiden, was du willst. Und das auch für eine Weile, nicht nur für einen Tag oder eine Nacht. So eine Frau bin ich nicht. Und ich lasse mir das nicht weiter von dir bieten."

Na bitte, ich hatte es geschafft, alle Punkte, die mich bewegten, einigermaßen sachlich rüberzubringen. Und das sogar ohne vorbereitete Liste. Ich war nicht allzu emotional geworden. Herzlichen Glückwunsch, Carolin!

Leonard nickte und zog ein Papier aus seiner Hosentasche. *Dieses* Papier erkannte ich sofort.

„Dieser *Brief* stammt nicht von mir. Ich wusste nicht, dass er überhaupt existierte. Viktoria besitzt nicht viel Anstand, aber wenigstens hat sie, nachdem ich ihr mehrmals die Frage gestellt habe, zugegeben, dass sie ihn geschrieben und dir durchgesteckt hat."

Viktoria ...

Diese falsche Schlange. Darauf hätte ich auch kommen können. Natürlich war ihr das zuzutrauen gewesen, nachdem, was mir Elenor über sie erzählt hatte. Einer Frau wie ihr traute ich inzwischen eigentlich alles zu. Wie viel Schaden sie damit angerichtet hatte.

Leonard fuhr sich über das Gesicht. „Ich habe seit gestern stundenlang telefoniert, weil ich ab sofort nicht mehr möchte, dass sich unsere Wege weiter kreuzen. Ich möchte mit Viktoria nicht mehr zusammenarbeiten. *Ich* möchte nicht mehr mit ihr zu tun haben. Beruflich nicht und privat erst recht nicht. Heute früh hat Viktoria die Unterschrift unter ein paar Papiere gesetzt. Endlich. Ich wollte das schriftlich von ihr. Und nachdem ich das", er wedelte mit dem Blatt Papier in der Hand, „erfahren habe, habe ich ihr mit Hausverbot gedroht. Elenor und Jane haben es mit Freude zur Kenntnis genommen."

„Verstanden ..." Es klang logisch, alles, was er sagte, war in sich stimmig, befand sogar mein überkritischer Verstand. Aber.

„Aber es erklärt nicht deinen Rückzieher an dem Abend nach deiner Fahrt nach Leeds."

Leonard begann im Zimmer umherzuwandern und Charly tat es ihm nach. Die Krallen des Hundes klickerten wie kleine Kiesel über die Bodenfliesen. Dann blieben beide gleichzeitig stehen und Leonard stieß einen langen Seufzer aus.

„Das tut mir leid. Man, du konntest das, was ich gesagt habe, falsch auffassen!"

„Nun, ich fand es recht eindeutig!"

„Okay, es war eindeutig, aber du kennst nicht die Hintergründe."

„Die da wären?"

„Ich habe das nicht gesagt, um dich abzulehnen", murmelte er. „Das hast du vollkommen falsch verstanden."

„Warum warst du so distanziert?"

„Ich war nicht distanziert, aber — der Wein ... Ich dachte, ich will das nicht so und du auch nicht. Ich hätte Angst vor dem Morgen gehabt!"

„Du meinst, du glaubtest, ich könnte dich nur im alkoholisierten Zustand ertragen?", fragte ich skeptisch. „Und dir am Morgen eine knallen, weil du es ausgenutzt hast?"

„Na ja, in diese Richtung gingen meine Befürchtungen", gab er zu.

„Und ich dachte, es hätte an meinen kaum vorhandenen Kochkünsten gelegen ..."

Ein zaghaftes Schmunzeln glitt über sein Gesicht. „Du bedeutest mir viel. Du bist mir wichtig. Das mit uns ist mir wichtig!" Und nach einem langen, tiefen Blick sagte er: „Gib uns noch eine Chance. Bitte! Wir beginnen noch einmal von vorne. Lernen uns noch einmal kennen, ohne Zusammenstöße, ohne dass ich dich überrumpele, wir nehmen das Tempo raus ... Du bestimmst das Wie und Wann!"

„Geht das auch ein bisschen gefühlvoller?"

Natürlich schenkte ich seinen Worten gerne Glauben, aber trotzdem konnte ich meinen inneren Schalter nicht von Stopp auf Go umlegen. Viktoria störte mich noch immer. Und der Grund war klar, ich war eifersüchtig auf sie. Und ich musste das hier und jetzt mit Leonard klären, sonst würde sie sich auch in Zukunft immer wieder wie ein Gespenst zwischen uns drücken.

Ich sah ihn scharf an. „Was hat dich mit Viktoria verbunden? Und warum trauerst du der Beziehung nach? Und warum hat sie sich als deine Verlobte vorgestellt?"

Ihm entwich ein Seufzer, der eine ganze Palette von Gefühlen beinhaltete. Aber er begann zu erzählen, ohne dass ich ihn weiter drängen musste. Er berichtete, wie er Viktoria während einer Abendveranstaltung seiner Bank kennengelernt hatte und er von ihrem selbstbewussten Auftreten (und ja, auch Aussehen) fasziniert war. Weil sie ihn aus einer großen Menge Männer an diesem Abend auserkoren hatte. Sie wurden schnell ein Paar. Als Influencerin liebte Viktoria es, im Rampenlicht zu stehen. Leonard begleitete sie eine Weile auf viele Events, bis ihm die Veranstaltungen zu viel wurden. Der Stress auf der Arbeit nahm zu, der mit Viktoria auch. Überhaupt nervte ihn der Trubel um sie und das Gewese, das sie um ihre Tätigkeit machte. Als er seinen Job kündigte, um sich seiner Leidenschaft, dem Schreiben, zu widmen, begannen die Diskussionen. Endlose Diskussionen. Sie warf ihm vor, ein Loser zu sein, und hängte sich kurz entschlossen an den nächsten Goldesel. Leonard verzog den Mund. Erst als sich der erste Erfolg bei ihm einstellte, tauchte Viktoria plötzlich wieder auf. Das war hier, in Lower Millbury. Leonard ließ sich noch einmal auf Viktoria ein. Als sie bemerkte, dass er nur halbherzig dabei war, begann sie eine Affäre nach der nächsten, und glaubte damit, seine Eifersucht anstacheln zu können. Leonard beendete ihre Beziehung. Aber trotzdem sahen sie sich beruflich weiter. Vernetzt, wie Viktoria war, gelang es ihr immer wieder, zu einem Interview oder einer Homestory bei ihm aufzutauchen. „Und damit ist nun auch Schluss. Ich hätte die Arbeit mit ihr viel früher aufkündigen sollen."

362

„Was will sie von dir?"

Leonard zuckte die Schultern. „Erst mal ist es lukrativ für sie, wenn sie diese Artikel produziert. Sie kann sich dann auch in meinem bescheidenen Licht sonnen, was ihr für ihre Social-Media-Aktivitäten wichtig ist. Wenn sie Geld schnuppert, ist sie da. Leider ist das so. Es geht ihr, wenn überhaupt, nur ganz am Rande um mich. Es zu erkennen war ein schmerzhafter Prozess für mich. Und ich trauere der Beziehung nicht nach. Höchstens dem Gefühl, in einer Beziehung zu sein. Aber weiß Gott nicht mit Viktoria. Das war ein Fehler. Und das habe ich ihr auch so gesagt. Es waren sicherlich nicht meine einfühlsamsten Worte. Aber sie kapiert es nicht anders. Und wir waren niemals verlobt. Sie hat es nur gesagt, weil sie gerne stichelt. Sie hat bei dir schnell den wunden Punkt gefunden."

Leonard sah mich lange an. Fragend. Hoffend. Warmherzig.

Ich wich seinem Blick nicht aus.

Er hoffte auf eine Reaktion von mir.

„Ich fand es großartig, dass du dich als meine Freundin vorgestellt hast."

Viktoria war weg aus seinem Leben. Leonard bedeutete mir viel. Wir würden noch einmal von vorne anfangen. Alle drei Gedanken ploppten gleichzeitig in meinem Kopf hoch. Und: Uns blieben noch achtundvierzig Stunden zusammen.

Ich ging zum Fenster, starrte über die Wiesen in das dunstige Licht des Mittags. Die Sonnenstrahlen kletterten nicht mehr so hoch wie vor ein paar Tagen und warfen bizarre Schatten auf das Land der Farm. Die Tage wurden kürzer, jeden Abend ging die Sonne ein bisschen früher unter. Die Vergänglichkeit des Lebens zeigte sich nie deutlicher als im Herbst. In wenigen Tagen würde ich meine T-Shirts, Kleider und Sandaletten gegen Wollpullover, Hosen und Stiefel tauschen. Aber damit käme auch die gemütliche Zeit. In den Cotswolds würden Kaminfeuer brennen, unzählige Kannen Tee aufgebrüht werden. Jane würde ihren leckeren Apfel Crumble machen, bevor es an die Weihnachtsbäckerei ging. Leonard hatte mir wiederholt von ihren Backkünsten vorgeschwärmt. Ich würde gerne mit Leonard eine Nacht im Malmaison verbringen, wenn der Nebel draußen dick wie Erbsensuppe war, schoss es mir durch den Kopf. Regen, Herbststürme, buntes Laub erleben. Und den ersten Frost des Jahres.

Ich wollte die Zeit mit ihm gar nicht anhalten. Ich wollte weitergehen. Zusammen mit Leonard.

Heute graste zum ersten Mal eine Schafherde nahe der Farm. Im Pool tanzten tausend funkelnde Sternchen auf dem Wasser, Schmetterlinge gaukelten durch die Luft und über Nacht hatte sich eine Rose am Fenster zur vollen Blüte entfaltet.

Bald waren diese Tage nur noch Erinnerung.

„Ich möchte nicht, dass wir zu diesen Menschen werden, die sich immer zum falschen Zeitpunkt und falschen Ort im Leben begegnen. Aus denen viel zu spät ein Paar wird und sich einem das Gefühl aufdrängt, so viel gemeinsame Zeit verpasst zu haben. Unsere Lebenszeit ist auch in unserem Alter leider

364

schon überschaubar. Und wir können ein Paar werden. Wir sind es." Ich spürte Leonards Hand auf meiner Schulter. „Können wir nicht einfach da weitermachen, bevor ich angefangen habe, mich idiotisch zu verhalten?"

Ich brauchte einen Moment. Ich gab mir ernsthaft Mühe, seine Hand zu ignorieren. Die mich berührte, mich streichelte. Besänftigend und liebkosend. Ganz schlecht, um eine gewisse Distanz aufrecht zu erhalten, um die Gedanken, die in meinem Kopf tosten, in eine bestimmte Ordnung zu bringen.

Unbeirrt blieb seine Hand liegen und seine Finger setzten ihre Bewegungen fort. Seine zweite Hand gesellte sich dazu. Zärtlich massierte er meine Schultern. Ich fühlte Leonards Körper an meinem Rücken, seine Lippen an meinem Hals. Er zog eine Spur von kleinen Küssen auf meinem Nacken und Hals.

„Das ist doch jetzt schon gefühlvoller, was meinst du ..."

Er knabberte an meinem Ohrläppchen und ich spürte wohlige Schauer, die mir den Rücken hinab rannen. Seine Liebkosungen verfehlten ihre Wirkung nicht.

„Ich möchte jede Minute bis zu deinem Abflug mit dir verbringen."

„Achtundvierzig Stunden, zweitausendachthundertachtzig Minuten ..."

„Du bist ein Genie", wisperte Leonard. „Aber das wusste ich schon, bevor du mit deinen Rechenkünsten angegeben hast ..." Er umschloss mich mit seinen

Armen. „Ich habe ein gutes Gefühl, ein sehr gutes Gefühl, dass das mit uns klappt."

Ich ließ seine Worte auf mich wirken. Ich spürte Leonards Nähe, seine Wärme, sein Gesicht an meiner Wange. Seine Arme hielten mich fest umschlossen. Es fühlte sich gut an. Verdammt gut sogar. Und richtig. Wollte ich viele solcher Momente mit ihm in der Zukunft haben? Natürlich wollte ich das. Ich sehnte mich danach.

„Ich hätte neulich Abend nichts lieber getan, als dich ins Haus zu zerren, um dich aus deinem niedlichen roten Kleid zu schälen, und das wäre weiß Gott nicht das letzte Kleidungsstück gewesen, das ich dir ausgezogen hätte ... Und ich weiß nicht, ob wir es zusammen bis nach oben ins Bett geschafft hätten ..."

Ich wirbelte zu ihm herum. „Ich glaube nicht. Du weißt nicht, was ich unter dem Kleid getragen habe. Extra für dich."

Leonards Augen blitzten dunkel. „Du bist eine aufregende, kluge, wunderschöne, begehrenswerte Frau", sagte er mit belegter Stimme. „Nein zu sagen, ist mir schwergefallen."

Hatte mir ein Mann jemals so etwas gesagt? Ich blickte in seine braunen Augen, die voller Aufrichtigkeit waren. Er meinte es ehrlich.

Leonard nahm meine Hand und küsste die Innenfläche. Ich brauchte nicht länger misstrauisch zu sein. Nichts wollte ich lieber als meine Arme um ihn schlingen. „Wie schwer?"

„Sehr schwer!" Er spielte mit meinem Haar, wickelte eine Strähne um seinen Zeigefinger. Dann
366

küsste er mich. Endlich. Lang und fest. Zärtlich und aufregend. Ein Kuss wie ein Versprechen. Ein Kuss wie eine Verheißung auf etwas Wunderschönes.

„Du weißt, dass ich mich schon am Vorabend kaum beherrschen konnte. Du gehst mir seit unserer ersten Begegnung auf der Landstraße nicht mehr aus dem Sinn! Ich wollte dich von Anfang an! Und du mich doch auch ...?"

Mein Herz schlug einen doppelten Salto, in meinem Magen rührte sich etwas, als hätte ich drei Tüten Brausepulver intus. Und dann war da die Wärme, die ich spürte. Ich war verliebt. Und ich war glücklich. Im Einklang von Herz, Seele und Verstand.

„Ziemlich eingebildet. Warum meintest du, dass ich dich wollte?"

„Na ja, da war ich mir nicht ganz sicher ... Aber am zweiten Tag hatte sich etwas zwischen uns verschoben. Du hast mich anders angesehen. Als du mir das Du angeboten hast, dachte ich, du beginnst dich für mich zu interessieren."

Ich würde noch einmal springen. Ich würde es noch einmal versuchen.

„Lass uns nach oben gehen!", flüsterte ich.

„Nichts lieber als das!" Mit Schwung hob Leonard mich hoch und schleppte mich wie seine Beute in Richtung Treppe. „Zweitausendachthundertachtzig Minuten — ich möchte jede einzelne davon mit dir nutzen."

„Oder fünfzehntausendachthundertvierzig Minuten. Schaffst du das auch?"

Leonard setzte mich wieder ab, runzelte die Stirn, als er mich verdutzt ansah. „Wie meinst du das?"

„Ich könnte meinen Urlaub verlängern ... Um eine Woche. Wenn du das durchhältst."

„Ich bin ein Mann, natürlich halte ich das durch. — Hast du gekündigt?"

„Nein, bisher nicht. Aber mein Chef hatte auf einmal einen Sinneswandel und mir angeboten, meinen Urlaub zu verlängern. Sonderurlaub. Es ist kaum zu glauben."

„Ich liebe deinen Chef!" Leonard küsste mich und nahm mich an die Hand und wir stiegen gemeinsam die Treppe nach oben.

Ich hatte keinen Zweifel, dass wir das fortsetzen würden, was wir begonnen hatten. Eines stand fest: Leonard war anders als alle Männer, denen ich zuvor begegnet war. Unberechenbarer, vielschichtiger, abenteuerlicher.

Aufregender.

Es reizte mich ungemein, mich auf ihn und diese Unwägbarkeiten einzulassen.

Lächle und das Leben lacht zurück. Genau das war es.

Das Leben pulsierte. Und zu zweit war es schöner, das war schon immer meine Überzeugung.